novum pro

Azaria Headly

Csillagom

novum pro

© 2022 novum publishing

ISBN 978-3-99107-908-8
Lektor: Sósné Karácsonyi Mária
Borítóképek: StockSnap | pixabay.com
Borító, tördelés & nyomda:
novum publishing

www.novumpublishing.hu

1.

Megvan az az érzés, amikor a gyász annyira beköltözik a mindennapjaidba, hogy már észre sem veszed, mégis satuban a tüdőd, és úgy igazán, felszabadultan nem vettél levegőt már évek óta? Na, én aznap már három és fél éve nem vettem észre.

A mai nap pont úgy indult, mint az összes többi hétköznap. Megtartottam az óráimat, kávéztam, beszélgettem, még nevettem is. Senki sem tudta, hogy munkaidő után hová tartok és miért. Ez így van rendben. Mikor már az utcán jártam, azért a lábam remegni kezdett, de haladtam szigorú tempóban a célom felé. Kezemben a fekete sporttáskám, benne a holmim – mintha a bitófára váró vinné a saját fejének a kosarat.

Ilyen gondolataim voltak még akkor is, mikor végre bekanyarodtam az utca sarkán, aminek végén a sárga épület várt. Kikerültem pár járókelőt, elhaladtam egy étterem terasza mellett, és felnéztem, hogy sorra vegyem az ott ülő embereket. A kora májusi szél az arcomba fújt, és mire sikerült azt a béna, göndör tincsemet kifésülni a szememből, majdnem nekiütköztem az utolsó asztalnak. Reflexmosoly és „bocsi" az ott ülőnek.

Egy férfinak.

Egy *hűha* férfinak.

Álltam ott az asztal előtt, tiszta idiótát csinálva magamból, és nem emlékszem, végül tényleg bocsánatot kértem-e, vagy még mindig csak akartam, mire sikerült annyira összeszednem magam, hogy oldalra lépve elsiessek. Ehhez el kellett haladnom mellette. Nem is baj, addig legalább még lopva megnézhetem magamnak.

Magas, kisportoltan izmos felsőtestén fehér ing szürke nyakkendővel, de nem is ez fogott meg, hanem azon a durván jóképű arcán felbukkanó kisfiúsan huncut mosoly. Barna szeme csak úgy csillogott tőle, gesztenyebarna, hullámos, lazán rendezett hajába pedig kedvem lett volna beletúrni. Aztán, mint mikor elvágják a filmet, csodálásomnak keze vetett véget a táskámon. Úgy vette el tőlem, mintha az övé lenne, és egy pillanat múlva már mellettem állt.

Vagyis nem mellettem; felettem. Basszus. Zavarodottan öszszehúztam a szemöldököm.

– Majd én viszem – szólalt meg lazán, még mindig mosolyogva.

Jézusom, hangja is van! Gyerünk, Lilien, mi a szarért tanultál ennyi éven keresztül, ha most meg sem tudsz szólalni?

– Nem, dehogy! – kaptam a táskám felé, de ő azonnal félre is rántotta, mosolya pedig még szélesebb lett.

Úristen, mennyire jóképű! Levegő, oké, igen, levegő kell. Minden további próbálkozás nélkül fordultam el és indultam tovább. Nem viccelt, tényleg jött utánam. Inkább vigye a táskámat, csak többet ne kelljen megszólalnom mellette.

– Hová megyünk? – kérdezte lazán, tartva velem a tempót.

– Két külön irányba – vetettem oda szárazon, amikor bekapcsolt bennem a szokásos védekező mechanizmusom.

Ne bízz senkiben, még akkor sem, ha maga álmaid férfija áll melletted! Elém lépett, kényszerítve ezzel a megállásra, elismerő félmosolyra húzta a száját, majd kinyújtotta felém a jobb kezét. Gyönyörű keze van. Izmos, napbarnított, erős… Nekem elég lenne csak a keze az egész pasiból, hogy egy életre eljátszadozzak vele. Vajon mennyit tudhat ez a kéz a gazdájával együtt? Olyan ideges voltam, mint az első napomon az egyetem nagyelőadójában. Akkor sikerült felülkerekednem rajta. Nézzük, most is sikerül-e! Határozottan tettem a jobbom a férfiéba, és a combjaim között érzett erős lüktetés jelezte, hogy bőrünk összeért. Az erős, férfias kézfogásától majdnem felnyögtem gyönyörömben, de aztán kapcsoltam: arra vár, hogy bemutatkozzak.

– Lilien James – kerekedett felül a jómodor.

– Lilien – ízlelgette a nevem.

A hangjától a meleg napsütés ellenére az egész testemet kirázta a hideg, aljas módon elárulva engem ezzel. A mindig higgadt, nyomás alatt is nyugodt reakcióim most felmondták a szolgálatot.

– Örülök, hogy megismerhetem, Lilien! – szánt meg a férfi. – Gabriel Woods – mutatkozott be ő is.

Hát, akkor ennyi. Életemben először gerjedek be úgy férfira, hogy nem kell magam győzködni: *jó lesz ez, Lilien, előbb vagy utóbb, csak adj neki lehetőséget.* Nem, itt nem volt szükség ilyesmire. Ha ez a pasi most azt kérte volna tőlem, hogy egy lábon állva adjak elő olasz operát a Vatikán főterén a pápa előtt, akkor megteszem neki. Teljesen elázott bugyival, a kezét szorongatva állok a tűző napon, az utcán, erre kiderül, hogy menyasszonya van. Szakmai berkeken belül mindenki ismer mindenkit, őt pedig nem nehéz figyelemmel kísérni. Papíron ezerszer láttam már a nevét, szaksajtóban és bulvárcikkben egyaránt. Mivel minden hivatalos eseményen megjelenik a párjával, a magánélete állandóan közszájon forog. A tudat, hogy esélyem sincs nála, furcsa módon Megnyugtatott, és végre tudtam normálisan gondolkodni.

– Nos, Mr. Woods, igazán köszönöm, hogy idáig elfáradt, de boldogulok egyedül is! – téptem volna ki a kezem az övéből, de ő a pillanat tört része alatt váltott erősebb fogásra, és nekem kedvem lett volna letérdelni elé.

Pedig dühös voltam rá. Mérges, mert ennyire tetszik, hogy levegőt is csak alig tudok venni tőle.

– Ezt nem kétlem – mosolyodott el őszintén.

Az eddig komoly, érett, férfias arc egy pillanat alatt lett kisfiúsan pimasz újra. Itt fogok elélvezni az utcán.

– Haragszik rám valamiért? – olvasott belőlem, mint egy nyitott könyvből.

Keze úgy szorult az enyémre, hogy a közöttünk lévő légtérbe behatoló levegőmolekulák is izgatottan zizegni kezdtek a kialakult feszültségtől. Gabriel azonban nyugodtnak látszott. Semmi nem árulkodott arról, hogy viszonozná az epekedésem. Ha el tudnék szakadni a tekintetétől, akkor az ágyékára vándorolna a pillantásom, és biztos vagyok benne, hogy a férfi éppen olyan jól kordában tudja tartani az izgalmát is, mint a mimikáját, vagy a teste egyéb, számomra öntudatlan reakcióit. Ízig-vérig profi. Most már nekem is illene annak lenni.

– Ami azt illeti, igen, bár olyan dolog miatt, ami önhibáján kívül esik – mondtam neki végre a saját hangomon, és újra megpróbáltam elhúzódni, de a kéz most vasmarokra váltott. Ráadásul egy óvatlan pillanatban a hüvelykujja a kézfejemre siklott, amitől alig észrevehetően megrándult a csípőm.

Mr Woods tekintete egy pillanatra másképp villant, szája egyik sarka aprót rándult elégedettségében. Aztán olyan gyorsan, mintha képzeltem volna az egészet, arcvonásai rendeződtek, és már újra a pókerarc nézett vissza rám. Tudja. A szemtelen. Csak játszik velem.

– Akkor sajnos kiengesztelni sem tudom, ha igazából nem én vagyok a bűnös, nem igaz? – Elmosolyodott, de ez a mosoly most nem volt őszinte.

Nem az az önkéntelen mosoly volt, mint az első vagy a második. *Kiengesztelni.* Szórakozik velem. Játszik, mint macska az egérrel.

– Azért én mégiscsak örülnék, ha megpróbálna kiengesztelni, Mr Woods! – viszonoztam a nem őszinte mosolyát.

Összehúzta a szemét és elengedte a kezem. A hirtelen jött szabadság levegőhöz juttatott, és felszabadultabb lettem tőle.

– Hallgatom, Ms James!

Nem szabad elfelejtenem, hogy a táskám nála van. Mint egy letétbe helyezett vagyontárgy. Nem tudok megszökni, míg ő el nem enged. Ő pedig csak akkor enged el, ha megkapta, amiért jött.

– Milyen céllal jött utánam?

– Mert ugye az egyszerűen elképzelhetetlen, hogy cipekedő hölgyeknek segítsek az utcán?

– Az ön esetében? – nevettem el magam.

Barna írisze újra másképp villant, egyértelműen tudtomra hozva, hogy igazam van, terve van velem. Csalódottan kellett tudomásul vennem, hogy tekintete nem indult felefedező útra a testemen, csak tartva velem a szemkontaktust szinte lyukat égetett belém. Valamit akar, de nem azt, amit én és a bűnös gondolataim. Viszont még így is kíváncsivá tett.

– Segíthet nekem a táskámmal, ha cserébe elkéri a személyi asszisztensétől a három hét múlva tartandó, *Környezettudatosság mérnökszemmel* konferencia anyagát, és fontolóra veszi végre, hogy előadót küld, aki bemutatja a cége tevékenységét egy órában.

Ha valóban annyira profi, mint amilyennek mondják, akkor ebből az egy mondatból is leszűri, hogy miért neheztelek rá. Az, hogy fontolóra veszi, ugyanakkor semmilyen további kötelezettséggel nem jár számára; tulajdonképpen megengedtem neki, hogy elkísérjen.

Mr. Woods nem mutatta jelét döbbenetnek vagy elutasításnak.

– Induljunk! – fordult abba az irányba, amerre találkozásunk előtt tartottam.

Nem ígért. Nem reagált. Követtem, és a lábaink egyszerre mozdultak a járda kövén. Hosszú, nagyon hosszú csend telepedett ránk. Annyira eluralkodott rajtam a feszültség emiatt, hogy szinte már bármiről beszéltem volna vele, csak ne kelljen csendben lennünk. Amikor felé fordultam, ő előre nézett, és széles, őszinte mosolyra húzódott a szája. Profilból is éppen ugyanolyan lehengerlő hatással volt rám, mintha a szemembe nézne. A táska a vállára vetve lógott, amitől olyan lazának látszott, mintha éppen golfozni menne a haverokkal.

– Hallgatlak! – mondta lágyabban, mint eddig bármikor, és bennrekedtek a gondolatok, amikor tudatosult bennem, hogy letegezett.

– Nem olyan helyre megyünk, ami neked való – mondtam már én is közvetlenebb hangnemben, mire felém fordult, megint azzal a kisfiús mosollyal.

– Vajon milyen hely lehet az, ahol nem tudsz engem elképzelni? – kérdezte, jót mulatva rajtam.

Ezek az utalgatások… Nem szégyelli magát? Párja van, és így incselkedik? A nő helyett is haragszom rá ezért. Ha én lennék a jegyese, zokognék egy sarokban összeroskadva.

– A nőgyógyászhoz megyek az utca végén – böktem ki végül.

Gabriel lelassított, majd megállt, és már harmadjára magasodott fölém.

– De akkor minek a táska?

– Utána még más dolgom is lesz.

Mégsem állhatok neki magyarázni, hogy éppen műtétre megyek, utána pedig egy éjszakára be kell feküdnöm megfigyelésre.

Összehúzott szemmel vizsgált, és igyekezett ismét belém látni.

– A segítséged a küszöbig szól – nyugtattam meg.

Bal kezem akaratlanul a karjára siklott, hogy nyomatékosítsam, amit mondok. Ezt meg mi a fenéért tettem? Nem vagyok normális! Gabriel a mozdulat elől először mintha elhúzódott volna, majd amikor hozzáértem, összerezzent, és a pillanatban, míg tenyerem hozzáért, megnyugodott. Az ing alatti a szálkás izmokra tapadt a tenyerem. Az áramütésszerű érintéstől elzsibbadtak az ujjbegyeim. Láttam rajta, hogy szeretne valamit mondani, de csak tépelődik magában.

– Hallgatlak! – mosolyodtam el, ismételve az előző kérdését.

Mégiscsak emberből van és érez. Válaszolni azonban sokáig nem válaszol.

– Bemegyek veled, ha utána beszélgetsz velem, míg tovább kísérlek.

Mérget vennék rá, hogy nem ezt akarta mondani, de okos. Bármi konkrétabbal áll elő, azonnal faképnél hagyom.

– Nemsokára házas ember leszel, Gabriel – mondtam ki először a keresztnevét, és vizsgáltam arcán a reakciót. – Közben idegen nővel mennél nődokihoz?

Olyan utálat futott át az arcán, amilyet csak ritkán látok embereken, és nem tudtam, hogy a megjegyzésnek szól, vagy magának az esküvő tényének.

– Nem a legjobb, ha az emberről ennyi mindent tudnak, nem igaz? – mosolyodott el keserűen. – Ha veled élnék, akkor számodra megcsalás lenne, hogy elkísérek valakit, akivel beszélgetek egyet?

– Már a gondolatát sem bírnám elviselni.

– Ez lenne a helyes válasz – nézett rám komolyan –, Alice viszont azt sem bánja, ha félrekúrok, mindaddig, míg a pénzemet költheti. – Szinte sziszegte a szavakat, ahogy kijöttek a száján.

Ez a beszélgetés sokkal mélyebbre sikerült, mint azt valaha is gondoltam volna. Ez a férfi nem szerelmes, és őt sem szeretik. Az előbb még az is meglepte, hogy felé nyúltam.

– Miért nem adod neki az összes pénzed és élsz egy egyszerűbb, de boldogabb életet? – kérdeztem félvállról.

Felkészületlenül ért, hogy hangosan felnevetett. Majdnem nem tudtam visszafojtani egy nyögést a hang hallatán, aminél szebbet még sosem hallottam.

– Akkor ő **nyerne**, én pedig utálok veszíteni – mondta most már lazábban.

– Egy kapcsolatról beszélünk, egy oldalon kellene állnotok.

– Sosem álltunk egy oldalon – rántotta meg a vállát. – Ha nekiadom az összes pénzem, és üres zsebbel becsöngetek hozzád, akkor befogadsz? – kérdezte hetykén.

– Persze.

Basszus, ezt meg mi a fenéért mondtam?

– Te most **viccelsz**! – nevette el magát ismét, szeme mégis szomorúan csillant.

Mikor észrevette, hogy ez feltűnt, elfordult, és zavarában a hajába túrt. Jézusom, mennyire szeretném ezt én is megtenni!

– Nem tudod, mit beszélsz! – fordult vissza felém, és most közelebb volt, **mint eddig bármikor.**

Úgy magasodott fölém, mintha élve szeretne felemészteni.

– Ha nem lenne menyasszonyod, akkor minden további feltétel nélkül **befogadnálak!** – kötöttem az ebet a karóhoz. – A pénz meg kit érdekel?

Ilyen abszurd dolgokról sem beszélgettem még soha.

– Nem szeretnél nekem dolgozni? – nézett le rám a fellegei közül.

– Ez most honnan jött? – kérdeztem tőle elkerekedett szemekkel.

– Válaszolj!

Nekem senki ne parancsolgasson! Legszívesebben a fejéhez vágtam volna, hogy nem vagyok a kutyája. Hogy kerültem én ide egyáltalán?

– Menj vissza dolgozni, Gabriel! – közelebb léptem hozzá, hogy kitépjem a kezéből a táskát, de annyival erősebb volt nálam, hogy esélyem sem volt.

Ő még nem végzett, tehát a letétbe helyezett tárgy nála marad.

– Miért lettél dühös? – kérdezte, de közben jót mulatott rajtam, ahogy elé hajolva erőlködtem a táskával.

Ágyéka egy vonalba került a fejemmel, erre azonnal felegyenesedtem.

– A sors a lehető legrosszabb módon szúr ki velem, pedig már amúgy sem vagyunk barátok – mondtam keményen.

– Nem az vagyok, akinek gondolsz – lépett egyet hátrébb, hogy megszabadítson a kínos helyzettől.

– Kinek gondollak?

– Erkölcstelen, gazdag fasznak, aki szórakozik a nőkkel, hogy egy éjszakára a leendő felesége tudta mellett ágyba vigye őket.

– Ezeket az információkat mind te hoztad a tudtomra néhány perccel ezelőtt – vágtam vissza keményen.

– Igaz – mosolygott –, de ennek okát nem kötöttem az orrodra.

– A faszt pedig már csak a lelkiismereted tetette hozzá veled – keltem ki magamból, és a táskámat feladva elindultam a sárga épület felé, miközben Gabriel hangosan felnevetett mögöttem.

Az orvos már vagy negyedórája vár rám. Összeszorult a szívem a gondolatra, hogy miért is megyek most oda. Mesterséges meddőség. Ki kérne manapság gyerek nélkül ilyesmit?

– Teljesen igazad van! – fogta meg a kezem, hogy megállítson. – Nagyon régen nem beszélgettem úgy senkivel, hogy ne kelljen védenem magam, miközben én is bántok. Ne haragudj! – mondta halkabban. – Kezdjük elölről, rendben?

– Hagyj már! – húzódtam el. – Menj el! Épp valaminek a közepén vagyok, és szeretnék egyedül túllenni rajta!

– Beteg vagy?

– Nem.

– Akkor ez nem hangzik túl jól – mondta először meglepően emberien.

– Melyik része? – kérdeztem már oda sem figyelve.

Még két épület, és ott vagyok.

– Az egész – állított meg a karomnál visszahúzva. – Ne menj be oda!

Úgy fordított, hogy kénytelen voltam szemben megállni vele, de nem tudtam a szemébe nézni.

– Szeretnélek felvenni a cégembe! – mondta hirtelen.

– Micsoda? – kaptam fel a fejem. – Azt sem tudod, miből élek! – háborodtam fel. – És ha a testemet árulom éjszakánként? Nehezen férne össze a cégprofillal!

Gabriel szélesen elmosolyodott, kivillantak a fogai, és nem tudtam mást tenni, csak bámulni.

– Nyilván érdekeltséged van a környezetvédelmi konferencián való részvételünkben, tehát a szakmád közel áll a cégprofilhoz – válaszolt türelmesen. – De ha másodállásban a tested árulod, akkor az a te dolgod – válaszolta komolyan.

– Miért akarod, hogy neked dolgozzak? – kérdeztem az öszszes ellenállásomat feladva.

– Megérzés.

– Környezetmérnöki doktorim, hidrogeológiai mérnöki és épületgépészeti diplomáim vannak.

– Ez igazán impozáns, Ms James! – húzta össze a szemöldökét. – Jelenleg mivel foglalkozik?

Elfojtottam egy mosolyt. Ez most komolyan állásinterjút tart.

– Az egyetem földtani tanszékén dolgozom, mint geológus – válaszoltam komolyan.

– Beszél valamilyen idegen nyelven?

– Anyanyelvi szinten beszélek németül, spanyolul és olaszul.

Láttam, hogy Gabriel nagyot nyel. Sokba fogok neki kerülni.

– A talajvizsgálatokért felelős vezető pozíciója jelenleg betöltetlen a vállalatban, Ms James – mondta komolyan. – Feltételezem, nem okozna önnek gondot a teljes laboratóriumi munka koordinálása, jelentések készítése, és a kivitelezőkkel való kapcsolattartás.

– Attól függ, hogy mennyit fizetne nekem ezért, Mr. Woods? – kérdeztem, jót mulatva magamban.

– Egy hónap próbaidővel évi hetvenötezret – mondta, mire megszédültem egy kicsit.

Ha Gabriel nem fog meg, a járdára roskadok.

– Miért?

– Eleget tanultál azért, hogy végre jól is keress – mondta halkan. – Nem így érzed?

– Nem lenne helyes – suttogtam.

Menyasszonya van, emiatt számomra már csak munkakapcsolat lehet közöttünk. Ennek tudatában egész nap mellette lenni, vagy legalábbis látni őt... Minden alkalom felérne egy kínzással. Ráadásul ő lenne a főnököm... Merengésemből a telefonom csörgése zökkentett ki. Azt is elfelejtettem, hogy hol vagyok, nem hogy miért.

– Lilien James – vettem fel kapkodva.

– Üdvözlöm, Ms James. Dr. Konrad asszisztense vagyok, és azt a tájékoztatást kell adnom, hogy sajnos lekéste az időpontját. Ha szeretne újat foglalni, kérem telefonos egyeztetését – mondta szemrehányóan.

– Rendben, köszönöm, hogy felhívott! – tettem le a telefont, és ajkaimat összeszorítva néztem fel Gabrielre.

– Kösz szépen! – néztem rá villámokat szórva.

– Mondanám, hogy sajnálom, de én azért örülök, hogy megismertelek – adta vissza a táskámat.

Gondolom, nem szerette volna tovább feszíteni a húrt.

– Holnap reggel kilencre várlak az irodámban! – tette hozzá határozottan, és elindult visszafelé, amerről jöttünk.

Hosszú ideig álltam a járdán teljesen lefagyva. Hát ez meg mi volt? Egy évig készülök valamire, építem magamban a gondolatot, aláírom az összes papírt, eljárok minden orvoshoz, erre jön ez a koma, és húsz perc alatt mindent keresztül húz. Utána fordultam, de már nem volt sehol.

Ekkor vettem észre, hogy valami nem jó velem. Ugyanis azok a fránya mázsás súlyok, amiktől ezek szerint olyan régóta nem tudtam felszabadultan levegőt venni, ismerős teherként telepedtek vissza a mellkasomra. Hát, hiába volt a több évnyi csoportterápia. Nem érte el azt, amit Gabrielnek a puszta jelenlétével sikerült. Pár röpke percre elfelejtettem a gyászomat.

2.

Teljesen összezavarodva botorkáltam haza. A nappali kanapéjára dobtam a spottáskát, és arcomat a tenyereimbe temetve mellé roskadtam. Egyfelől átkoztam a helyzetet, amiért éppen ma tudtam összefutni ezzel a félistennel, másfelől viszont tekinthetem égi jelnek az időzítést. Ha hinnék még ilyesmiben. Nem, Gabriel szavai bizonytalanítottak el. Azt kérte, ne menjek be, én pedig fontolóra vettem, hiszen azonnal kérhettem volna új időpontot, mégsem tettem. Miért? Bosszantott, de közben jól is éreztem magam vele. Ez zavart össze.

Eltelt a délután, és én csak ültem kint a kertben. Végül is miért ne? Megnézem holnap ezt az új melót, még az is lehet, hogy tetszeni fog. Elvégre már kivettem a szabadnapot, és bárhol jobb lesz, mint itthon agyalni egyedül egész nap.

Reggel fáradtan, de összeszedetten léptem be a Woods-székházba, és az eligazítás után a tetőszint gombját nyomtam meg a lift panelen. Odafent egy magas, vékony férfi fogadott.

– Lilien! Végre személyesen is találkozunk! – nyújtott kezet nekem Gabriel személyi asszisztense.

– Szia, Taylor! – ismertem fel a hangot. – Meglep, hogy nincs hét fejem, és nem okádok tüzet, igaz? – ugratom azonnal.

Elég sokat zaklattam a környezetvédelmi konferencia miatt. Volt, hogy naponta rácsörögtem, mégis mindig fogadta a hívást.

Woods vállalata az egész építészeti szektort felbolygatta a nyugati parton. Mindössze pár év leforgása alatt váltak egyeduralkodóvá a piacon. Az ökológiai lábnyom csökkentésére tett számos intézkedésük pedig példátlan. Be akartam venni őket az egyetemi kutatásokba is, de Taylornál messzebb sosem jutottam.

No, de jelenleg van ennél nagyobb bajom is. Mindenesetre örülök, hogy Taylor nem akarja leharapni a fejem, sőt, annak is, hogy egyáltalán szóba áll velem a telefonbeszélgetéseink után. Olyan görcsben volt a gyomrom, hogy azt hittem, hányni fo-

gok, míg felértem hozzá a huszadik emeletre, és ez még most
sem lett jobb.

– Rámenős vagy, és ez nem egy rossz tulajdonság – intézte el
egy vállrándítás kíséretében. – Nem hoztál véletlenül másolatot a
diplomáidról és nyelvvizsgáidról? – kérdezte a férfi mosolyogva.

– De, igen.

Átadtam neki az elég vaskosra sikerült mappát.

– Szuper! – vette át tőlem a pakkot, majd belépett egy kis he-
lyiségbe. – Szép mennyiségű publikáció! – füttyentette el ma-
gát. – Önéletrajzot is hoztál! Remek! – mondta kedvesen, míg
beleolvasott a papírokba.

– Szia, Lilien! – lépett mellém Gabriel a semmiből. Összerez-
zentem tőle. – Gyere velem, kérlek!

Más volt, mint tegnap. Háromrészes szürke öltönyben állt
mellettem, és nagyon távolinak tűnt. Szeme nem mosolygott,
nem is csillogott.

– Félsz tőlem? – kérdezte minden érzelem nélkül.

– Kellene? – kérdeztem vissza.

– Nem harapok – mondta kicsit lazábban, és egy mosoly buj-
kált a szeme sarkában. – Menjünk! – mondta ellentmondást nem
tűrő hangon, és már indult is a folyosón a liftek felé.

Még intettem Taylornak, aki szomorú mosollyal köszönt el
tőlem. Basszus, nem túl jó jel.

– Hová megyünk? – kérdeztem, amikor a lifthez értünk.

– Kimegyünk terepre, megmutatom a környéken folyó összes
építkezésünket – mondta komolyan. – Késő estére érünk visz-
sza – tette hozzá egyszerűen. – Remélem, mára nem volt semmi-
lyen, a tegnapihoz hasonló programod! – fordult felém a liftben.

Nem válaszoltam neki. Hiba volt ma eljönnöm. A tegnapi
heves reakcióim mit sem változtak. Ideges voltam, mert előre
tudtam, hogy így lesz. Képtelen leszek kibírni vele kettesben
egy egész napot.

– Tudom, jókor kérem, de szeretnélek tegezni – mondta, ami-
kor kiszálltunk a mélygarázsban. – Persze, ha neked nem gond.

– Nem gond – mondtam csendben, míg beszálltam Gabriel
mellé a fehér Tesla terepjáróba.

– Hová lett a feleselés?– mosolyodott el, mikor felém fordult, de válasz nélkül hagytam. Gabriel nagyot sóhajtott, miközben kihajtott a garázsból.

– Éhes vagy? – fordult felém.

– Nem tudnék most enni – mondtam, nézve magam mellett az elsuhanó épületeket.

– Kávét? – próbálkozott.

– Ki szeretnél engesztelni a tegnap történtek miatt? – fordultam felé, de kár volt.

Egy pillanatig sem bírom ezzel a férfival összezárva ezen a szűk helyen.

– Ez attól függ, hogy haragszol-e még rám? – mosolygott, miközben ráhajtott az autópályára.

Már attól is gyorsult a légzésem, hogy néztem, ahogy vezet.

– Magamra haragszom – mondtam csendesen.

– Három órát fogunk utazni, mire északon felérünk az első építkezésig, addig akár el is mondhatnád, hogy mi a gond.

– Másokat is személyesen szoktál kivinni, amikor felveszed őket? – kérdeztem, de nem néztem rá.

– Néhányukat igen – mondta komolyan. – Csatlakoztasd a telefonom, kérlek! – adta a kezembe a mobilját, és az ujjaink egy pillanatra összeértek.

– Akkor add a hüvelykujjad! – nevettem fel halkan, és elé tartottam az eszközt, hogy fel tudja oldani.

Majd az autó rendszerétől kértem egy kódot hozzá, amit beírtam a mobilba.

– Válassz zenét! – mondta Gabriel.

– Lehet, hogy most kiugrom az autóból, és ellopom az összes adatodat róla! – emeltem fel a telefont incselkedve.

– Mit szeretnél tudni róla? – nevetett fel Gabriel.

– Először is azt, hogy milyen alkalmazásaid vannak rajta – töprengtem. – Aztán megnézném a fotóidat – nevettem kicsit feloldódva.

– Akkor nyisd meg a fotóalbumot! – közölte félvállról.

– Persze!

Beléptem a zenék a közé, és döbbenten néztem fel Gabrielre.

– Benne hagytam magamról az aktfotóimat? – vigyorgott felém.

– Te rockot hallgatsz? – néztem rá lemeredve, és elővettem a saját telefonom, hogy megmutassam neki: a lejátszási listánk körülbelül hatvan százalékban egyezik.

– Válassz! – mosolygott Gabriel, de szó nélkül hagyta a kis bemutatómat.

Emotionless. Tökéletes.

– Aranyos – mosolygott Gabriel. – Én lennék?

– Hogy gyönyörű vagy-e, amikor alszol? – nevettem fel hangosan, mire belőle is kitört a nevetés.

– Nézd meg a fotóimat! – nézett át hozzám a túloldalra. – Nagyot fogsz csalódni.

– Nem szoktad megörökíteni életed nagy pillanatait? – döbbentem meg rajta, és félve léptem bele az albumba.

Üzleti tervek tömkelege, a menyasszonya által küldött és mentett szelfik különböző butikokból, az építkezéseken készített pillanatképek. Ennyi. „Disgusting now I see" szólt a dal a hangszóróból. Kirázott a hideg tőle.

– Nem én vagyok – suttogta Gabriel.

– Sajnálom – tettem le a telefont. – Indiszkrét voltam.

– Az engedélyemmel néztél bele – mondta Gabriel lágyan. – Ha szeretnéd, az üzeneteimet is elolvashatod.

– Mért tenném? – néztem rá döbbenten.

– Mert nincs semmi, ami arra utalna, hogy magánéletem is van – mondta szomorúan.

Mivel nem akartam tovább erről beszélgetni, választottam egy másik számot. FUN: We are young. Mosolyogva néztem rá, majd felhangosítottam a zenét, és ringatózva énekelni kezdtem. Gabriel hálásan csóválta a fejét, majd ő is csatlakozott.

– Neked nagyon jó hangod van! – néztem rá meglepetten.

– Azt mondják – mosolygott jókedvűen.

– Várj! Keresek valamit, ami illik a hangszínedhez! – pörgettem bele az előadói listába. – Ayreon! – visítottam fel. – Azt a kurva! A világmindenség legnagyobb zenéje!

Gabriel úgy nevetett, hogy öröm volt hallgatni. Felemeltem a telefont és készítettem róla egy képet. Nem lehet róla rosszat lőni. Egyszerűen jóképű, és kész.

– Legyen valami más – gondolkodott hangosan.

– Ed Sheeran? – néztem rá kérdőn.

– Szeretem a kissrácot! Válaszd az I see fire-t!

– Oké! Megéheztem – haraptam bele az alsó ajkamba.

– Hátul találsz kekszet, és azt hiszem, áfonyát is, de most nem tudok megállni.

A következő pillanatban kicsatoltam magam, és hátramásztam az ülések között. A csípőm egy pillanatra beszorult mozdulat közben, aztán rájöttem, hogy Gabriel válla szorított neki az anyósülésnek, utána már csak azt éreztem, hogy beleharap a fenekembe. Felsikítottam, de nem bírtam magamban tartani a nevetést.

– Basszus, nem hiszem el! – csúsztam a hátsó sorra. – Hogy tehettél ilyet? Most hogy szállok majd ki nyálas fognyomokkal a hátsómon? – próbáltam megnézni a szoknyám hátulját, de nem láttam semmit.

– Talán próbáld meg a tükörben! – nevetett Gabriel.

– Hallgass! – próbáltam komoly maradni, kevés sikerrel.

Az ülés alatt megtaláltam a kekszet és az áfonyát is, majd visszamásztam az ülésemre – ezúttal fejjel előre.

– Mutasd a feneked! – mosolygott Gabriel.

– Na, azt már nem! – adtam a szájába egy kekszet, mielőtt meggondolhattam volna, mit is teszek. – Egyél, addig legalább csendben leszel – vigyorogtam rá.

– Áfonyát kérek! – rágott hangosan, de ekkor hívták telefonon, és a zene elhallgatott.

A kijelzőn megjelent Alice neve és profilképe. Na, basszus! Gabriel a kormányon megnyomta a hívásfogadás gombot. Vajon miért nem tette a fülére a telefont, hogy ne halljam, miről beszél a menyasszonyával? Hirtelen nagyon elszégyelltem magam azért, amiket az előbb csináltunk. Pedig nem is tettünk semmit, csak jól éreztük magunkat.

– Alice! – szólt bele Gabriel a telefonba.

Hangja komoly, sőt inkább ellenséges lett.

– Te idióta! – hallatszott a köszönés. – Most érkezett meg a szombati bálra a ruhám, és tudod mi a nagy helyzet? – rikácsolt a hang a túloldalon.

– Mindjárt elmondod – mondta Gabriel végtelen türelemmel.

– Biztosan direkt szívattál meg, mert ugyan százszor kértem tőled, hogy az ekrü színűt rendeld meg, mert az fog színben a cipőmhöz illeni, te mégiscsak a csontszínűt vetted meg nekem. Most mégis hogy jelenjek meg ebben a göncben? Mondd meg!

Elhűlve hallgattam, ahogy ez a nő beszél a párjával. Egy ruha miatt?

– Mit szeretnél? – kérdezte Gabriel mélyet sóhajtva.

– Szombatra a ruhát, amit kértem! – mondta ordítva Alice, majd letette a telefont.

Nagyot nyeltem, majd tettem egy kekszet a számba, és minden további kérdés nélkül Gabriel szájába tettem három áfonyát.

– Mondd, amit gondolsz! – kérte, amikor lenyelte a gyümölcsöket.

– Mit számít, én mit mondok? – kérdeztem teli szájjal. – Tegnap óta ismersz.

– Azért én mégis nagyon kíváncsi vagyok.

– Elintézzem neked a ruharendelést? – kérdeztem komolyan.

– Nem is tudom – bizonytalanodott el Gabriel.

– Akkor legközelebb lenne kire fognod, ha elszúrod – próbáltam lelket önteni belé, mire válaszul ráharapott a szájában lévő ujjamra.

Nem engedte el, nyelvével finoman nyalogatni kezdte, majd a fogával elengedett, de nem hagyta abba. Egy pillanatra becsuktam a szemem, mély levegőt vettem, csak ezután reagáltam rá.

– Ezt ne! – húztam ki az ujjam a szájából, és csak remélni tudtam, hogy nem ázott még át a bugyim annyira, hogy a szoknyám is átnedvesedjen. – Harapós kedvedben vagy – próbáltam oldani a hangulatot.

– Mi fasz az az ekrü? – kérdezte Gabriel váratlanul, és belőlem úgy tört ki a nevetés, hogy alig kaptam levegőt tőle.

– Mi lenne, ha fogadnál Alice-nek egy személyi beszerzőt? – ajánlottam fel a lehetőséget.

– Hogy még több pénzemet költse el a még több ruhára, ami már be sem fér az öltözőbe? – kérdezett vissza Gabriel.

– Mi lenne az első dolgod, ha Alice nem lenne az életedben? – kérdeztem, hogy kicsit felvidítsam.

– Ájulásig dugnálak a hátsó ülésen – mondta Gabriel szárazon.

Húha. Azt hiszem, még levegőt is elfelejtettem venni. Ez nem munkahelyi zaklatás? Váratlanul ért ez a nyers kijelentés, de pár pislogás után válaszoltam.

– Hát, ez a lehetőség kétszeresen is elúszott, Gabriel – nyöszörögtem. – Egyéb?

– Farmert és pólót vennék minden vasárnap, aztán elmennék utazni. Minden szabadidőmben csak úton volnék egy új, ismeretlen hely felé – mondta halkan.

Újra csörgött a telefonja.

– Hallgatlak, Erica! – szólt bele, és én örültem, hogy végre nem rám figyel.

Össze kellett szorítanom a combomat, de csak még rosszszabb lett tőle.

– Mr. Woods, holnap tizenegyre volt megbeszélve egy találkozója a Sollab Inc.-nel, de attól tartok, a talajvizsgálat eredményei miatt a találkozó elmarad – hallottam a női hangot a túloldalról, ami úgy remegett, mint a nyárfalevél.

– Miért, mi van az eredményekkel? – kérdezte Gabriel gyanakvón.

– A Greenerz a Sollab eredményeire hivatkozva megtámadta a portlandi beruházás engedélyét, mondván, az eredmények, melyekre a beruházás elkezdődött, hamisak voltak.

– Erica, kérlek, küldj el minden vizsgálatra vonatkozó anyagot Ms Jamesnek e-mailen, a feljelentést pedig küldd el Mr. Andrewsnak, hogy átnézze a jogi oldalát, a többit majd holnap megbeszéljük!

– Értettem, Mr. Woods – mondta a hölgy, és szinte hallottam, hogy fellélegzett.

– Volt már erre precedens? – kérdeztem Gabrielt, miután letette a telefont.

– Nem, még nem – mondta csendesen. – Jókor kerültél az utamba az utcán – mosolygott fáradtan.

Amikor megérkeztünk az első helyszínre, a beruházás már majdnem készen állt az átadásra. Gabriel lazán szállt ki az autóból, és visszavette magára az üzletember-énjét. Tartottuk a vezérigazgató és beosztottja távolságot. Egy egész lakónegyedet építettek fel a legmodernebb zöld technológiával. Minden épület passzív ház volt, és a közösségnek teljes önellátó rendszer lett kialakítva; mint egy űrhajó, amelynek évszázadokig szállítania kell az emberi fajt, elszigetelve minden mástól. Még soha nem láttam hasonlót sem. Bemutatkoztam a kinn lévő embereknek, majd felfedezőútra indultam az egyik házban. A leendő nappaliból meseszép volt a kilátás a környező hegyekre.

– Csodálatos, nem igaz? – kérdezte Gabriel mögém lépve.

– Fantasztikus – mondtam halkan. – Mint egy tündérmese!

Gabriel pontosan annyira jött közel, hogy éreztem a közöttünk vibráló levegőt. Aztán megéreztem, hogy kezei kétoldalt összefogják a hajamat, és félrehúzzák a jobb oldalamra. Majd ajka finoman a nyakamhoz ért a fülem mögött. Becsuktam a szemem, és kiélveztem minden egyes pillanatot. Ajka lejjebb indult, majd kicsit előre, finoman, alig érintve, majd óvatosan megharapta a fülemet és elengedett. Kinyitottam a szemem; már nem láttam magam mögött alakját az ablaküvegen. Miért csinálja ezt velem? Miért játszadozik? Tegnap ezzel akart elcsábítani idáig, de ma már nem értem. Nyeltem egy nagyot, és visszaindultam az autóhoz.

– Kávét? – kérdezte, amikor már vagy félórája felhúzott lábbal kifelé bámultam az ablakon.

– Valami töménnyel – dünnyögtem magam elé.

Gabriel megállt egy étterem előtt, és míg ő a kávéért állt sorba, én elmentem a mosdóba. Utólag már tudom, hogy akkor kellett volna magamhoz nyúlnom, hogy kielégülve menjek vissza mellé az autóba. Akkor talán a helyes döntéseket hoztam volna meg aznap. Az autóban iszogattam a kávém, miután megettem a szendvicset, amit mellé hozott.

– A következő megálló már a te szakterületed lesz. Ez az a beruházás, amivel most gondok adódtak. Gyanítom, a jövőheti földmunkából már nem lesz semmi – merült bele a szakmába egy pillanatra.

Ekkor kapott üzenetet Alice-től, hogy megrendelte-e már a ruhát.

– Gabriel, melyik az a kontakt? Hadd intézzem el! – vettem át a telefonját a kezéből.

– A te neved alatt van, Ingrid Wozik– mondta Gabriel.

– Tudod a telefonszámom? – ejtettem kezem az ölembe.

– Ha nem jössz el ma az irodába, magam hurcollak be – mondta, de nem volt fenyegetés a hangjában.

– Miért akarod ennyire, hogy neked dolgozzak? – kérdeztem.

– Mert nem hiszek a véletlenekben – mondta rekedten.

– Ó, a sors! – húztam el a számat. – Ő és én nem vagyunk túl jóban – mondtam szomorúan.

– A szüleid? – kérdezte.

– Még gyerekkoromban, anyukám. Aztán három évvel ezelőtt... – csuklott el a hangom, és nem tudtam befejezni.

Nagyon sokáig csendben voltunk.

– Én édesapámat veszítettem el – mondta Gabriel.

– Sajnálom – mondtam fásultan.

– Én is sajnálom – mondta, és megfogta a térdem, de most minden hátsó szándék nélkül.

A rét, amire hamarosan megérkeztünk, csodálatos volt. Csak álltam a közepén, és néztem a késő tavaszi virágokat. Aztán agyam munka-üzemmódba kapcsolt, és azonnal szakmai szemmel kezdtem el méregetni.

Gabriel zsebre tett kézzel állt a kocsi mellett és aranyosan mosolygott. Mint aki elhozta a gyereket a játszótérre.

– Forogj körbe! – mondta, amikor a derékig érő erdei füzike lila virágai közé értem.

Először nem akartam, de addig erősködött, hogy végül nevetve tártam szét a karjaimat, miközben lefotózott.

– Alice ki fog nyírni, ha meglátja – léptem oda mellé, hogy megnézzem a képet. – Hát ez… – dadogtam –, szép lett! – döbbentem meg magamon.

– Még jó! Gyönyörű vagy! – nézett rám Gabriel olyan meggyőződéssel, hogy elpirultam tőle.

– Mit vársz a mai naptól? – kérdeztem elérzékenyülve.

– Hogy megmondod nekem újra, mekkora fasz vagyok – mondta, és hátrasimított az arcomból egy hajtincset.

Ajkunk majdnem összeért.

– Nem vagy fasz, csak egy papucs, ami a te pozícióddal elég paradox – suttogtam az ajkait bámulva. – Tulajdonképpen miért vagyok itt? – léptem tőle távolabb, összeszedve minden maradék ellenállásomat.

– Mert tegnap le akartál rázni, és nekem szükségem van egy bizalmasra, aki nem fél tőlem és azt is megmondja, ha éppen szar döntést készülök hozni – mondta, szomorúan leengedve a kezét.

3.

Két órával később már javában visszafelé tartottunk az autópályán. Egyikünk sem érezte a kényszert a beszédre. Ma egyértelműen elmostunk több határt is. Haverkodtunk, félreérthetetlen szexuális utalásokat fogadtam félvállról, magánéleti beszélgetésbe csöppentem, jóval többet megtudtam, mint azt egy főnökről illik. Nem tetszett, amerre tartottunk, és nem is volt világos, pontosan mi is lenne a célja mindezzel.

– Ha elfogadom az állást, mennyit találkoznánk egy átlagos munkanapon? – fordultam felé.

– Ha laborvezető leszel, akkor telefonon és mailben fogunk kommunikálni, csak néhány megbeszélésen szükséges ott lenned személyesen.

– Tehát ilyen nap, mint a mai, nem fordul elő többet – fordultam vissza előre, az utat bámulva.

– Nem, ilyen nem lesz több – a szemem sarkából láttam, hogy a reakciómat lesi. – Kettesben nem sokat leszünk. Viszont ha aláírod a szerződést, a nap huszonnégy órájában rendelkezésre kell állnod nekem – mondta komolyan.

– Rendelkezésre állnom? – vontam fel a szemöldököm. – Mármint mire?

Mosoly bujkált a szája sarkában.

– Ha a japánokkal vagy Európával tárgyalok éppen, nem érünk rá az időzónák szerint dolgozni – válaszolta komolyan, közben jól mulatott.

– Taylor felhív éjjel tizenegykor, hogy lenne egy fontos, kiértékelni való adathalmaz, és nekem be kell mennem az irodába ezért? – Nem lepleztem a döbbenetem.

– Lilien, ha te leszel a labor vezetője, akkor harmincnégy ember lesz közvetlenül az irányításod alatt. Mire mindent összekészítesz, már kezdődik a munkaidejük – magyarázta.

– Vége a csipkelődésnek és viccelődésnek – mondtam halkan. – Szép kis bevezető volt.

– Fontos volt, hogy tudd, kinek fogsz dolgozni. Hogyan képviselnéd a cég érdekeit, ha nem tudod, miért vagy kiért teszed?

– Tehát előre megtervezted az egészet? Manipuláltad az érzéseimet, hogy elfogadjam az állást? – fordultam felé sértődötten – A nem kis összegű fizetés önmagában is elég lett volna.

– Taylor előkészítette a szerződésed, vár az asztalodon. Holnap nyolckor eligazítást tartok az irodámban, várlak majd – zárta le a beszélgetést. Mire betolatott a Woods-székház parkolójába, rajtam már eluralkodott a csalódottság. Ígért, adott, majd el is vett. Egyértelművé tette, hogy semmi nem lehet és lesz közöttünk. Igazából ez így rendben is van. Már nem mosta össze a határokat. Félek magamnak is bevallani, de már most hiányzott a mai Gabriel. Jól éreztem magam vele, és most, hogy nem ígérte, lesz még ilyen alkalom, hiányérzetem támadt.

– Egy élmény volt, Mr. Woods! – léptem be vele a liftbe, miközben visszavette a tökéletesen vasalt zakóját.

Mielőtt válaszolhatott volna, elléptem mellőle. Becsukódott mögöttem a lift ajtaja, és vissza sem nézve kisétáltam a garázsból.

Odakint már valóban későre járt, lement a nap és lehűlt az idő. Nem bántam, lehűtötte a kedélyeimet is. A sok kimondott ígéret, a ki nem mondottak, az érintések, a vágyak. Majd a semmi, meg sem történt. Haragudtam rá, és igazából meg sem fontoltam, hogy elfogadjam az állást. Nekem erre nincs szükségem. Mire is lenne szükségem? Ugye nem gondoltam komolyan, hogy alkalmazott leszek, és alkalmi szexpartner is? Vagy mégis. Valahol titkon, mélyen legbelül vágytam rá. Jobban, mint egy munkakapcsolatra. De ha másképp nem tudok a közelében lenni, akkor marad a meló. A sóvárgással és vágyakkal, a lopott érintésekkel, amik csak konfliktust szülhetnek. Nem, ez így nem lett volna helyes. Holnaptól visszatérek a jól megszokott napi rutinomhoz, és megpróbálom szépen elfelejteni ezt az egészet.

Nagyot sóhajtottam, és a döntéstől megkönnyebbülve folytattam utam.

Megcsörrent a telefonom. Ennek a napnak sosem lesz vége! Ismeretlen szám. Megnyomom a hívásfogadás gombot, de még köszönni sincs időm, Gabriel hangja máris megállásra kényszerít a járda közepén.

– Ez nem volt szép tőled – mondta halkan, de szavai fenyegetőnek tűntek.

– Bagoly mondja verébnek – vakkantottam.

– Mégis mit vártál? – hallottam a hideg, érces hangot, és teljesen kiábrándultam a sértettségem bugyraiban.

Mit vártam. Mit is? Fasz sem tudja. Egy jó kis dugást, ájulásig a kocsi hátsó ülésén, majd semmi mást. Elsétálok, szarul érzem magam, sírok egy sort, majd minden megy a régiben.

– Köszönöm a mai napot, Gabriel, sokféle szempontból is tanulságos volt – mondtam távolságtartóan, és kinyomtam a telefont.

Hát, ő sem fog már keresni többé. Ez a mai nap legjobb híre. Befordultam egy gyorskajálóba, vettem magamnak vacsit, és meg is ettem útközben. Bajlódtam a folyosón a kulcsokkal, majd az ajtó elé érve minden kiesett a kezemből, ami még benne volt.

Gabriel állt a falnak támaszkodva, és nagyon pipának tűnt. Basszus. Zavarodottan guggoltam le, hogy összeszedjem a táskám, a kulcsom, a telefonom és még ki tudja, mit a folyosó padlójáról. Kész szerencse, hogy teljesen nyitva volt a táskám; minden szar kiesett belőle.

– Menj el! – morogtam magam elé.

– Még nem végeztünk – dörmögte, és ellökte magát a faltól.

– Ó, dehogynem – mondtam, és duzzogva szuszakoltam a hirtelen apróbbnál is kisebb táskámba a szétgurult tamponjaimat.

Istenem, lehetne ez még ennél is cikibb?

– Ne kúrjál fel, Lilien, mert nem lesz jó vége! – lépett pár centire elém, láttam a cipője orrát. Felugrottam, hogy szemtől szembe szórjunk szikrát egymásra.

– Semmit sem tehetsz. Nem írtam alá semmit, és ha egy ujjal is hozzám érsz, esküszöm, hogy rendőrt hívok! – hajoltam hozzá öt centire. – Jól mutatna az önéletrajzodban, hogy a sitten töltötted az éjszakát zaklatásért – sziszegtem.

Vett három mély levegőt, a hajába túrt, és a fal mellett lehajolt, hogy felvegyen valamit.

– Holnap reggel legyél az irodámban nyolcra! – mondta némiképp lenyugodva, és átnyújtotta a kis fém vibrátoromat.

Basszus! A szeme sem rezdült, nekem meg már a kezem is remegett. Ennyire megalázó helyzetben sem voltam még soha. Pislogtam párat, mire érte nyúltam és elvettem tőle.

– Kösz – dünnyögtem, és betuszkoltam a táskám tetejére, majd elléptem mellette és kinyitottam az ajtót.

Mikor végre bejutottam, a lábaim alattam annyira remegtek a sokktól, hogy lerogytam a földre. Reméltem, hogy Gabriel már nem áll a folyosón és hallgatózik, mert a következő pillanatban a tarkómat ütöttem az ajtónak, vagy hatszor egymás után.

Ültem a sötétben, egyedül a lakásomban. Semmi extra; kicsi nappali, onnan pulttal elválasztva a konyhám. A kedvenc helyem, az egyik legtágasabb és levilágosabb helyiség a lakásban. A nappali legnagyobb falán, velem szemben nagy üvegajtók, mögötte a kertemmel. A helyiség másik oldalán folyosó után nyílik a háló, odabent a fürdő, ahová most be is vetettem magam, és a kis fém rezgőm helyett egy nagyobbat keresve a fiókban, a forró zuhany alatt Gabrielre gondoltam. Sajnos még hajnalban is, és reggel is egyszer. Felzaklatott, hogy ennyire nem tudok lenyugodni. Tudta, hogy így lesz. Direkt csinálta. Már az utcán tudta, hogy kívánom, és egész nap azon ügyködött, hogy elcsábítson, hogy most ne is tudjak másra gondolni.

Reggeli előtt duzzogva zuhanyoztam le és bújtam bele a ruhámba. Megittam a kávém, közben beágyaztam, és már úton is voltam kifelé. Hát, velem nem fogja ezt játszani, az biztos. Nekem semmi szükségem nincs ilyen számító faszkalapokra. Tegye a szépet valaki másnak.

Még az egyetemen is fortyogtam, míg az előadóban vártam a hallgatókat az első órára összegyűlni. Pontban nyolckor köszöntöttem őket, és felálltam, hogy elkezdjem a napot. A telefonom akkor csörrent meg először. Szerencsére rezgőn volt, de erről eszembe jutott az egész éjszakás kalandom a műfasszal a szobámban és azonnal benedvesedtem. Gabriel hívott. A második óra előtt már hat nem fogadott hívásom volt tőle, két hangüzenet, amit nem hallgattam vissza, és négy SMS. Tiltottam a számát, majd az irodámban a következő órámra készültem. Az agyamra megy ez a törtető alak. Fú, de elegem van belőle! Gyűlölöm, hogy így megkívántam. Senkit, soha nem kívántam még ennyire. No, ezt gyűlöltem a legjobban az egészben.

Égető szükségét éreztem egy kávénak, és belevetettem magam az egyik cikkem írásába, amit a héten vártak tőlem tördelésre egy jó nevű szakmai lapnál. Egyszer csak kopogás nélkül valaki feltépte az irodám ajtaját és becsörtetett rajta.

– Szép jó reggelt neked is, Gabriel – dőltem hátra meglepődve a székemben.

– Ne szívass, Lilien, mert már így is a tököm tele van veled – túrt a hajába és vett egy mély levegőt, majd valamivel nyugodtabb hangon folytatta, miután becsukta az ajtót maga mögött.

– Kérsz egy kávét? – álltam fel mosolyogva.

– Jó nagy szarban vagyok – jött hozzám közelebb. – E-mailezve lett a címedre az anyag, amiért bepereltek minket, és nincs, aki kézbe vegye az ügyet – sziszegte.

– Mi közöm nekem ehhez? – kortyolgattam a kávémat, és esküszöm, majdnem elnevettem magam.

– Ó, fejezd már be és induljunk! – Felnézett a plafonra, majd vissza rám. – Kérlek!

– Micsoda váratlan fordulat, Mr. Woods! – húztam fel a szemöldököm, de már nyúltam is a táskámért, hogy indulni tudjunk.

A folyosón át, az egyetemi negyeden keresztül sétálni mellette maga volt a pokol. Tökéletesen vasalt kék öltönyben, kimérten gyalogolt mellettem, és a telefon folyton a fülén lógott.

Az autóban azonban némította.

– Kezdjük ismét elölről, rendben? – fordult felém.

Lejátszódott előttem a tegnapi nap, és a testem nagyon csúnyán cserbenhagyott. Ha az eszem egy pillanatra is kikapcsol, azonnal Gabriel ölében lovagolok.

– Baszódj meg! – sziszegtem a fogaim között, és kinéztem az ablakon.

– Nos, ezt valóban megérdemeltem. Eddig is tudtad, hogy egy fasz vagyok, legalább nem okoztam neked csalódást.

– Megteszem, amit csak tudok, hogy tisztára mossam a neved, de hazudni nem fogok. Ha valóban ti csaltatok, akkor azt is leírom.

– Ezt el is várom – mondta komolyan. – Minden alkalmazottamtól elvárom, hogy tisztességes maradjon. Ha valaki elárul, az perrel a nyakában repül.

– Mit tudsz az esetről? – fordultam felé, és a telefonomon letöltöttem a Woods Inc.-től kapott postafiókomba a részleteket.

– Fél éve nyitottuk azt a nyugati part közelében fekvő, több hektáros területet, ahol tegnap voltunk. A talajvizsgálatot külsős cég végezte, sokszor segítettek már nekünk, még sosem volt baj velük, tiszták. Az eredmények mindig pontosak voltak.

– Nem fordulhat elő, hogy most valójában nem is ők hibáztak, hanem az eredmények kiértékelésénél ti?

– Sajnos de, meglehet. Két hónapja vagyunk laborvezető nélkül, a tizennyolcadikon azóta elég nagy a fejetlenség.

– Mi lett az előző vezetővel? – szögeztem neki a kérdést két talajfúrási jegyzőkönyv között.

– Kilépett – vonta meg a vállát.

– Elcsábítottad és faképnél hagytad? – ingereltem tovább.

– Nézd, Lilien, ne vedd személyes sértésnek, de ha nem ezt teszem, akkor szóba sem állsz velem, és nekem rohadtul kell valaki a pozícióra.

– Írd ki, biztosan agyontapossák egymást az emberek, hogy nálad dolgozhassanak.

– Megtörtént, egyik sem ütötte meg a mércét. A tanszékvezető egyértelműen téged ajánlott a posztra.

– Hogy micsoda? – kaptam felé a fejem. – Te felkerested Franket ez ügyben? Akkor nem véletlenül jöttél utánam az utcán?

– Mindent a cégért – dünnyögte, mintha máris megbánta volna.

– Ki kell menni a vizsgálatot végző cég embereivel közösen a területre. Párhuzamos méréssel megnézni, mi a helyzet, vagy független szakértőt fogadni, mert valami nagyon nem áll össze a történetben – engedtem el a sértődöttségemet. Majd máskor duzzogok ezen is.

– Miért?

– Fenyőerdő állt a tereprendezés előtt odakint, igaz?
– Igen.
– Végeztek talajcserét?
– Dehogy végeztek. Minek fizettünk volna ezért külön?
– Na, ez az – húztam össze a szemöldököm.

4.

Amikor felértünk a legfelső emeletre, már várt minket a háznyi alapterületű irodában a Sollab laboránsa és laborvezetője, mellette a jogi képviselőjük, és a Sollab igazgatója is. A mi oldalunkról is ült egy kimért, magas fazon, Mr. Bach, a Woods Industries ügyvédje. No és persze mi ketten. A nagy-nagy főnök, és én a nem éppen ideillő megjelenésemmel. Be lettünk mutatva egymásnak, majd helyet is foglaltunk a tárgyalóasztal körül.

– Nos, üdvözlöm a kedves vendégeinket! – mosolygott színpadiasan Gabriel, és Taylorral hozatott be mindenféle innivalót.

– Mint azt tudja, Mr. Woods, az ügy igen kínos több szempontból is – vette át a szót a másik igazgató. – Nem szeretném, ha folt esne a becsületünkön, illetve a kettőnk kapcsolatán sem, hiszen már majd' hét éve vagyunk állandó partnerek.

– Nem célom a cég nevének besározása, Mr. Tall, csupán csak szeretném kideríteni, ki hibázott, és a lehető legkisebb feltűnéssel megoldani a problémát.

– Remélem, hatékony, mint mindig Mr. Woods! – biccentett az elnök úr.

– Ebben lesz a segítségünkre Ms Lilien James, az egyetem által kijelölt szakértő.

– Nos, Ms James, remélem, nem sértem meg, de ön túl fiatal ahhoz, hogy kellőképpen átlásson egy ilyen komplex problémát, mint a miénk – hajolt előre a Sollab laborvezetője, kicsit sem szimpatizálva velem.

– Ezt most bóknak veszem, Mr. Silverman, és azonnal a tárgyra is térnék – mosolyogtam tettetett kedvességgel. – Ha jól értem, akkor Mr. Sabo végezte a beérkezett talajminták vizsgálatát önöknél – fordultam a szóban forgó férfihoz. – Ön vette a mintákat is?

– Milyen ostoba kérdés ez? – nevetett fel Mr. Sabo. – Természetesen nem.

– A területnek milyen a típusos altalaja, Mr. Sabo? Végzett terepbejárást, mielőtt nekiállt volna modellezni a felszínt? Készültek légi fotók a területről előtte, illetve utána? És ha nem, akkor miért nem? Elég sok a hiányosság és a kérdőjel, holott a Woods Inc. által elküldött megrendelőn mindezek egyértelműen kiírásra kerültek.

Mr. Sabo pislogott párat, és csak ökögött-makogott.

– Ez a feladat meghaladja Mr. Sabo hatáskörét; ő egy laboráns, aki elvégezte a kért vizsgálatokat – vette át a szót Mr. Silverman.

– Ez esetben, feltételezem, ön fog válaszolni a feltett kérdéseimre – fordultam hozzá még mindig kedvesen mosolyogva. – A kapott eredményeket összevetette bárki is a vártakkal?

– A terület semmilyen szempontból nem kiemelt, nem történt bolygatás az erdőirtás előtt, nem volt szennyeződés, semmi arra utaló jel, hogy fokozott figyelemmel kellett volna eljárnunk – magyarázkodott az igazgató a papírjait lapozgatva.

– Miért kell ahhoz indok, hogy fokozott figyelemmel járjanak el? – kérdeztem vissza csípőből, de éreztem, hogy most elvetettem a sulykot.

Megdörzsöltem az orrnyergem, vettem egy mély levegőt és folytattam:

– Nézzék, a kapott eredményeket akár az olasz tengerpartra is levihetném, értik? Magyarázzák már el nekem, hogyan lehetséges egy ilyen, alsó hangon is ötvenéves fenyőerdő „A” szintjében ilyen mértékű mészkőfelhalmozódás? – vetítettem ki a képet a telefonomról a nagy képernyőre. – Hogyan lehetséges a mért víztartalom a borsóvas kéreg kellős közepén? A fúrásokhoz rendelt koordináták alapján ez teljességgel lehetetlen.

Mindenki Mr. Sabo és Mr. Silverman válaszát várta, de mindegyik csak a jegyzőkönyveket olvasgatta.

– Mr. Sabo, ki végezte a vizsgálatokat? – tudakoltam, és már nem mosolyogtam.

– Természetesen én – húzta ki magát az úr.

– Akkor miért nem tudja fejből az ötször egymás után mért értékek eredményeit, mikor minden vizsgálathoz legalább tízszer kellett, hogy beírja őket az elmúlt két hétben?

Most már nemcsak szaporán vette a levegőt, hanem teljesen bele is pirosodott.

– Nos, eleget hallottam – állt fel zakóját begombolva Mr. Tall. – Mr. Woods, mindent meg fogok tenni azért, hogy házon belül rendezzük a hibánkat és pótoljuk a hiányosságainkat. Elnézést kérek a felkészületlenségünkért! Ms James, öröm volt találkozni önnel! – állt fel és kezet csókolt, majd távozott.

Amint az urak leléptek, kiittam a kávémat és én is pakolászni kezdtem. Azon gondolkodtam, mennyire ritka manapság a magánéletben is, hogy valaki ennyire nyíltan elismeri a hibáját, nemhogy a szakmai tévedését.

– Te meg hová mész? – lépett vissza az irodába Gabriel.

– Megyek vissza az egyetemre, még lesz két órám este – mondtam makacsul a szemébe nézve.

– Tartozom egy óriási bocsánatkéréssel és egy óriási köszönömmel. Mondd meg, mekkora összeget írjak a csekkre és elmehetsz.

– Ez igazán nagylelkű, de éppen ráértem, és köszönöm, nem kell a pénzed.

– Egy: sose mondd senkinek, hogy éppen ráértél, még akkor sem, ha valóban így van. Kettő: a pénzt sose utasítsd vissza. Nem fogom hagyni, hogy üres kézzel távozz innen – fonta össze a karját a mellkasa előtt tüntetőleg.

– Szeretnék csak úgy simán kilépni innen, felejts el, kérlek! – szótagoltam lassabban.

– Mondd, miért haragszol rám annyira? Olyan jót szórakoztunk tegnap, jól éreztük magunkat, miért bűn az, hogy elengedtem magam egy kicsit? – túrt megint a hajába és elfordult.

Majdnem megsajnáltam. Pöcsfej menyasszony, végtelen meló. Mindegyiket ő választotta, hát most fulladjon bele!

– Eljössz velem este egy üzleti megbeszélésre? – fordult vissza hozzám az ablaktól, és még mindig nem önamaga volt.

Nem az a Gabriel, aki szopogatta az ujjamat az autóban, aki velem nevetett éneklés közben.

– Csak nyélbe ütni egy szerződést, hogyha már ilyen szépen elintézted ezt is – mosolygott álszentül.

– Fizess egy eszkortlányt, Gabriel, vele majd azt csinálhatsz utána, amit csak szeretnél – léptem egyet hátrébb, de a könyökömnél megragadott.

– Te mennyiért jönnél el velem? – pimaszkodott tovább.

– Egy szemét fasz vagy! – sziszegtem a fogam közül, de ő csak szorította a kezem.

– Vicceltem – nézett a szemembe bocsánatkérőn.

– Megint csak szórakozol, igaz? Játszod a szereped – mondtam dühösen, és kirántottam a kezem az övéből.

– Igen, Lilien, játszom, egész nap, éjjel-nappal csak játszom a szerepem – mondta idegesen megdörzsölve az arcát.

Mitől lett ilyen dühös?

– De a múltkori, veled, az igazi volt – fogta meg a csuklómat ezúttal finoman. – Gyere velem, kérlek!

– Engedj el! – mondtam neki hidegen.

Egészen közel állt. Két karunk kinyújtva volt közöttünk. Aztán valami megváltozott. Arca hirtelen nagyon komoly lett. Karom, ami eddig közöttünk feszült, most feladta az ellenállást. Nem mertem mondani semmit, mert minden szavam azonnal elárult volna. Beharaptam az alsó ajkam egyik szélét. Gabriel úgy leste a mozdulatot, mint akit hipnotizáltak. Pattanásig feszült közöttünk a levegő. Ha nem az irodája közepén állnánk, hanem tulajdonképpen bárhol máshol az épületen kívül, akkor úgy esnénk egymásnak, mint tinik részegen a bár mosdójában. Mindkettőnk a másik egyetlen apró jelére várt, hogy ez végre meg tudjon történni. Majd Gabriel tekintete elszakadt az ajkaimtól és a szemembe nézett.

– Vacsora után hazaviszlek és meghálálom – suttogta.

Más alkalommal az ilyen szöveget kinevetem és elsétálok, de ezt az ő szájából hallani zsigeri vágyfokozóként hatott. Éreztem, ahogy átforrósodok, szinte égetek odalent.

– Nem fogok lefeküdni veled, sem ma este, sem később. Jegyben jársz, és én nem vagyok a bunkó harmadik.

Nem tudom, milyen belső erőmből merítettem a mondatot, mert az arcom is úgy égett, mintha már végén járnánk az aktusnak.

– Te vagy az egyetlen, aki nem él a lehetőséggel – mosolygott kihívóan.

Keze még mindig a csuklómat fogta, és minden vágyam azon az egy ponton nyüzsgött és zizegett.

– Pedig napjában biztosan többször is elhagyja a szádat ez a szép mondat – szorítottam össze az ajkaimat mérgesen.

– Nincs rá szükség, elég egyértelműen a tudtomra hozzák, mit szeretnének. – Most már vigyorgott.

– Egy öntelt pöcs vagy! – fordultam meg, hogy kisiessek ebből a bűnbarlangból.

Csakhogy saját kezemnél fogva pillanatok alatt gúzsba kötött, és még mindig a csuklómnál tartva szorosan mögém lépett.

Szemben álltam az ablakkal és mozdulni sem tudtam. Szabad jobb keze a csípőm oldalára siklott, ujjai a combhajlatomba mélyedtek. Tüdőmből kifutott minden levegő egy mély sóhajjal és becsuktam a szemem, míg csípőm ösztönösen hátrébb csúszott, válaszolva Gabriel mozdulatára. Hátamat kihúztam, és fejem a jobb vállára hanyatlott.

– Senkinek nem mondtam még igent – suttogta a fülembe, ami így már az ajkához ért.

– Egy szavadat sem hiszem – préseltem ki a maradék levegőmmel.

Teste hozzátapadt az enyémhez, éreztem a mellkasába bejutó levegőt. Egyszerre vettük és fújtuk ki, zihálva. Csípője közben válaszolt az enyémnek, és teljesen a fenekemhez szorult. Az ösztöneim saját életre keltek és nekidörgölőztem az ágyékának. Szentséges isten! Ez kőkemény!

– Látod, nem tudsz nekem hazudni – pislogott rám az ablak üvegén keresztül, miközben keze már szorított a csípőm oldalán.

Néztem, hogy teste az enyémet körbeölelve áll, miközben nyakamon a finom, puha, vékony bőrön levegővételei megre-megtetik a kis pihéket.

Ilyen nincs. Taylor bármikor benyithat. Az eszem ezt súgta, de nem értettem, mit mond. Keze diktálta a tempót, irányított. Ágyéka kellemesen izgatva simult hozzám. Felszakadt belőlem egy akaratlan nyögés, és most már mindketten lassan mozogva kényeztettük magunkat ruhán keresztül.

– Mondd, hogy nem ez az egyetlen vágyad, amióta megláttál, és elegedlek!

Annyira szerettem volna elfutni, menekülni innen, de ehelyett úgy kínáltam fel magam neki, mintha nem lenne holnap. Ajka egy leheletnyit a nyakamhoz ért, mindenhol kirázott a hideg tőle. Alig érezhető puszit adott a vállam tövére. Eddig bírtam. Hátranyúlva megmarkoltam a haját, majd oldalra fordítva a fejem ajkam az övére talált. Először meglepődött, de gyorsan viszonozta a csókot. Belenyögött a számba, bal keze végre elengedte a csuklómat, hogy az arcomhoz érjen vele. Az eddig irányító és tudatos Gabriel testbeszéde megváltozott. Finom és odaadó lett. Ellazult, ellágyult. Ez az igazi Gabirel, aki az üzletember mögé bújik. Istenem, bárcsak ne tetszene ennyire!

Teljesen elfelejtkeztünk mindenről. A párosodás ösztöne olyan elemi erővel ragadott el mindkettőnket, amilyet még életemben nem éltem át. Minden egyes porcikám sóvárgott, és izgatottan várta a beteljesülést. A türelem és józan ész fogalmak elvesztek a süllyesztőben.

Megfordultam az ölelésben, miközben saját csípőjére húzva felemelt, és néhányat lépve leültetett az asztalára. A combomat markolta a fenekem tövében, és hangosan nyögött, mikor végre szánk elengedte a másikét. Aztán hirtelen teljesen érintetlenül hagyott, és az asztal lapjára támaszkodva két kezével a combjaim mellett, lihegve nézett lefelé az ölembe és a fejét csóválta. Inge összegyűrődve, félig kihúzva a nadrágból. Ezt én csináltam? Mikor? Végignéztem magamon; én sem voltam jobb állapotban. Szoknyám illetlenül felgyűrődött, hajam összekócolódott, és úgy lihegtem, mintha negyedórát futottam volna a lekésett gyorsvonat után. Feje olyan közel volt a szoknyámhoz, hogy ha mozdulok, ágyékom hozzáér.

– Mi a… – lihegte teljesen összezavarodva, de nem tudta összeszedni a gondolatait, mert ekkor beszélgetés foszlányai szűrődtek be hozzánk odakintről, a folyosóról.

Felegyenesedett, a szemembe nézett, és nekem nyüszíteni volt kedvem, annyira kevés hiányzott ahhoz, hogy elélvezzek. Csípőmet alig tudtam mozdulatlanul tartani, és ökölbe szoruló kezem a szoknyám anyagába mart.

Gabriel összeszorította a száját és pislogott párat, majd felállított, lejjebb húzta a szoknyámat, közben tenyere a combomat simogatta, és csukott szemmel mordult egyet, majd ujjaival rendbe szedte a kusza tincseimet, csak ezután igazította meg az ingét. Közben újra úgy nézett a szemembe, mintha tőlem várná a választ. A kulcsot a rejtvény megfejtéséhez. Szemöldöke gondolkodón összehúzva nézett le rám értetlenül. Megfejtést nem adhattam neki, csak a zavaromat és a színtiszta vágyakozást. Tekintete lesiklott az ajkaimra, és egy újabb másodperc választott el minket attól, hogy újra csók legyen a vége, de ő még időben észbe kapott és gyors, de nem kapkodó léptekkel a székéhez ment és leült, hogy eltakarja a még most is dudorodó izgalmát. Amit – így elnézve – még egy ideig biztosan fájlal majd.

Épp csak annyi időm volt, hogy elszakítottam a tekintetem az övétől, amikor kinyílt az ajtó. Elfordultam a bejárattól, hogy rendezni tudjam a légzésem, oda sem nézve, ki lépett be rajta. Nem volt rá szükség, azonnal ki lehetett találni.

– Gabriel, hívtalak vagy ezerszer, hogy akkor most mi a lesz a ma estével? – hallottam az egyébként nagyon vonzó, mély női hangot a küszöbről.

– Szia, Alice – mondta Gabriel furcsán rekedten, és szemem sarkából még láttam, hogy csukott szemmel kezén támasztja a homlokát.

Ő is próbál lenyugodni. Tudom, mit érez most. Engem a nő észre sem vett, ahogy pakoltam a tárgyalóasztalon. Nem tudom, egyébként szokása-e így rátörni Gabrielre, vagy csak bármit megtehet alapon le sem szarja, hogy éppen megbeszélés van-e.

Fogtam magam és kislisszoltam a nyitott ajtón. Egyenesen Taylorba ütköztem, aki tiszta ideg volt: gondolom, Alice-t kísérte idáig.

– Próbáltam húzni az időt – mondta komoly arccal engem nézve. Szinte aggódónak tűnt.

– Már végeztünk – mondtam gyanakvón.

– Nem úgy nézett ki – vigyorgott minden rosszallás nélkül.

Ijedten felkaptam a tekintetem, miközben sétáltunk a liftek felé.

– Nyugi, senki nem tudja meg – mondta halkan és nyugodtan.

– Sokszor kellett már tartanod a szád? – fordultam felé haragosan.

Szegény nem tett semmit, hogy rajta töltsem ki a haragomat, mégis ezt teszem.

– Nem, még soha – állt meg mellettem, és megnyomta nekem a liftgombot.

– Azért is fizet, hogy ezt mondd? – kérdeztem némi éllel, és beléptem a liftbe választ nem is várva.

Odabent a kabinban szabadjára engedtem a gondolataimat, vettem három mély levegőt, és nekitámaszkodtam a falnak. Ezek után bármikor máskor képtelen leszek Gabrielre nézni – basszus, majdnem velem csalta meg a menyasszonyát. Ezt nem hiszem el, a picsába! Még öt másodperc, és végem. Minden büszkeségemet feladva, üvöltve élvezek el, és jóformán hozzám sem ért. Hát ezt érdemlem én? Nem, kurvára nem! Nem leszek a partnere ebben! Istenem, még most is remeg a lábam. Egy örökkévalóság lesz, mire lenyugszom.

A liftből kiszállva csörögni kezdett a telefonom. Taylor. Még akkor mentettem el a számát, amikor a konferencia miatt kábé naponta felhívtam.

– Mondd, Taylor! – szóltam feszülten.

– Pontban kilencre készülj el, addigra érted megyek – hallatszott Gabriel fojtott hangja a másik oldalon, amitől hüvelyem fájdalmasan összeszorult ürességében. – A tiltást pedig kérlek, töröld a számomról! – recsegte, és le is tette.

Kiléptem az épületből és fejből bepötyögtem a mailcímét, majd írtam neki. Úgy remegett a kezem, hogy háromszor kellett belejavítanom.

„Sehová nem megyek veled, ha már ilyen szépen meghívtál, akkor sem! Töröld a számom és felejtsd el, hogy létezem!"

Kettő másodperc múlva jött a válasz.

„Ha meggyőzöd a kőkemény farkamat, hogy felejtsen el, akkor azonnal meg is teszem."

Mindig csak a szex! Egy üzleti vacsoráról volt eredetileg szó, most meg azt sem tudom, miről alkudozunk éppen.

„Legyünk csak barátok, és akkor elmegyek veled este."

Nem jött válasz.

5.

Este fél kilenc körül csak járkáltam a gardrób, fürdő és háló Bermuda-háromszögben azon töprengve, mitévő legyek. Épp becsuktam a hűtőajtót egy felest töltve magamnak a konyhapulton, amikor csengettek. Olyan erőszakosan feküdtek rá a csengőre, hogy a dallamra rá volt vésve: Gabriel a látogató.

– Jövök már! – ordítottam el magam a poharammal a kezemben. – Jézusom.

Kinyitottam az ajtót. Gabriel öltönyben. Szentséges vibrátor! Úgy kikerekedett a szemem, hogy majdnem kiesett a helyéről.

– Korábban jöttél – dünnyögtem hipnotizálva.

– Te iszol? – nézett rám megdöbbenve. – Részeg vagy?

Arcomról lejjebb vándorolt a tekintete, és csak ekkor kaptam észbe, hogy egy szál pólóban és bugyiban ácsorgok a nyitott ajtóban.

Nem volt mit tenni, fenékig hajtottam a pálinkát, és már mentem is a hűtőhöz a következőért.

– Ne igyál többet, fontos emberekkel fogunk találkozni – vette le a zakóját és meglazította a nyakkendőjét, miközben a bárszékre ült velem szemben.

– Ne izgulj, nem a menyasszonyod vagyok, két feles után is tudok három szavasnál összetettebb mondatokat is alkotni – dünnyögtem a második felesem mögül.

– Ne sértegesd, nem is ismered – dorgált meg nem túl nagy átéléssel. – Miért nem készülődsz?

– Mert nem megyek – vágtam rá határozottan.

Sóhajtott, és minden további szó nélkül bement a hálómba.

– Gyere már! – ordított ki bentről.

– Már az ágyban vagy meztelenül? – kiabáltam vissza, jót kuncogva magamban.

– Igen! – hallatszott a nevetése bentről. – Gyere, mert nélküled megyek el!

– Kénytelen leszel – nevettem most már én is hangosan, de csak bevonszoltam a seggem a hálóig.

Gabriel a gardróbban állt és úgy válogatott az alsóneműim között, mintha mindig is ezt tette volna.

– Persze, szolgáld csak ki magad! – legyintettem, és törökülésbe helyezkedtem az ágyon.

– Bordó vagy kék? – vett ki két csipketangát a hozzá illő melltartókkal. – Ruhád is van hozzá?

– Azt a kék ruhát sosem venném fel – dünnyögtem.

– Akkor a bordó – tette a kezembe a bugyit a melltartóval.

– Jaj, Gabriel, ne már, itthon szerettem volna ma ülni a kertemben és sörözni a cikkem felett, egyedül – hisztiztem hangosan, és hanyatt dőltem az ágyon.

– Majd vacsi után kiülhetsz, gyere! – húzott fel az ágyról, és megdöbbenve vettem tudomásul, hogy egyáltalán nem feszélyez, hogy alsóneműben lát. Miért nem?

Felvettem a ruhát, amit kikészített, a hozzá illő cipővel. Elegáns. Jó ízlése van.

– Fésű? – járkált a hálóban, mint egy oroszlán a ketrecben.

– A fürdőben van – indultam mosolyogva az ajtó felé.

Kezdtem élvezni a dolgot. Besétáltam, fogat mostam, és csak ezután mentem vissza hozzá a fésűvel a kezemben.

– Sima copf is jó lesz, csak gyere már! – nézte az óráját, míg megfésültem a hosszú, göndör, barna hajam.

Mikor kész lett a harmadik hurok is, kiterelt az ajtón. Táska nem kell, miért is kellene. Mindegy. Odalent beültetett a Teslába, és már mentünk is.

– Nem sminkeltem – dünnyögtem magam elé.

– Nem is kell, így is gyönyörű vagy – mondta, miközben sávot váltott.

Csak pislogtam rá; az utcalámpák fényénél nem tudtam jól kivenni, de szerintem nem viccelt.

– Miért nem Alice ül most melletted? – kérdeztem minden bántás nélkül.

– Egy ideje már nem jár el velem üzleti vacsorákra; nem tud hozzászólni a témákhoz, és engem is csak lejárat vele – válaszolta őszintén.

– Miért vagy vele tulajdonképpen? Eddig csak rosszat tudtál róla mondani.

– Ez egy hosszú történet, és nem most fogok belekezdeni.

Az étterembe érve mi voltunk az elsők az asztalunknál, ahogy ez illik is, mikor vendéget vár az ember. Mint kiderült, lengyel ügyfelekkel fogunk találkozni. Úgy lettem bemutatva, mint kolléganő. Tulajdonképpen megtisztelő.

– Milyen bort kérsz, Lilien? – kérdezte Gabriel a pincérrel maga mellett.

– Egy jó száraz vöröset megkóstolnék, köszönöm.

Az egyik lengyel majdnem kiköpte a szájából a vizet, és mondott valamit a saját nyelvén a kollégájának. Csak egy keveset értek a szláv nyelvekből, de amikor kimondta, hogy goscióva, leesett, hogy ezek éretlenebbek, mint az óvodások.

– Szeretik a vöröset, uraim? – fordultam feléjük bájosan csevegve.

– Mindenféle vöröset nagyon szeretünk – nevetett szépen, angolosan az egyikőjük.

– A magyar vörös az egyik legjobb – kacsintottam feléjük félreérthetően.

Gabriel megfogta a kézfejem és finoman megszorította, hogy leállítson, miközben közelebb hajolt.

– Mi a fenét művelsz? – sziszegte.

– Ezek csajozni jöttek ide, Gabriel, vigyük el őket szórakozni, akkor tuti aláírják a szerződést – suttogtam kedvesen mosolyogva, hogy a másik kettő ne hallja.

Sóhajtott egyet, és alig észrevehetően bólintott.

– Tudják, fiúk, egyszer voltam kint a magyaroknál. Földtani szempontból páratlan ország, no és az ottani vörösek! – hüledeztem, és adtam a hülyét.

– Bizony-bizony, mi is nagyon szeretjük az ottaniakat.

– De akikről én beszélek, egyik sem volt száraz – vigyorogtam most már teljes erőbedobással, mire a másik kettő összenézett, és úgy felnevettek, hogy tudtam, célegyenesben vagyunk.

– Maga is szereti a vöröseket? – nézett rám felkorbácsolva a szemüveges, magasabb fazon, és az asztal alatt megsimogatta a combomat.

Nem estem kétségbe, volt már ilyen máskor is a történelemben.

– Menjünk, igyunk egy sört, és tánc közben elmesélem! – kacsintottam felé, majd felálltam, hogy kimenjek a mosdóba. Végre elengedett.

Vacsoránál így már sokkal oldottabb volt a légkör. Tulajdonképpen jól éreztük magunkat. Gabriellel nagyon könnyű beszélgetni; teljes mértékben ő irányítja a szálakat, fesztelenül, lazán, de udvariasan. Már odakint az utcán mellém szegődött és nagyon csúnyán nézett rám.

– Mennyire fontos neked ez az üzlet? – vigyorogtam felé és nagyon tetszett, hogy bosszankodik. – Felmegyek az egyikkel a hotelszobába, ha szeretnéd. Mennyit fizetnél érte? – gúnyolódtam a fülébe.

– Azt próbáld meg! – mondta fenyegetően. – Ha egy ujjal is hozzád ér valamelyik, eltöröm a csontját! – sziszegte.

– Nem tilthatod meg, nagyon be vagyok gerjedve. Délután kettő óta olyan nedves vagyok, hogy csak úgy tocsog a bugyim – vigyorogtam most már szélesen.

– A bugyid teljesen rendben van, másfél órája adtam rád, édesem – mosolygott kihívóan.

– Fulladj meg az egódban! – dünnyögtem és a két pasi közé léptem előre, de visszahúzott.

– Nem vicceltem – mondta komolyan. – Üzleti partnerek, nem fekhetsz le velük, mert holnap reggelre mindenki tudni fogja.

– Félted a jó híremet? – kérdeztem hetykén.

– Valakinek meg kell tennie helyetted – sziszegte, mire hangosan felnevettem.

Előttünk a kis köpcös hátrafordult, mert elfogyott a piája, így felfüggesztettük a témát.

Amint odaértünk, Gabriel fű alatt fizetett két jól szituált hölgynek, hogy legyenek helyettünk társaság, így magunkra maradtunk. A hely tizenegy körül zsúfolásig megtelt, és a hangulat a zenétől, a stroboszkóptól, és valószínűleg a bennem lévő töménytől a tetőfokára hágott. Gabriel az étteremben ivott bor óta csak vizet kért magának, aminek őszintén örültem. Valakinek tényleg muszáj józannak maradnia. Amint az asztalunktól is elmentek a lengyel komák, két nagyon csinos lány ült Gabriel köré a szabad székekre. Sőt az egyikőjük pár másodperc után az ölébe engedte magát lovagló ülésbe. Esküszöm, ilyet még sosem láttam! Nem zavarta őket, hogy én is az asztalnál ülök. Nem tekintettek konkurenciának. Gabriel összehúzta a szemét és félretolta a csajt, közben pont úgy nézett rá, mint akit valami fontos közben megzavartak és felbosszantottak. Még a lenézést is láttam a szemében megcsillanni. Az asztalra könyököltem, és elkezdtem élvezni a műsort.

– Lányok, apukátok most biztosan nagyon büszke lenne rátok, de örülnék, ha kettesben hagynátok a feleségemmel – vigyorgott a csajokra, mire azok hátrafordulva végre engem is észrevettek, majd csalódottan le is léptek.

– Nem tudnak nekem ellenállni – nevetett fel halkan, de utána már el is tűnt a mosoly, és mélyet sóhajtott.

– Engem meg sem próbáltál felcsípni, pedig azt ígérted, így lesz – incselkedtem.

– Túl sokat ittál már ahhoz – evett bele a mogyorós tálba.

– Szóval nem használod ki a helyzetet? – húztam ki magam döbbenten.

– Mégis hány évesnek nézel te engem, tizennyolcnak? – húzta fel a szemöldökét. – Ha akartam volna, már nálad megteszem – ropogtatta a mogyorót komoly arccal.

– Eddig azt hittem, lélekben tényleg annyi vagy, de most nagyon kellemesen csalódtam.

– Ettől függetlenül bármikor készen állok rá, amikor azt mondod – húzta össze szemét, de megint olyan kisfiúsan mosolygott.

Amikor viccelődik, akkor mosolyog így. Teljesen más lesz az arca közben. A feszült, kemény arcéle is finomodik, és kevésbé szigorú lesz tőle. Sokkal emberibb és elérhetőbb, megközelíthető.

– Nagyon vicces – dörmögtem.

Az ilyen férfiaknak nem én vagyok a zsánere, és direkt sértésnek veszem, amikor valaki ezzel poénkodik.

– Nem viccelek! – komolyodott el az arca. – Sőt ha belegondolok, mennyire fájt ma, miután leléptél, minden, csak nem vicces.

– Megváltozott a hozzám állásod – csúszott ki a számon minden gondolkodás nélkül.

Felém kapta a tekintetét, és egyszerre bukott ki belőlünk a nevetés.

– Hát, ezt még gyakorolni kell – nevetett még mindig.

– Három sör után csak ennyire telik – vigyorogtam, és én is beletúrtam a nasis tálba.

Már nem akart elcsábítani a munka miatt, már nem akart mindenáron lefektetni, pedig most lenne rá alkalma. Tetszett az új felállás. Az órájára nézett és felállt.

– Mehetünk? – lépett mellém.

Meglepett vele; pont most mondta, hogy nem visz sehová.

– Úgy értem, mindenki haza – nevetett a fülem mellett a félreértésemen.

– Persze, már úgyis vége az üzleti vörös-vadászatnak – álltam fel mellé, és kiittam a söröm.

Az utcán mellém lépett és jött velem.

– Hazakísérsz? – rázott ki a hideg a hirtelen jött késő tavaszi hűvösben.

– Nem vagyok azért akkora paraszt, mint amilyennek gondolsz – mondta, és a zakóját a vállamra terítette.

– A mai este után ezt most már én is tudom – ásítottam magam elé.

– Köszönöm, hogy elkísértél, és nyélbe ütötted nekem az üzletet! Remélem, élve előkerülnek az aláírásig! – mosolygott megint aranyosan.

– Örültem, hogy segíthettem! – mondtam utolsó erőmmel.

Még húsz perc volt hazáig az út, ami végtelennek tűnt. A bejárat előtt vettem egy mély levegőt és szembefordultam vele. Egy ideig néztem izmos válla tökéletes ívét, ahogy a nyaka fedetlen bőrével találkozik, és ökölbe szorultak az ujjaim, hogy ne érjek hozzá.

– Kösz a vacsit – suhant arcára a tekintetem.

Zsebre tett kézzel állt előttem, mint egy srác az első randi után. Fogalma sem volt, hogy hogyan búcsúzzon el.

– Kifogytam az ürügyekből, hogy miért is hívnálak fel legközelebb – nézett rám komolyan.

– Csak úgy is felhívhatsz – rándítottam a vállamon. – Szia, Lilien, hogy telt a napod? Mit főztél ma?

– Olyan… nagyon… – dadogta Gabriel, és egy lépéssel közelebb jött.

– Igen, tudom – mondtam szárazon, és hirtelen ötlettől vezérelve lábujjhegyre állva megöleltem.

Nem tudom, mit hittem, milyen érzés lesz. Nem számítottam rá, hogy ennyire jó. A testének érintése először teljes valójában. Első érintésre megdöbbent – éreztem, ahogy mozdulatlanná válik. Egy pillanat múlva kihúzta zsebeiből a kezeit és viszonozta az ölelést.

Nem tett semmi mást. Nem kezdeményezett, csak finoman tartott és a nyakamba fúrta az arcát. Egyik nyitott tenyere a hátam közepén, a másik a tarkómon. Olyan alacsony vagyok hozzá képest, hogy állát könnyűszerrel a fejem tetejére tudta volna tenni.

– Ez – vett egy mély levegőt, majd kifújta –, ez most nagyon jó.

Elmosolyodtam, és vettem én is egy mély levegőt. Kibontakoztam a boldog, meleg ölelésből, majd a lábamat nézve beléptem az ajtón. Se puszi, se csók. Nem tudtunk volna leállni. Úgy zuhantam az ágyba, hogy még csöpögött rólam a zuhany után a víz.

6.

Reggel nem keresett. Igazából nem voltam meglepve – miért tette volna? Már késő délutánra járt az idő, amikor csippant egymás után ötöt a telefonom, hogy mail érkezett. Ez a push-funkció elég idegesítő: mindig a füledbe mászik, mennyi még a meló.

Előhalásztam a telefonom, Gabrieltől érkeztek az üzenetek. Mind egy-egy szó.

„gyere, kulccsal, a, kocsihoz, most". Aztán kicsit később egy utolsó: *„léci"*, és egy mosolygós arc. Boldogan elmosolyodtam, majd pár ábrándos gondolat után gondolkodni kezdtem.

Beletelt jó néhány másodpercbe, míg megértettem, miről beszél. Nincs is kocsim, így nyilván hozzá kulcsom se. Viszont az övét tegnap az étteremnél hagytuk. A kulcs pedig nálam van? Gyorsan taxiba vágtam magam, otthon előkerestem a tegnapi ruháimat. Gabriel zakója alattuk volt, pont úgy, ahogy levetettem magamról. A kulcs pedig annak a belső zsebében. Gyorsan átöltöztem: farmer, póló, kis smink, és máris jobb. Tíz perc múlva már egy újabb taxiban ültem és körülbelül még újabb öt perc volt felidézni, hová is parkoltunk tegnap este. Bekanyarodtam a szűk kis egyirányú utcába; igen, ez lesz az. Amint befordultam a sarkon, gyorsan vissza is léptem, ugyanis Gabriel nem volt egyedül a kocsi mellett.

– Hogy érted azt, hogy elkeverted a kulcsot? – hallottam az egyébként érzékien szexi, mély női hangot ordítani. – Akkor hívj nekem egy taxit, és ma ne is lássalak többet! Hogy lehetsz ennyire béna? Mondd meg!

Ez a nő nem komplett. Összeszedtem magam, higgadt lassúsággal ellöktem magam a faltól, majd odasétáltam hozzájuk. Előtte még előadtam, hogy futottam és most nagyon lihegek, de Alice-nak már így is majd' felrobbant a feje, amikor meglátott. Gabriel pedig őszinte érdeklődéssel figyelte a magánszámomat. Gondolom, neki már mindegy, most piszkáljon az asszony mást is egy kicsit.

– Elnézést kérek, Mr. Woods, jöttem, amilyen gyorsan csak tudtam – lihegtem, és a kezébe nyomtam a kulcsot.

– Te meg ki vagy? – sziszegte Alice.

– Lilien James – nyújtottam a kezem felé, hogy végre emberszámba vegyen és tisztességesen bemutatkozzunk, de ő nem fogadta el. – Elnézést kérek, ma több mappával együtt a kulcsot is sikerült magammal vinnem az irodámba. Sajnálom, ha kellemetlenséget okoztam! – néztem rendíthetetlenül a szemébe.

– Leszarom – kapta ki a kulcsot Gabriel kezéből, beült a volán mögé, és a párját úgy otthagyta a járdán, mint kutya a szarát maga mögött az utcán.

Pár pillanatig csak álltam és néztem, ahogy elhajt a kocsival, majd Gabriel felé fordultam.

– Azt hiszem, nagyon ráférne már, hogy úgy istenigazából kikeféld belőle a hisztériát – tettem zsebre a kezem még mindig letaglózva.

– Volt az az idő, de már régen elmúlt – mondta nagyot sóhajtva.

– Irigylem a nőt – léptem a járdára, feltételezve, hogy akkor most sétálni fogunk. – Mindene megvan, ami csak szem-szájnak ingere. Mégsem boldog.

– Jól nézel ki! – mosolygott Gabriel. – Dolgoznod is ebben kellene.

– Ebben szoktam írni – mondtam lazán csevegve.

– A cikkedet, kint a kertben? – kérdezte ő is zsebre tett kézzel lépve mellettem.

– Igazából egyszerre többet is... mindig belekezdek valamibe, amit nem tudok befejezni.

– Nem mondod? – nevetett fel hangosan. – A publikációid mennyit szoktak lógva hagyva ácsorogni? Csak hogy tudjam, mire számíthatok – került ki egy járókelőt.

– Az attól függ, mennyi ideig fogsz feltartani – mosolyogtam hetykén.

– Ez esetben csipkednem kell magam – nézett körbe, hogy hol is vagyunk tulajdonképpen. – Természetesen az írásaid érdekében.

– Hát persze – néztem magam elé. – Direkt hagytad nálam a kulcsot, igaz? – fordultam felé kívácsian.

– Nyilvánvalóan – igyekezett visszafojtani a mosolyt. – Iszunk valamit? Valamit, ami nem vörös.

Úgy nevettem fel, hogy körülöttünk mindenki ránk nézett.

– Inkább együnk. Kétlem, hogy ma produktív leszek, amikor hazaérek.

– Szuper, vigyük a parkba – oldotta ki a nyakkendőjét, és kigombolta az inge felső gombját. – Mára elegem van az emberekből.

Az első helyen vettünk enni. Pizzát kértünk, és kiültünk a fák alá a félszigettel szemben. Beletúrtam a táskámba, hogy megkeressem a hajgumim, de csak nem találtam.

– A vibrátorod mellett lesz – incselkedett teli szájjal.

– Jaj, fogd már be! – sziszegtem, és elkezdtem kipakolni mindent.

– Mindenhová magaddal viszed a munkát? – Félretúrta a fogamzásgátlómat, és a pulcsim egyik ujja alól kihúzott egy mappát a csomó blokk meg cetli közül.

– Várj már, összeparadicsomozod! – kaptam volna ki a kezéből, de elhúzta előlem.

– Szerinted tényleg az lenne a legrosszabb, ami történne vele a táskád után? – nevetett fel, és még odébb húzta.

Bogarászta pár percig, majd összecsukta és visszaadta.

– Nem is tudtam, hogy ilyenekkel is foglalkozol. Ételtechnológia? – adta vissza a jegyzeteket.

– Igazából sörgyártás-technológia – mondtam két falat között.

– Csinos ki számítás, kár, hogy kihagytad a súrlódási veszteséget a csíráztatás utáni szállítószalagnál.

Kinyitottam a mappát, és egy tollat a kezembe véve széljegyzetet készítettem mellé.

– Én csak lektorálom, de köszi a segítséget! – vigyorogtam felé teli szájjal.

– Most odanyúlnék a kezemmel a szád sarkához, mint a filmekben, és valami lassú, romantikus zene kíséretében tök szexin letörölném onnan a paradicsomszószt, de az nem én lennék.

– Nem? – töröltem le magamról a maszatot egy szalvétával.

– Hagyjuk, nem akarok megint álló fasszal szenvedni egy órát – fordult el tőlem, hogy felvegye a földről az innivalókat.

Még mindig nem értem, ez a nyers szókimondás hogy lehet rám hatással, de mivel vizuális típus vagyok, azonnal felvillant előttem egy miattam merev szerszám, ami Gabrielé, és mélyet sóhajtva vettem el tőle a sörömet.

– Elvi kérdés – fordultam felé a padon. – Ha most azt mondanám, hogy okés, benne vagyok, menjünk el hozzám, és addig dughatsz, amíg kedved tartja, akkor utána leszállnál rólam?

– Még rád sem másztam, honnan tudhatnám? – fordult ő is felém ültében.

– Elfelejtenél? Békén hagynál? – ragoztam tovább a nyilvánvalót.

– Nézd – sóhajtott egyet –, ti, nők, mindent túlagyaltok. Jól érzem magam veled? Nagyon is. Bevadulok tőled, amikor meglátlak? Kibaszottul igen. De hogy mi lenne, ha? Hát honnan a fenéből tudjam?

– Korrekt válasz. Legalább nem hazudtál – dünnyögtem.

– Még egyszer sem hazudtam neked. Vagy csak nem vetted észre – vigyorgott, mint egy idióta.

– Még mindig öntelt egy pöcs vagy – mondtam összehúzott szemmel.

– Vagy csak realista, aki kimondja, amire gondol – mondta ezúttal komolyan.

– Te mindig szerepet játszol, Gabriel, az is egyfajta hazugság.

– Elismerem, az elején megpróbáltam, de akkor nem megy, amikor veled vagyok – állt fel a padról, és összeszedte a szemetet.

– Honnan tudhatnám én azt? – nevettem el magam, és visszapakoltam a táskámba, míg ő elment a szemetesig.

Felálltam, és kérdőn néztem rá, mikor visszaért. Gondolom, ennyi volt, mindenki haza. Közelebb lépett, és ösztönösen elfelejtettem levegőt venni. Nem hátráltam meg, csak néztem a szemébe. Felemelte a jobb kezét, és a bal szememből a fülem mögé simított egy göndör, rakoncátlan tincset, majd megfogta a tarkómat, de nem hajolt közelebb. Lágyan, alig észrevehetően elmosolyodott és elengedett. Mikor végre a tüdőmbe jutott az oxigén, úgy ziháltam, mintha futottam volna.

– Látod, nem tudsz nekem hazudni – mondta halkan –, én sem neked. Nézz rám, és mondd el, mit látsz! – maradt ugyanolyan közel, hogy a szürkületben még jól lássam.

– Biztosan nem mondok semmit, mindennel visszaélnél később.

– Jó, hát ne azt mondd, mennyire jóképű vagyok, nyilván ezt tudom – vigyorgott.

– Szia, Gabriel! – mondtam hevesebben a vártnál, és hátat fordítva elindultam haza.

Tulajdonképpen ez a tincs-hátrasimítás volt életem legromantikusabb pillanata. Még most is remeg a lábam. Szentéges ég! Tenyeremmel megdörzsöltem a szemem, hogy észhez térjek kicsit.

– Lilien! – kapta el a karomat.

Úgy tűnik, nálunk ez már szokássá vált. Én menekülök, ő pedig állandóan feltart.

– Várj! – állt elém.

Úgy magasodott fölém, mint egy hegy. Nem tudom, mennyivel lehet magasabb nálam, még sosem tűnt ilyen nagynak. Két kezével megfogta az arcom két oldalát.

– Kérlek, engedd, hogy megcsókoljalak! – Olyan komoly volt a tekintete, mint még soha.

Ő is úgy vette a levegőt, mint én az előbb. Próbáltam hátrébb lépni vagy elhúzódni, de nem engedett.

– Kérlek, ne! Kérlek! – suttogtam könyörögve, és kezeimmel megfogtam az övéit.

– Nagyon tisztelem ezt benned – húzott még közelebb. – Valaki lehozta nekem a csillagokat az égről – nézett egyenesen a szemembe.

– Tessék? – lihegtem szaggatottan.

– Te vagy az én Csillagom. – Most már csak suttogta, és hüvelykujjaival megsimogatta az arcom.

Aztán elengedett, beletúrt a hajába, majd a földet nézve elsétált az ellenkező irányba. Álltam a sötétben, most már egyértelműen lihegve, és pislogni is elfelejtettem. A meghatott sírás fojtogatta a torkomat, majd visszanyelve a könnycseppjeimet lassan elindultam haza.

Éjjel Gabriellel álmodtam. Nem történt semmi, csak ült előttem a pad háttámláján és mosolyogva mesélt valamiről. Nem is nekem. Én csak néztem messziről. Csodáltam. Ahogy gesztikulál a kezeivel, ahogy reagál a másik mondandójára. Laza, fesztelen és profi. Majd hirtelen megérezte, hogy nézem, felém fordult, egyenesen a szemembe nézett. Arca komollyá vált. Úgy pattant ki a szemem, hogy azt sem tudtam, hol vagyok és miért.

7

Még reggel az egyetemen is az álom – és valószínűleg a tegnapi események – hatása alatt álltam, mert mire felfogtam, hogy Isabel hozzám beszél, már csípőn volt a keze és ki volt akadva.

– Neked elcsavarták a fejed – vizslatott résnyire szűkült szemmel. – Ki a pasi? – vigyorgott most már a tökéletes fogsorát kivillantva.

Gyűlölöm, hogy így átlát rajtam!

– Gabriel Woods – böktem ki lemondóan.

– O-ké – tátogta hangtalanul, és elismerőn felhúzta a szemöldökét. – Hát, találhattál volna valaki kevésbé foglaltat – öszszegezte röviden, tömören.

– Ő talált meg engem, és azóta nem tudom levakarni – dünynyögtem a kávém fölül.

– Mármint olyan vad, szexuális értelemben? – lépett elém, hogy majd' elvakított az egy kiló ékszer, ami összevissza csillant rajta.

– Olyan bármelyik-percben-szégyenbe-ejtően-megcsalná-velem-a-menyasszonyát értelemben.

– Na jó, és te? – itta ki a kávéját, és indult az előadóba.

– Én? – mondtam hisztériásan. – Basszus, majdnem megdugott az irodája íróasztalán – fogtam a fejem.

– Hoppá! – lepődött meg őszintén. – Akkor mire ez a nagy szenvedés? Essetek egymásnak, úgysem tudja meg senki.

– Ez az egyszerű, férfias hozzáállás annyira jellemző rád – morogtam.

– Figyi, ha én megkívánok valakit, akkor lefektetem. Ha nem kell hozzá erőszak, akkor nyilván ő is benne van. A többi meg kit érdekel?

– De hát, ha te jegyben járnál... – kezdtem bele, de félbeszakított.

– Ez most nem személyes, Lilien, ne vedd magadra, de mondom, én hogy látom! Ha a pasim mással csalna, és én ezt hagynám, vagy elnézném neki, akkor tuti én szúrtam el valamit, és a dolog nem működik. Vagy alapból egy féreg, akkor a dolog szintén nem működik. Nem tudhatod, közöttük milyen megállapodás vagy kapcsolat van. Valószínűleg érdekházasság lesz.

– Isabel, gyere kicsit, kérlek! – szólt ki apukám az irodájából, és ezennel ott álltam teljesen összezavarva.

– Máris megyek, Frank! – fordult felé Isabel, és magamra is hagyott.

Nem volt igaza. Ezek a dolgok nem így működnek. A házasság egy másik szint, és nekem nincs jogom belepiszkítani.

Összeszedtem a jegyzeteimet, a műszereket, és éppen indultam volna a vonatra, hogy elkezdjem az aznapi feladataimat kint terepen, amikor megcsörrent a telefonom. Gabriel. Tegnap kikapcsolta magának a tiltást, amikor ettünk.

– Mondd gyorsan, sietek! – szorítottam a telefonomat a fülemhez a vállammal pakolás közben.

– Felejtsd el! Hova mész? – mondta kapkodva.

– Dolgozni – ráztam volna le.

– Megyek veled. – Hallottam, ahogy feláll az asztalától.

– Teljesen kizárt. Egyedül intézem, köszi.

– Teljesen kizárt, hogy egyedül intézed! Hallom, hogy cipekedsz. Na és mivel mész? Nincs is kocsid.

– Nagylány vagyok, eddig mindig megoldottam – szótagoltam lassan.

– Akkor oldd meg egyszerűbben és gyorsabban. Több időd marad otthon írni. – Hallottam, hogy becsukja a kocsija ajtaját.

– Na és veled mi újság? Tűz ütött ki, vagy a menyasszonyod jelentkezett be?

– Csak egy német-tolmács kellene. Gondoltam, a kellemeset a hasznossal.

– Nem dolgozom neked – lihegtem a lépcső aljára érve.

– Majd meghálálom valahogy, Csillagom. – Szinte láttam, ahogy vigyorog.

Nem tehetek róla, akkorát dobbant a szívem, hogy elgyengültem.

– Most érek le a természettudományi tanszék bejáratához. Itt megvárlak – tettem le a telefont.

Igazából örültem, hogy nem egyedül megyek. Az előzetes felmérési térkép szerint a kijelölt terület vagy három kilométer gyalog az úttól, és közvetlenül az óceán partján van. A fenének sem volt kedve egyedül vinni az összes műszert, kifelé meg cipelni a talajmintákat haza.

Hét perc múlva meg is érkezett az egyszemélyes felmentősereg a fehér Teslával. Végül is, majdnem herceg fehér lovon. Kecsesen, de nem beképzelten pattant ki a volán mögül, és roszszallóan, fejcsóválva lépett elém. Úgy tépte ki a kezemből a talajmintavevőt, mintha az övé lenne.

– Ki az az idióta, aki megengedi neked, hogy ezeket együl vidd el ilyen kurva messzire? – dühöngött, míg mérnöki precizitással pakolt be a csomagtartóba.

Fekete öltönynadrág, fekete cipő és fehér ing volt rajta. Mint aki a divatlapokból lépett ki. Nyeltem egy nagyot, és mellé léptem pakolni.

– Máris toplistás vagy nálam! – hallottam meg mögöttünk Isabel hangját.

Gabriel meglepetten fordult hátra, és jól megnézte magának a magas, hosszú szőke hajú barátnőmet, ahogy testhezálló sárga csipkeruhában és barna magassarkúban áll előtte.

– Isabel Adams – nyújtotta határozottan kezét Gabriel felé. – Te pedig az az alak, aki elviszi a barátnőmet dolgozni, és épségben haza is hozza – mosolygott fenyegetően.

Gabriel elmosolyodott, és felvont szemöldökkel szólalt meg:

– Legyen csak Gabriel, az rövidebb – ráztak kezet végül. – No és ha Hamupipőke nem ér haza időben a bálból? – incselkedett.

Szemforgatva otthagytam őket, és elindultam az anyósülés felé.

– Akkor letépem a tökeidet, és megetetem veled! – hallottam ki a még mindig a fenyegető mosolyt Isabel hangjából.

– Nos, így már kevésbé nagy a nyomás, köszönöm – csukta le a csomagtartót Gabriel, és útban a kocsiajtó felé még láttam, ahogy visszafordul. – Máris különleges helyed van a szívemben – kacsintott, és beült a volán mögé.

– Százas a csaj? – kérdezte már útközben.

– Tudod, hová megyünk? – fordultam felé az ülésben.

Megrázta a fejét, mire elmagyaráztam neki, meddig kell mennie a sziget utáni hídon.

– Nos, Isabel – tértem vissza a kérdéshez. – A legjobb barátnőm, mindent tudunk egymásról, és ha azt mondja, letépi a tökeidet, azt komolyan is gondolja. Hat danos feketeöves, emellett a legokosabb ember, akit ismerek a szakmában.

– Erről a szöszíről beszélsz? Biztos? – nevetett fel hangosan. – Kiráz a hideg tőle. A fekete mágiában nem jártas véletlenül?

– Csak vigyáz rám – fordultam vissza előre.

– Tudom, Csillagom – komolyodott el ő is. – Én is vigyázni fogok.

Mikor kiértünk, és végre legyalogoltuk a három kilométert, elővettem a térképet és számolni kezdtem, melyik rácspontban tudok mintát venni, és melyik helyett kell újat kijelölnöm, hogy modellezhető legyen a terület.

Már vagy két órája dolgoztam, amikor Gabriel visszaért a fene se tudja, honnan, és elvitte a kocsihoz a sok zacskónyi talajt, amit holnap Isabel fog megvizsgálni, ha nem felejtem el a szárítószekrényt bekapcsolni. Újabb egy óra után Gabriel mellettem telefonált a fűben fekve. Teljesen kimerültem, de kész lettem végre.

– Akkor mit is kellene németül elintéznem? – kérdeztem a hívása után.

Lelkifurdalásom volt, hogy eddig eszembe sem jutott.

– Semmit, Csillagom, én is tudok németül – mosolygott, és segített elpakolni.

– Most komolyan? – Hangomból kiérződött a csalódottság.

– Ha nem találok ki valamit, akkor lerázol – rándította meg a vállát. – Lilien!

– Tessék? – fordultam felé a vázlataim fölül.

– Milyen mély itt a víz? – nézett le a peremről a jó hat méternyi mélységbe.

– Hát, lássuk csak – vettem elő a topográfiai térképet. – Majdnem öt méter a mellett a nagy szikla mellett balra, előtte meg csak...

Még be sem tudtam fejezni, már mellettem rohant el, miközben a pólóját félredobva – nem tudom, mikor öltözött át, de ezen most nem érek rá gondolkodni –, felhőtlen kiálltás mellett egy tökéletesen kivitelezett fejessel leugrott a szirt széléről. Felszakadt belőlem egy sikítás és azonnal odarohantam, közben azt sem tudom, miket ordibáltam, a hajamat téptem és imádkoztam, hogy jöjjön már fel a víz alól. Mikor végre megtörtént és meglátta a testtartásomat, azonnal megállt az úszásban.

– Elment az eszed? – ordítottam le neki. – És ha félreolvastam azt a kibaszott számot, vagy van ott egy kőszirt, amit nem mértek fel?

– Lazíts már egy kicsit, nem történt semmi baj – mosolygott fel.

– De lehetett volna! – lovaltam bele magam még jobban. – Belegondoltál, mi lett volna velem, ha szétloccsan a fejed odalent? Hogy a faszba másztam volna le oda, vagy...

– Lilien, vegyél mély levegőt és nyugodj meg!

– Nem nyugszom meg! – üvöltöttem most már a táskámat a földhöz vágva. – Gyere ki, de azonnal, megértetted?

– Máris indulok, Csillagom, amint kitaláltam, hol is tudnék – mosolygott még most is.

– Ne vigyorogj, ez komoly dolog! – járkáltam fel és alá.

Képek villantak fel a nem is olyan régi múltamból. Sötét árnyak, fellegekként gyülekezve a fejem felett, amelyek keselyűként várták, mikor csaphatnak le rám. Három és fél éve is minden egy balesettel kezdődött.

Azt sem vettem észre, Gabriel mikor ért fel vagy lépett elém. Csuromvizes volt és félmeztelen, a nadrágja gombja kigombolva, slicce lent. Elé léptem és úgy arcul csaptam, hogy égett a tenyerem bőre utána. Majd mielőtt bármit is mondhatott volna, a nyakába zokogtam és felhúztam magam a csípőjére, hogy mindenhol ölelni tudjam.

– Nem vagy normális! – sírtam a vállára borulva. – Tiszta hülye vagy! – öleltem szorosabban, és éreztem, hogy átázik a farmer és a trikó is rajtam. – Felelőtlen, nagyon felelőtlen!

Nem mondott semmit, csak ölelt és hagyta, hogy kidühöngjem magam. Amikor már nem sírtam, lemásztam volna róla, de nem engedett el.

– Ne menj még el, kérlek! – mondta, és a hátamat tartva leült velem a földre.

A másik kezével a fejemet szorította a vállán. Megfogtam a tarkóját és a szemébe néztem.

– Nem fáj semmid? Nem ütötted meg magad? – emeltem fel a karját, hogy az oldalát is meg tudjam nézni, de ő csak csendben mosolygott. – Nem fázol? – Tekintetem visszatért az övéhez.

– Jól vagyok – szólalt meg halkan. Alig hallottam a hullámok morajától.

– Sajnálom, hogy megütöttelek – ültem hátrébb a földre, a két lába közé.

Az enyémek még most is az ő két oldalán hevertek, az övéi pedig térdben felhúzva pihentek az én két oldalamon. Nem tett illetlen megjegyzést arra, hogy a trikóm teljesen átlátszik a víztől, csak mindkét karját kinyújtva felém visszahúzott a vállára.

– Nem szerettelek volna megijeszteni – suttogta a bal fülembe és adott egy puszit, majd még egyet és még egyet.

Becsuktam a szemem és engedtem neki. Körbejárta az arcomat, aztán lejjebb siklott a nyakamra, majd még lejjebb. Benyúlt a trikóm alá, és keze felsiklott az oldalamon, de én ruhán keresztül visszahúztam a kezeit a helyükre, majd kinyitottam a szemem. Arca komoly volt, és nagyon igyekezett visszafogni magát. Nyelt egyet, majd pislogott maga elé.

– Ez rosszabb, mint a pokol – suttogta újra a szemembe nézve.

Nem tudom, hogy a boldogság, hogy nem érte baj odalent, vagy az amúgy is egyre vékonyodó ellenállásom mondatta-e velem a következő mondatot, de tény, hogy bennem is minden fenekestől megváltozott az iménti események hatására. Magam is megdöbbentem, milyen hevesen reagáltam. Ez hozta az enyhülést.

– Csókolj meg! – bukott ki belőlem az elhatározás.

– Lilien! – húzódott hátrébb, hogy megnézze, jól vagyok-e.

– Csináld! – üvöltöttem szinte könyörögve.

Nem kellett újra kimondanom, már a tarkómat fogta, és ajka az enyémen volt. Végre, végre, végre! El sem tudom mondani, mennyire jó érzés volt megtenni. Kezei a fejem két oldalán beletúrtak a hajamba. Ajka finomak, puhák, és már újra az ölében ültem. Jobb keze elindult lefelé a gerincem vonalán, és a fenekem felett megállt. Erősen magára húzott, közben megharapta az alsó ajkam és hangosan felnyögött. Térdeimmel kicsit feljebb nyomtam magam, és a tarkóját szorítva megcsókoltam a nyakát, miközben ő kigombolta a nadrágomat, amihez így most már hozzáfért, és míg ajkaink újra egymásra találtak, ágyékát az enyémhez nyomta. Hátrahúzta a hajam és belemorgott a nyakamba, én pedig közben csípőmmel fel és le mozdultam rajta. Nyögve beleharapott az államba, magához szorított, és le is fogott, hogy nem tudtam megmozdulni. Alig kaptunk levegőt. Kinyitottam a szemem, és kérdőn néztem le rá.

– Nem bírok majd leállni – lihegte kipirulva.

– És ez tényleg most jut eszedbe először? – leheltem pár lélegzet múlva.

Elszállt a pillanat. Amilyen gyorsan csak tudtam, felálltam, begomboltam a nadrágom, és a térdemre támaszkodva vettem pár mély levegőt. A hajamba túrva idegesen összeszedtem a cuccaimat, majd vissza sem nézve elindultam a kocsihoz.

– Teljesen összezavarsz – szóltam neki hátra az ösvényen.

– Nem akarom, hogy azért engedd meg, mert egy percre elveszítetted a fejed, Lilien – mondta hangosabban, mint szokta. – Ott fekszünk, aztán fogod magad, felpofozol, üvöltözöl egy sort és rám leszel dühös, amiért megtettük. Na és ha szerencsém van, akkor még szóba állsz velem utána és nem tűnsz el végleg.

– Akkor mit akarsz? Könyörögjek? – üvöltöttem hátrafordulva, és elállva az utat előtte.

– Hát, nem is tudom – gondolkodott el. – Térden állva tennéd? – vigyorodott el.

– Fordulj fel! – sziszegtem, és villámokat szórt a szemem.

Mikor végre visszaértünk, sértődötten szálltam be a kocsiba és megvártam, míg lecseréli a nadrágját. Meg tudtam állni, hogy nem leskelődöm közben. Számba sem tudtam venni, hogy minden eszközt visszatettünk-e a csomagtartóba. Az út visszafelé nagyon csendes volt. Érdekes módon nem az a kellemetlen fajta, aminek minden másodperce kínos. Egyszerűen csak pihentető némaság.

– Krisztusom, Lilien – vett egy mély levegőt, és fejcsóválva lassan kifújta. – Megfontolt, szende kiscsaj, közben az ágyban meg egy szenvedélyes, érzéki nő.

Nem voltam hajlandó újra belemenni ebbe a témába. Éhes voltam, fáradt, és csak egy zuhanyt szerettem volna. Mivel eddig volt időm gondolkodni, előálltam az én témámmal.

– Aláírom a szerződést – mondtam halkan.

– Ez most honnan jutott eszedbe? – pillantott felém.

– Kell a pénz – mondtam el őszintén.

Nem lett volna értelme tagadni, és nem szégyelltem; mindenkinek vannak tervei.

– Mire kell? – kérdezte azonnal. – Nincs hitel- vagy köztartozásod.

Úgy kaptam felé a tekintetem, hogy azonnal magyarázkodni kezdett.

– Muszáj volt a HR-nek utánanéznie, mielőtt szerződést írnak. Mennyi pénz kell?

Úgy nevettem fel, hogy azt hitte, baj van.

– Semmi közöd hozzá! – fordultam az ablak felé.

– Kifizetem – mondta határozottan.

– Nem sokáig lesz pénzed, ha minden jöttmentnek szétosztogatod.

– Szerinted a szememben egy jöttment vagy? – kérdezte megrökönyödve.

– Nem tudom. Minden héten elcsábítasz valakit?

– Tudod, rád férne már, hogy úgy istenigazából kikeféljem belőled a hisztériát – sziszegte.

– Vagy bárki más, csak épp nem te – vetettem oda neki égő arccal.

– Te vagy a legidegesítőbb nő, akivel valaha találkoztam, és tekintve, hogy kikkel volt eddig dolgom, ez nem kis teljesítmény! – mondta szúrós szemmel, összeszorította szájjal.

– Mint a húsz éves házasok – lepett meg mindkettőnket Isabel az egyetem lépcsőjéről.

Olyan laza eleganciával ült ott a szürkületben, mintha arra várna, hogy valaki lefesse. Azt sem vettem észre, hogy ideértünk. Arra sem emlékszem, hogy kiszálltunk az autóból. Elszégyelltem magam, és csendbe burkolóztam.

– Mondd meg, te hogy bírsz vele? – mutatott rám Gabriel, Isabelhez intézve a szavait.

– Nem dúskálok úgy a tesztoszteronban, mint te – lépett mellé Isabel. – Ha te nem tudtad lenyugtatni, akkor nekem esélyem sincs. Jah, és nincs mivel.

– Nagyon vicces – duzzogtam, és elkezdtem bepakolni a talajmintákat az épület bejáratához.

– Isabel, ez rajtam nem segít – tett le Gabriel is pár zacskót a lépcső tetejére.

– Az már a te bajod – vigyorgott. – Na és megetetted, mielőtt nekiestél volna? – törölte le a kézfejével az izzadtságot a homlokáról.

– Á, bassza meg, itt volt a hiba! – ütött a fejére Gabriel.

– Látom, nem zavarok, elvagytok ti nélkülem is – mondtam szemrehányóan, és minden további szó nélkül faképnél hagytam őket.

Elegem van belőlük. Miért az én szexuális életem a téma állandóan? Miért nem az invazív fajok terjedéséről, vagy az éghajlatváltozásáról beszélgetünk? Isabel sosem kér bocsánatot, azt pedig végképp nem ismeri el, ha nem neki volt igaza. De hogy Gabriel így kibeszéli, mi történt, mikor kettesben voltunk! Hogy bízzak meg így benne?

Felsétáltam az irodába, hogy összeszedjem a reggel bent hagyott cuccaimat. Leültem a gépem elé, hogy rögzítsem a mai tevékenységemet és hallottam, hogy becsukódik mögöttem az ajtó.

– Fáradt vagyok, Isabel, hagyjuk – mondtam fel sem nézve.

– Ne haragudj, bunkó voltam odakint – dörmögte Gabriel.

– Ha te vagy, akkor pláne hagyjuk. Elegem van az egészből. Neked nem kellett volna ma dolgoznod? – fordultam felé dühösen. – Nem volt jobb dolgod, mint engem zaklatni?

– Nem éreztem zaklatásnak, és igen, lett volna jobb dolgom is, de én úgy döntöttem, hogy veled szeretném tölteni a napomat – nyitotta ki az ajtót ismét, már kevésbé türelmesen. – Úgy tűnik, rossz ötlet volt – fejezte be, és el is tűnt a folyosón.

Csak ültem és pislogtam. Erre nem számítottam.

– Azt tudod, hogy két derekad is tönkrement volna ma, ha ezt mind egyedül hozod ide? – lépett be Isabel teljesen leizzadva. – Nem ő volt a bunkó, hanem te – harapott bele egy gazdátlan kekszbe.

– Közben már én is rájöttem – fordultam vissza, és kikapcsoltam a számítógépet.

– Sőt ha belegondolok, mennyi melója lehet egy átlagos munkanapon – ült le mellém –, erre egész nap kint pakol és emelget helyetted.

– Jó, azért nem kell rögtön lovaggá ütnöd! – szedtem össze a pulcsimat a táskámmal. – Hátsó szándék vezérli, így kevésbé romantikus.

– Ebben tévedsz, Lilien. Ez a romantikus, az nem lenne az, ha magáévá tett volna a szertárban és elsétál. Teszem hozzá, még akkor is jól jártál volna – mondta incselkedve.

– Lehet, hogy az kellett volna, akkor nem lenne ennyi bonyodalom.

– Te vagy itt az egyetlen, aki bonyolít.

– Na, te meg ebben tévedsz – sétáltunk le ismét a bejárat lépcsőjén. – Egymásnak estünk odakint a mezőn. Már majdnem megtörtént, amikor leállított. Azt mondta, hogy utána dühös lennék rá és leráznám.

– Egyre szimpibb nekem ez a csávó – bögyörgette a kvarckristályát a láncán. – Szóval azt mondod, hogy a romantika és a szex közül ő az elsőt választotta?

– Most, így letisztázva, már nagyon szarul érzem magam – mondtam halkan.

– Biztosan jólesne neki, ha felhívnád – simogatta meg a hátam. – Nagyon rendes és korrekt embernek tűnik, Lilien.

– Miért kell neki annak lennie? – fakadtam ki. – Lehetne egy ősember is, akkor csak felpofozom és végeztünk.

– Hívd fel! – mondta ismét és elköszönt, hogy hazainduljon.

8.

Basszus, úgy remeg a kezem a gondolattól is, hogy felhívom, hogy majd' elejtem a telefonomat. Arról nem is beszélve, hogy mi van, ha már otthon van? Nem hívhatom csak úgy fel, és hozhatom szóba a mai napot. Hirtelen ötlettől vezérelve az egyik utcasarkon épp az ellenkező irányba kanyarodtam, mint amerre lakom, és gyorsítva a tempón a Woods-székházhoz mentem. Fáradt voltam, fájt mindenem, de ez nem várhatott. Csak remélni mertem, hogy ott van, és nem késtem el a félórás odautammal.

A portás simán beengedett, amin kicsit meglepődtem, de nem foglalkoztatott sokáig. A liftből nem fel, hanem le, a garázsba indultam. Éppen csak egy percre, hogy megnézzem, az autó valóban ott áll. Nagyot dobbant a szívem, mikor megláttam. Most már csak nem ebben az egy percben fogom elkerülni őt a másik lifttel. Míg megnyomtam a gombot és fel nem értem, az ájulás kerülgetett. Lehet, hogy ezt mégsem kellene. Mi van, ha nincs egyedül, vagy annyira haragszik, hogy már nem érdeklem?

Felért a lift, és a folyosón sötétség fogadott. Az irodája ajtaja nyitva, onnan szűrődik ki a fény. Odabent csend van. Nem osonok – hallja, hogy lép valaki, mert amikor az ajtóba érek és meglátom, hogy a székében ül, háttal az ajtónak, nézve a várost, megszólal:

– Még tíz percet adj, Alice, kérlek! – mondja halkan, sőt szomorúan.

Mázsás súly nehezedett a mellkasomra. Basszus, nagyon megbántottam. Amikor nem érkezett válasz, megfordult, és először nem jutott szóhoz a döbbenettől.

– Hát te? – kérdezte komolyan.

Nagyot nyeltem és megnyaltam a szám szélét, majd furcsán, dadogva tudtam csak megszólalni.

– Eljössz velem vacsorázni? – Úgy remegett a hangom, hogy alig tudtam beszélni.

Nulla mimikával ült, és farkasszemet nézett velem.

– Lenne értelme?

Hangja fáradt és lehangolt volt.

– Ha éhes vagy, biztosan – vettem át tőle ezt a fajta terelést, és meg is lett az eredménye.

Egyetlen fantom-félmosoly. Elege van belőlem. Egyértelműen. Úgy szorított a mellkasom a fájdalomtól, hogy alig tudtam a levegőt belepréselni. Nagyon megbántottam. Minden büszkeségemet feladva letettem a táskámat, a kabátomat a földre és elé sétáltam. Mire odaértem, már szaggatottan vettem a levegőt. Lassan felállt, és fölém magasodva, körbeölelve fogadott.

– Ez most megint annyira jó! – suttogta a hajamba.

Úgy örülök, hogy mindig kimondja, amire gondol, én erre képtelen lennék. Szorosan hozzábújtam és a nyakába fúrtam magam, miközben a karja alatt átöleltem.

– Ne haragudj! – húztam vissza magamhoz.

– Nem gond, majd vezekelsz máskor – mondta már ismét játékosan.

Belenevettem a nyakába, és még jobban szorítottam.

– Gabriel – kezdtem bizonytalanul. – Eltelt azóta vagy kétszáz perc is, hogy elveszítettem a fejem, és még mindig pont úgy gondolom, mint akkor. Szóval most átgondolva, megfontolva – felnéztem a szemébe, hogy nyomatékosabb legyen –, szeretkezz velem, kérlek!

Megfogta az arcom két oldalát és kutatóan vizsgált.

– Én meg tök ártatlanul azt hittem, hogy tényleg vacsorázni fogunk – mosolygott kedvesen.

Éreztem rajta, hogy fáradt. Ez most nem az a helyzet és hely, ahol lenne időnk erre. Minden percben figyelnünk kellene arra, ki nyit be.

– Először együnk – mosolyogtam vissza, elengedve a témát.

– Van egy csomó ruhám hátul, ha bemész a bal oldali ajtón – húzta ki a hajgumit a hajamból, hogy az egy tonnányi, hosszú, göndör tincsem mindenhol körbeölelt utána.

Gabriel pislogott párat, aztán nagyot nyelt. Kinyitotta a száját, aztán visszacsukta. Édes.

– Milyen más így az arcod! – simította hátra ugyanazt a tincsemet a bal fülem mögé, amit tegnap a parkban is.

Mikor keze elengedte a hajamat, nem húzódott vissza. Nagyon finoman a nyakamra siklott, és közelebb hajolva lágyan megcsókolt. Nem volt benne semmi erőszakos vagy türelmetlen. Finom volt, puha és szenvedélyes. Nem ért hozzám máshol, nem volt illetlen, csak mint a tinik a bálon. Aztán arca végigsimított az enyémen, puszit adott, majd orrával megsimogatta az arccsontomat. Ujjai a nyakamat járták be. Lassan, nagyon lassan. Aztán elengedett, kézen fogott, és finoman vezetve elindult a felé az ajtó felé, amit az előbb mondott. Odabent a bal oldali falon végig szekrénysor. Jobb oldalon újabb két ajtó. Azt hittem, kicsi helyiség lesz, de ez is volt vagy akkora, mint az én hálóm. Nem volt időm körbenézni; a második ajtón túl egy nagy zuhanyzó fogadott, átlátszatlan, fújt üveggel. Gabriel egyenesen besétált velem a zuhanyrózsa alá, és megnyitotta a vizet.

– Azóta sós vagyok, hogy leugrottam a szikláról – nevetett fel lazán, és levette a pólóját, majd kigombolta a nadrágját és lehúzta a sliccét.

Álltam sóbálvánnyá merevedve, és hiába láttam ma már így, még most is teljesen lesokkolt a látvány. Izmos. Nem olyan macisan, felfújtan nagydarab, hanem szálkásan kidolgozott. Trapéz, tricepsz... oh, igen, kérem!

– Nekem pedig nem lesz miben hazamennem – dőltem háttal neki a zuhanyzó falának.

Már a cipőmben is állt a víz.

– Majd megoldjuk – csókolt meg újra, és kigombolta a nadrágomat.

Így már befért a keze. Hátrasiklott csípőmre, majd a nadrágot és a bugyit finoman letolva tenyere végigsiklott a fenekemen, le a hátsó combomon. Olyan leheletfinoman ért hozzám, mintha porcelánból lennék. A kezét levezetve a bokámig letérdelt elém, és csak azért nem szégyelltem magam, hogy alulról teljesen meztelen vagyok, mert az önmagában rövid félruhám most is a combom közepéig eltakart mindent. Kifűzte a cipőimet, és lehúzta a nadrágomat a bugyimmal, majd ott térdelve, a bokámat simogatva felnézett rám, hogy még mindig akarom-e. Amikor látta, hogy rá várok, keze feljebb siklott a lábamon, majd a jobb combom belső felére adott puszikkal finoman szétnyitotta a lábaimat, és a fogával feljebb húzta a ruhámat. Kezével az oldalamon tartotta is, hogy mindenhol végig tudjon csókolni. Ó te jó ég, megőrülök tőle! Türelmetlenül a hajába markoltam és finoman felhúztam a fejét az enyémhez, hogy meg tudjam csókolni. Jobb keze közben a két combom közé tévedt és simogatni kezdett.

A nadrágjához nyúltam, és amennyire csak hozzáfértem, letoltam róla. Marokra fogtam, amitől édesen belenyögött a számba. Úristen, ez nem fog belém férni. Ez volt az első gondolatom, de ő már a nyakamat szívta, és míg kezem le és fel mozgott rajta, ujjai belém csúsztak, kicsikarva belőlem egy hangos sóhajt, majd csípőjét az ágyékomnak nyomta és bal combomat a derekára húzva engedte, hogy én vezessem magamba. Lassan csinálta, nagyon lassan, közben mindketten majd' beleőrültünk. Ő is pont úgy kapkodva vette a levegőt, mint én. Már olyan régen volt ilyen utoljára, de abban biztos vagyok, hogy még csak hasonlót sem éreztem soha. Mikor végre teljesen bennem volt, nem mozdult meg, csak a csípőmet szorítva tartott. Felkapta a fejét és a szemembe nézett. Arcán komoly kifejezés ült, ahogy szaporán vette a levegőt. Zavarodott volt, és kipirulva, összehúzott szemöldökkel figyelte az arcomat.

Nem tudom, az én arcomról mit olvasott le, de mikor végre mozogni kezdett, már minden levegővételem egy halk nyögésben végződött. Éreztem, hogy odalent szinte égetek, annyira forró vagyok. Amíg halk sóhajait hallgattam a fülemben, keze simogatta a nyakamat, a vállamat, közben letolta róla a ruhám pántját, és finoman megcsókolta a mellemet a melltartóm felett. Olyan állapotban voltam, mintha álmodnék. Becsukott szemmel hátravetettem a fejem, és amikor csípőjét másik, sokkal mélyebb pozícióba mozdította, már biztos voltam benne, hogy azonnal el fogok élvezni. Gyorsított a tempón, és belemarkolt a fenekembe. A hátába kellett kapaszkodjak, hogy ne essek össze, közben felszakadt belőlem egy újabb nyögés. Gabriel megfogta az államat, hogy maga felé fordítva rá nézzek. Kinyitottam a szemem, és ahogy megláttam az arcát, azt a csodás, kipirult arcot, rajta a csodálattal és rajongó tekintettel, szinte abban a pillanatban felrobbant bennem az összes érzékem egyszerre, és a forróság hullámán a mellkasomban a lelkem felszabadultan, boldogan repült a mennyekig. Gabriel belenyögött a nyakamba, és a fejem mellé támaszkodva a bal kezével tartott engem is. Mindaddig mozgott, amíg újra és újra köré szorultam, és minden alkalommal egyszerre nyögtünk tőle. Sokáig nem mozdultunk. Legszívesebben elsírtam volna magam örömömben. Ez volt életem legjobb szeretkezése. Ez nem dugás, kefélés, vagy csak simán szex volt; mi szeretkeztünk, és ezt ő is érezte. Érezte. Nem tudom, mikor kevertük bele az érzelmeket a történetbe. Ha jobban átgondolom, a vitáink mögött is elég heves érzelmek lapulnak.

Teljesen belefelejtkeztem a gondolataimba, amikből Gabriel ölelése zökkentett ki. Hozzám bújt, mindenhol hozzám ért, arcát a nyakamba fúrta, és csak lihegtünk kapaszkodva. Egy perc múlva összeszedte magát és homlokát az enyémhez nyomta, aztán lassan kihúzódott belőlem, de fejemet a mellkasához szorítva tartott az ölelésben. Éreztem, milyen gyorsan ver a szíve. Aztán ismét belecsókolt a nyakamba.

– Annyira jó illatod van! – suttogta a fülem mellett, és orrával végigsimogatott a fülem tövétől egészen a vállamig.

De furcsa. Valami szokatlan. A hangja. Most szólalt meg percek óta először. Gabriel nem beszél szex közben – döbbentem rá. Tulajdonképpen ez az egyetlen helyzet, amikor befogja a száját.

Mikor már nem lihegtünk, elengedett és megnézte az arcom, majd adott a homlokomra egy puszit és teljesen levetkőzött. Megkereste a tusfürdőjét és zuhanyozni kezdett.

– Legközelebb, ha kicsit visszafogod magad, nem csak öt percig fog tartani – mosolygott.

Kicsit félrehúzódva leültem a földre, és térdeimen támasztva két könyökömet tartottam a fejem és lágyan felnevettem.

– Nem mondom el senkinek – mondtam kicsit komolyabban, mire rám sem nézve hangosan nevetni kezdett.

– Jaj, nem ezt, te hülye! – vágtam hozzá egy samponos flakont, mire még hangosabban kezdett el nevetni. – Azt, hogy megtörtént.

– Nem lesz rá szükség, a fekete mágia királynője azonnal tudni fogja – nézett a szemembe. – Ő viszont tartja majd a száját, ebben biztos vagyok.

– Miért nem jössz ide? – mosta le magáról a habot.

– Kicsit még mindig szédülök – vallottam be őszintén.

– Mert egész nap alig ettél – lépett elém. – Gyere, segítek! Kinyújtotta felém a jobb kezét, és felhúzott.

– Nem fogsz elcsúszni? – kérdezte, és megnézte, mennyire vagyok stabil.

– Nem, köszi. Azt hiszem, inkább csak a lábam remeg.

Arcomat kezeimbe temettem – kezdtem magam nagyon kellemetlenül érezni.

– Hé! – fogta meg a csuklóimat, hogy félrehúzva őket a szemembe tudjon nézni. – Ez volt az első ilyen orgazmusod?

Úgy kérdezte, mintha az időjárásról beszélgetnénk. Jobb’ szerettem, amikor nem beszélt. Hogy tud mindent ilyen lazán szóba hozni?

– Igen – mondtam ki kényszeredetten, de már éreztem, hogy ég az arcom zavaromban.

– Nem szeretsz ilyenekről beszélgetni? – mosolygott aranyosan.

– Válthatnánk témát? Semmire nem válaszolok, mert még beképzeltebb leszel.

Behúzott a víz alá, és megpróbálta a fejemen átemelni a ruhát.

– Ne! – állítottam le, és visszahúztam a szegélyt a helyére.

– Akkor lehetne ez a következő téma – tolta le a másik ruhapántot is a vállamon.

– Miért beszélném meg veled? – vágtam az arcába.

– Mert jelenleg nekem van a legtöbb közöm hozzá – mosolygott, de feladta a vetkőztetést.

A komfortzónámból kilépve mindig éppen azon a határon tart, ami már kínos, de még elviselhető. Különös érzéke van a szavakhoz, az egyszer már biztos. Míg ezen gondolkodom, ismét megpróbál levetkőztetni.

– Ne, Gabriel, nem akarom! – fogtam meg a kezét, hogy leállítsam.

– Miért nem? – villant a foga mosoly közben, és ismét a ruhám felé kapott. – Beszélj, vagy letépem rólad! – lépett egy lépéssel közelebb.

– Azt próbáld meg! – néztem rá felháborodva.

– Ahogy gondolod.

Sarokba szorított, és a kezeimet lefogva elkezdte lefejteni rólam az elázott göncöt.

– Ne, ne! – nevettem hangosan. – Hagyd abba! Nem szeretném, mert nem úgy nézek ki, ahogy...

– Hogy? – kapta felém a tekintetét.

– Nem úgy nézek ki, mint a többi nőd – fejeztem be végre a mondatot.

Őszintén meglepte a válasz. Keze megállt mozdulat közben, majd le is hanyatlott.

– Most tényleg róluk szeretnél beszélgetni? – Huncut mosoly bujkált a szája sarkában.

– Hát, én eleve nem is akartam beszélgetni!

– Pontosan melyik többi nőmre is gondolsz? – húzta össze a szemét, és viccesen eljátszotta, hogy gondolkodik.

Felnézett a plafon felé, hüvelyk- és mutatóujjával az állát kezdte simogatni.

– Azokra, akiket furikázni szoktam az autómmal, vagy akikkel a parkban vacsorázok, vagy akik után futok az utcán? – mosolygott megint kisfiúsan.

Ekkor éreztem először, hogy ennek az egész dolognak nem lesz jó vége. Nyeltem egy nagyot és elfojtottam minden érzést, ami a mellkasomat szorította.

– Akkor most, hogy megtörtént, leszállsz rólam és elfelejtesz?

Arcáról lefagyott a mosoly, és nagyon sokáig nem mondott semmit.

– Azért akartad, hogy megtörténjen, hogy le tudj rázni? – kérdezte csalódottan.

– Nem, dehogyis – mosolyodtam el. – Ennyire azért nem vagyok tudatos – vettem egy mély levegőt, és csak kiböktem: –

Megcsaltad velem a menyasszonyodat, itt fogok dolgozni, te leszel a főnököm, szerinted nem ez lenne a helyes?

– Te kérted, hogy szeretkezzek veled. Nyilván nekem is mennyei volt, de ettől közöttünk még nem változott semmi.

– Miért, mi van közöttünk? – kérdeztem, mert őszintén szólva fogalmam sincs róla, merre tartunk.

– Ha leveszed a ruhád, újra megmutatom! – túrt bele a hajamba, és már csókolt is.

– Ezen kívül! – toltam távolabb magamtól, mire nagyot sóhajtott.

– Oké, rendben, értettem elsőre is – lépett messzebb tőlem és elengedett. – Nem kereslek magánügyben többet – túrt bele a vizes hajába. – De hogy elfelejtselek… – nevetett fel szomorúan. – Míg élek, nem felejtem ezt a napot.

Ezzel már kint is volt. Nem várta meg a válaszomat, ami valószínűleg egy újabb zokogás lett volna. Még percekig láttam magam előtt, ahogy meztelenül zuhanyozik előttem és teljesen biztos voltam benne, hogy soha többé életemben én sem fogom tudni ezt elfelejteni. Sőt fel fogom idézni minden alkalommal, mikor egyedül leszek otthon az ágyamban. Nagyot sóhajtva felálltam, levetkőztem, és kapkodva megmostam magam. Kilépve elvettem egy törölközőt magamnak és a hajamnak is. Még órák múlva is vizes lesz… Ezután, kicsavarva a ruháinkat, szépen rendet raktam. A szekrényekben kutatva kerestem magamnak egy rövid szárú melegítőnadrágot pólóval. Közben kinyitottam egy szekrényt, amiből kiesett egy lefűzős mappa. Mikor visszatettem, láttam, hogy az van a nyergére írva, hogy Apu. Összeszorult a szívem, de megálltam, hogy kinyissam. A hajamat törölgetve léptem ki az irodába.

Gabriel teljesen besötétített, és a nagy, földig érő ablak mellett ült a földön. Háta a falnak támasztva, jobb térde felhúzva, és profilból messziről is mintha egy magazin címlapjáról vágták volna elém. Mögötte a beszűrődő utcai lámpák fénye körülrajzolta a kontúrját. Odasiettem hozzá és igyekeztem nem összevizezni, mikor törökülésbe mellé ültem. Sokkal jobban éreztem magam, hogy ruhában vagyok, még ha nagy is volt rám minden.

– Sokszor itt ülök egész éjjel – mondta halkan, felém sem nézve.

– Sajnálom – adtam fel a hajtörölgetést. – Ez nagyon magányosan hangzik.

– Akkor holnap minden a régiben? – fordult felém, meg sem hallva, mit mondtam.

Odanyúltam, és ujjaimmal finoman beletúrtam a hajába. Ezt azóta szerettem volna megtenni, hogy először megláttam az utcán. Egy pillanatra becsukta a szemét, majd összemosolyogtunk. Adtam egy puszit az arcára, oldalt fordulva a két lába közé ültem a földre és hozzábújtam.

– Csend a viharban – adott puszit a fejemre, ami a bal vállán feküdt, és néztük a várost.

Ujjaival finoman fésülte a hajam a fülem mellett. Olyan régen nem simogatott már senki. El is felejtettem, hogy ez lehet ilyen jó, vagyis előfordulhat, hogy még sosem volt ilyen jó. Nem tudom, hogy sikerült, de nem telt bele egy percbe, és elaludtam.

9.

Reggel az ágyamban ébredtem. Először csak pislogtam, aztán még jobban összezavarodtam. Kerestem az utolsó emlékszálamat, de nem jutott eszembe, hogy jutottam be. Felültem, körbenéztem, de semmi extra, minden a helyén. Felálltam és végignéztem magamon. Gabriel ruhája volt rajtam. Basszus. Visszaroskadtam az ágyra, és mielőtt levettem volna magamról zuhanyzás előtt, még beletemettem az arcom, hogy érezzem az illatát.

Kicsit késve értem be dolgozni, talán senki sem vette észre. Lepakoltam, és tanulva az előzőekből, egy szatyorban hoztam magamnak váltás ruhát. Még most sem hiszem el, hogy lefeküdtem vele. Soha nem voltam szerencsés típus, de most visszamenőleg az összes szerencsémet számba véve és összegezve is jóval felülmúltam mindent.

– Remélem, sajgó vaginával, bűntudattal, de boldogan ért a reggel! – lépett mellém Isabel.

– Stimmel. – A hangom meglepően rendben volt és azt is megálltam, hogy ne vigyorogjak, mint egy idióta.

– Helyes! – veregetett vállon – ő viszont pont úgy vigyorgott, mint egy elmeháborodott.

– Felmondok – váltottam suttogásra.

– Hogy mi? – A mindig éleseszű barátnőmből most ennyi jött csak ki.

– Elfogadtam egy vezetői pozíciót a Woods-házban.

– Húh, na, oké, most már rohadtul kellene egy pia! – Megragadta a kezem, hogy csörögtek a karkötői a csuklóján, és berángatott apám irodájába.

Az öreg felháborodottan morgott egyet, amikor előkerült a hűtőjéből az alkohol. Aztán a whiskys üveg kupakja csattant az asztallapon.

– Ne igyál bele! – hallottam apám zsörtölődését mellőle.

– Ez most kell, hidd el nekem, Frank! – nyelte a nagy kortyokat Isabel. – Hogy tehettél ilyet? – üvöltött, úgy megijesztve, hogy arrébb ugrottam. – Mégis mikor döntötted ezt el?

– Elég lesz, Isabel. Teljesen józanul hoztam döntést, és nem bánom.

– De hát a futó projektjeink, a… a… – lihegett, és mintha a sírás fojtogatta volna. – Mi lesz ott veled? – Leroskadt a bőr kanapéra, hallottam, ahogy nyikorog.

– Nagyon jó pénzt fogok kapni érte, és végre belevághatok összeszedni a tervrajzaimat – mondtam boldogan.

– Ez nem lehet elég indok.

– Pedig ez az egyetlen indok, és elégedett vagyok a döntésemmel.

– Akkor Mr. Woods elért az állással kapcsolatban? – fordult felém apám, felfogva, miről is van szó.

– Hogy mi van? – kapta felé a fejét Isabel. – Te is tudtál róla?

– Igen, egy hete keresett meg – állt fel apu, és kivette a kezéből a piásüveget, hogy vissza tudja rakni a helyére.

– Aha, de akkor még kicsit más volt a helyzet – dőlt hátra duzzogva Isabel a kanapén.

Olyan szúrósan néztem rá, hogy többet ennél nem is mondott.

A fennmaradó három hét nagyon kemény melóval járt. Be kellett fejeznem, amiket megígértem, és ez nem kevés időmet vitte el. Gabriel éjjel-nappal dolgozott. Nem is kerestük egymást, ahogyan azt meg is beszéltük. Aztán egyik este csengetett és köszönés nélkül belépett, becsukta maga mögött az ajtót.

– Egy percig nem bírom tovább! – suttogta, és nyelve már a számban volt.

Az ajtó melletti komódról egyetlen mozdulattal söpörte le, ami rajta volt, és úgy ültetett fel rá, mintha súlytalan lennék. Csak pislogni volt időm, már nadrág sem volt rajtam, és Gabriel elém térdelve, feje az ágyékomhoz ért. Te. Jóságos. Ég.

A lakásban kellemes félhomály uralkodott, mert éppen aludni indultam, ez sokban segített, hogy ne meneküljek el nyüszítve előle. Aztán már ez sem, és más sem jutott eszembe. Bal lábamat átvetette a vállán, és nyelve a csiklómra talált. Feltört belőlem egy meglepett nyögés, és zihálva véve a levegőt néztem, ahogy feje odalent mozog. Belemarkoltam a hajába. Amikor már azt hittem, nem bírom tovább ezt az édes kínzást, nyelve belém csúszott, utána nem tudom, mit tett odalent, de nem telt bele pár másodpercbe, és őrületesen nagyot élveztem.

– Ó igen, ezt akarom hallani! – állt fel elém lihegve, miközben odalent nem hagyott magamra; ujjaival folytatta a simogatást, valamivel finomabban. – Újra és újra, még vagy ezerszer! – suttogta a fülembe, de alig hallottam valamit.

Döbbenten pislogtam rá a sötétben, még jóformán fel sem fogtam, mi történt az előbb, ő már bennem volt. Beleharapott a vállamba, hogy elfojtsa a nyögést, és csípőmnél fogva teljesen rám borulva tövig magára húzott. Keze a pólóm alá siklott, hogy oldalt a bordáimba markoljon.

Farka óriásira nőtt bennem, és ez az érzés – vagy a tudat, hogy miattam, vagy mindkettő – engem is húzott magával, és egyszerre nyögtünk fel. Mellem a mellkasának préselődött, és elvesztettem minden maradék józan eszem is. A levegőm elfogyott, amikor igazán mozogni kezdett. Olyan hangokat adott ki, mintha három hete csak erre várt volna; mint egy függő, mikor újra anyaghoz jut. Miközben minden igényét kielégítette, rám is figyelt, vigyázott rám, hogy még éppen nem fájt.

– Lilien! – kapta fel egyszer csak a fejét, tüdejében bennrekedt a levegő, ahogy a sötétben a szemembe nézett és elélvezett.

A nyakamba borult, és hosszú ideig hallgattam, ahogy kapkodva veszi a levegőt. Tudom, mi jön most. A kielégülés utáni szégyen. Gyorsan felállított, és már nem is mert a szemembe nézni, csak felhúzta a nadrágját és megkereste az enyémet.

– Gabriel – fogtam meg a fejét, és kivettem a kezéből a bugyimat.

– Ne haragudj – suttogta, és még mindig nem nézett rám. – Ez gusztustalan húzás volt, borzasztóan szégyellem magam.

Nagyon kedvelem benne, hogy mindig őszintén kimondja, amire gondol. Közelebb léptem hozzá és szorosan megöleltem.

– Nincs semmi baj, nem haragszom – csitítottam. – No, és azért gusztustalannak nem mondanám – nevettem el magam halkan. Végre rám nézett.

Láttam rajta, hogy szeretne mondani valamit, de csak nem sikerült.

– Történt valami, amiről szeretnél beszélgetni? – simogattam meg az arcát, és a kanapé felé húztam, hogy üljünk le.

Halkan elnevette magát, és megmasszírozta a halántékát.

– Lehet, hogy csak csendben ülünk? – karolt át és az ölébe húzott.

– Persze, de folytathatjuk is, ahol abbahagytuk az előbb – vigyorogtam, és áthúzva a fején pólóját a földre dobtam, majd tarkóját átfogva ajkát az enyémre húztam, és úgy csókoltam, mint még soha.

Közben a fenekem alá nyúlva felemelt, bevitt a háló ágyára, és ő is levetkőztetett. A fejem alá nyúlt, másik kezével a csípőjére húzta a lábamat, a másikkal is így tettem, és újra magamba fogadtam a már megint merev erekcióját. Lehetséges ez fizikailag egyáltalán? Csak egy tizedmásodpercig döbbentem meg rajta, aztán fordultam, ő engedett.

Jóformán még meg sem mozdultam, ő már követett. Teste mindenben reagált az enyémre, és azt hiszem, az enyém is az övére. De ebben semmi tudatosság nem volt. Ösztönlények lettünk, minden földi jóval. Minden gátlásomat elengedtem, semmi más nem érdekelt, csak hogy neki jó legyen. Szerettem volna vigaszt adni, felejtést, bár nem tudom, mi történhetett. Így amikor felülre kerültem, mindent megadtam neki, amit csak tudtam. Cserébe végig tudtam nézni, milyen, amikor apró darabokra esik szét és újra elélvez a csípőmet szorítva, imádva, hálásan.

Nem tudom, mikor aludtunk el. Arra sem emlékszem, mondat közben vagy éppen csendben történt-e. Azt sem tudom, hányszor tettük meg, teljesen belefelejtkeztünk. Az az egy biztos, hogy reggel mindenem fájt. Az összes izmomban izomláza m volt, még azokban is, amiknek a létezéséről eddig nem is tudtam. A jobb karom és lábam teljesen elzsibbadt, és lehet, hogy kicsit még szédültem is. Utóbbi lehetett a farkaséhség miatt is.

Megpróbáltam kihúzni a karom Gabriel feje alól, de a vállamon feküdt éppen – persze sikerült felébreszteni.

– Még félórát! – dünnyögte mosolyogva, és átfordult a másik oldalára.

Jót szórakozva azon, hogy végre látom, mikor alszik, felálltam, hogy megkeressem a bugyimat, és egy pólóba bújva visszamásztam mellé.

Hátulról szorosan hozzábújtam, és mélyen beszívtam az illatát. Visszafordult felém, a vállára húzta a fejem, és simogatta a hajamat. Sokáig feküdtünk így szó nélkül, lehet, hogy kicsit bele is aludtunk néha-néha. Aztán nagy sokára éreztem, hogy ad egy puszit a homlokomra, és a másik kezével is az arcomhoz ér.

– Miért vagy ruhában? – hallottam a hangját valahol messziről.

Álmodhattam, mert a következő, amire emlékszem, hogy a hasamon van a feje, és a pólóm fel van gyűrve. Pánikban pattant ki a szemem, és azonnal feljebb húztam magam, hogy ültömben visszahúzzam a felsőt a helyére.

Gabriel is feltornázta magát, a takaró lazán lecsúszott a válláról köré az ágyra. Őt még mindig nem zavarta a meztelenség, ahogyan a zuhanyzóban sem. A felhúzott jobb térdén nyugtatta a jobb könyökét, és tenyerével gyorsan kidörzsölte a reggeli kócos tincseit és az álmosságot a szeméből. Aztán pislogott pár laposat, hogy fel tudjon ébredni. Szentséges ég. Úgy bámultam, mintha sosem láttam volna még azelőtt. A kora reggeli napfény egészen kívánatos kontúrokat emelt ki rajta. Már a puszta látványba is belerészegültem. Tekintetem végre az arcára siklott; akkor vettem csak észre, hogy engem nézve mosolyog. Lebuktam.

– Még mindig szégyenlős vagy? – kérdezte jókedvűen.

– Igen – mosolyogtam rá vissza.

– Komolyan? – helyezkedett törökülésbe elém, de kellő távolságba ahhoz, hogy ne hozzon zavarba. – Többször láttalak már ruha nélkül.

– Ne mondogasd, így kis kellemetlen – hunytam be a szemem.

– De most tényleg, Lilien, miért takarod el magad?

Őszintén érdeklődött, nem volt benne gúny.

– Tényleg kezdjem el sorolni? – húztam a mellkasom elé a párnámat, hogy még véletlenül se lásson semmit.

– Örülnék neki, igen – követte összehúzott szemmel a mozdulatom

Nem viccel. Tényleg nem érti. Itt ül előttem a legtökéletesebb férfi, akit valaha is láttam, és engem szeretne nézni, aki még messziről sem vagyok tökéletes. Vettem egy mély levegőt, és felvilágosítottam.

– Gyűlölöm a vállam, hogy ekkora a karommal egyetemben, a hasam és a combom, mert tele vannak striával, és kövér vagyok.

– Ezt te sem gondolod komolyan – nevette el magát felém kapva, de én félrelöktem a kezét és szúrós szemmel néztem rá.

– Lilien – sóhajtott mélyet –, annyira imádom a hasad és a combod, hogy ha felvennéd végre azt a testhez álló kék ruhát, amit múltkor kikészítettem neked, minden további szó és érintés nélkül rád élveznék, érted? – mondta ezt olyan meggyőződéssel hangjában, hogy be kellett harapjam az ajkam, hogy ne nevessem el magam.

– Hát te tiszta hülye vagy! – mondtam neki hitetlenül.

– Gyere, próbáljuk ki! – vigyorgott kihívóan.

Ez a pasi borzasztóan aranyos. Legszívesebben egész nap csak szexelnék vele, hogy újra örömet tudjak adni neki. Hogy én legyek az öröme forrása. Olyankor jelentek számára valamit, érzem. Kétségbeesetten szeretnék fontos lenni neki, közben meg letagadom még magam előtt is, hogy ő számomra máris az. Könnybe lábadt a szemem, és elfordultam, hogy ne lássa.

– Lilien? – nyúlt azonnal felém, és a felhúzott térdei közé húzott. – Majd én megmutatom mennyire nincs igazad! – adott puszit a hajamba.

Szerencsém volt, hogy azt hitte, az alakom miatt akadtam így ki, nem kellett magyarázkodnom. Szomorúan kibontakoztam az ölelésből és elmentem zuhanyozni. Érezte, hogy most nem szeretném, hogy utánam jöjjön. Zuhany után máris jobban voltam, és az első ruhát magamra kapva kimentem hozzá a konyhába. Reggelit csinált. Meglepett, milyen otthonosan mozog a konyhában. Míg kávét főztem, ő minden mást elintézett. Tíz perc alatt vágott olyan rendet a pulton, hogy csak pislogtam. Nem tagadom, nem vagyok túl rendszerető, de azért, hogy éppen ő az, ez újdonság volt a számomra.

Reggeli után mosolyogva ült velem szemben a kávéja felett. Olyan édes volt, hogy nem tudtam mást, csak nézni őt.

– Jobban vagy? – kérdezte végül.

– Ennyi orgazmus után furcsa lenne, ha nem lennék jól – mondtam nem is pislogva, az arcát bámulva.

– Nem így értettem, te is tudod. Lilien! – szólt rám kicsit erélyesebben, és végre magamhoz tértem.

– Hiányozni fogsz – böktem ki végül, talán először őszintén kimondva, mit érzek.

Egy ideig csak csendben figyelt, aztán elvette a tányéromat és elmosogatott.

– Mondanám, hogy te is nekem, de azt hiszem, a tegnap este után erre nincs szükség – mosolygott, és beletúrt a hajába, mint aki még most is szégyenkezik azon, hogy így rám tört az éjszaka közepén.

Elment zuhanyozni és felöltözött, aztán minden további ígéret nélkül megcsókolt és kilépett az ajtón. Igyekeztem nem agyalni és túlbonyolítani, mint a nők általában, ahogyan múltkor mondta. Vettem egy mély levegőt, és szombat lévén összeszedtem magam, hogy kimenjek Isabellel a piacra.

10.

Két nappal később tettetett magabiztossággal léptem be a Woods-székház ajtaján. Előtte többször is egyeztettem Taylorral, de nem voltam bent azóta egyszer sem. Az előtérben Andrew fogadott. Futólag már találkoztunk. Középkorú, magas, pocakosodó családapa, nagyon jó fej.

– Szia, Lilien! – zengte mély hangon, és mellém szegődött.

– Jó reggelt, Andrew! – mosolyogtam, és máris jobb volt, hogy nem egyedül vagyok. – Te lettél a bébiszitterem mára?

– Csak egy órára, aztán ki kell menned terepre valahová – fordult felém a liftben.

– Máris? – döbbentem meg. – Na és mi lesz a többi teendőmmel? Ki mondta, hogy ki kell mennem?

– A nagyfőnök – rántotta meg a vállát.

– Sejthettem volna – mondtam duzzogva.

– Mail vár a gépeden, asszem több is, utána mindenkinek bemutatlak.

– Rendben, köszi – nyitottam be az irodába lehajtott fejjel és füstölögve.

Az asztalomnál ülve körlevél várt, miszerint tizenegykor eligazítás lesz odafent. Remek, addigra itt végigfutok a bemutatkozáson.

– Jó reggelt, Lilien! – köszönt Taylor, amikor felértem hozzá.

– Szia! – mosolyogtam, régen nem láttam őt sem. – Te, figyi, hol tudok egy jó kávét főzni?

– Gyere! – lépett ki a pult mögül, és bevezetett az ebédlőbe.

– Izgulsz? – fordult felém a kávégép mellől.

– Nem. Miért? Kellene? – mosolyogtam.

– Általában szoktak azért – adta a kezembe a kávémat.

Ha sejtené, hogy én egészen más miatt fogok odabent izgulni… Ekkor lépett be a nem is emlegetett szamár. Teljesen a gondolataiba feledkezve jött felénk, először észre sem vette, hogy ott vagyunk. Istenem, még jóképűbb, mint emlékeztem rá. Szürke öltönynadrág fekete övvel, fehér ing. Erősebben kellett fognom a csésze fülét, mert remegni kezdett a kezem. Amikor végre felnézett és meglátott, először megdöbbent, majd elmosolyodott, de egyáltalán nem jött zavarba.

– Hát te? – lépett mellém ő is egy csészéért.

– A neuronjaim koffeinért kiáltottak – dünnyögtem két korty között.

– Hozd be az irodába, mindjárt kezdünk.

– Addigra lefőzök még egyet – mosolyogtam, odaengedve őt a géphez.

Taylort valamikor időközben hívták telefonon, így elegánsan távozott.

– Szia! – simította hátra a tincset a szememből mosolyogva.

– Szia! – tettem lejjebb a csészét az arcom elől.

– Minden rendben? – kérdezte kicsit távolabb lépve.

– Persze, mehetünk! – léptem mellé, hogy indulni tudjunk.

Odabent az irodában már hét férfi várt minket. Mire mindenki bemutatkozott, már meg is ittam a kávémat és elfelejtettem az összes nevet, amit hallottam. Mind férfi. Hol vannak a nők, kérem szépen? Nem éreztem rosszul magam, csak szokatlan volt.

– Ki kell ma menned a Glaser folyóhoz mérni – fordult felém valamikor az eligazítás közepén Gabriel. – Estére itt kell, hogy legyenek az adatok, vagy lefújjuk a projektet. Hat hete parkolnak a munkagépek, további kiesést nem tudok beleszámolni. – Elsápadtam, mikor rájöttem, miről beszél

Ez az a hely, ahol együtt voltunk kint. A csodaszép, virágos mező. Mély levegőt vettem, megnyaltam a kiszáradt ajkaim és végre beszélni is tudtam.

– Persze, meglesz.

– Vigyél ki két srácot magaddal, vezessenek ők, és ne te áss meg emelgess! – tett félre két lapot maga elől és átadta nekem.

A megbeszélés után a térképbe mélyedve észre sem vettem, hogy valaki mellém lépett.

– Hello! – köszönt rám.

Felnéztem, és az egyik HR-es koma volt az, Hugo vagy Bob, vagy nem tudom, ki.

– Hello! – néztem felvont szemöldökkel, és összerendeztem a lapokat, hogy fel tudjak állni.

– Nincs kedved meginni velem valamit munka után?

Hoppá. Máris? Nem sokat agyalt a dolgon. Megjelenik itt az első nő, mint a kivetett csali a csalitosban tél után, és azonnal rá is harapnának.

– Szerintem hagynod kellene még kicsit akklimatizálódni, mielőtt elijeszted, Tom – lépett mellé Gabriel mosolyogva.

Tom, basszus, tudtam én, hogy Tom.

– Persze, főnök, igazad van – vakarta a fejét Tom, és lányos zavarában lelépett.

– Sötétedés előtt legkésőbb két órával induljatok vissza, rendben? – ült elém az asztalra Gabriel, hogy ágyéka egy magasságba került az arcommal.

Összehúzott szemöldökkel néztem fel onnan a szemébe.

– Nyugodtan arrébb ülhetsz, e nélkül is emlékszem rá, milyen.

Halkan felnevetett, és tényleg messzebb ült.

– Nincs szükségem ilyen alantas cselekre, de örülök, hogy maradandó tudtam lenni!

– Megyek, mert sosem érek vissza – álltam fel a kapott mappával és magára hagytam.

Azt hittem, a napnak sosem lesz vége. Eleve csúszással tudtam indulni, mert mindenkinek volt pár kedves szava és kérdése. Nem bántam; jólesett, hogy így fogadtak. Két fiatal srác jelentkezett, hogy kijönnek velem, Andrew is rábólintott: ők szoktak mintát venni és mérni is. Beszélgettem velük, rendben vannak. Okos, törekvő, egyetem utáni ropogós diplomások. Alig öt évvel vagyok idősebb náluk.

Mire visszaértünk, már sötétedett, és hiába ragaszkodtak hozzá, hogy a laborban is segítenek, hazaküldtem őket pihenni. Fizikailag én nem fáradtam úgy el, mint ők. Számoltam egész nap.

Mire kész lettem, már minden sötét volt és üres. A gépemen felküldtem a kért mérési eredményeket Gabrielnek, másolatban Taylornak és indultam volna haza, amikor válasz érkezett Gabrieltől, hogy menjek fel hozzá.

Mikor felértem, ő éppen vetkőzött. A nyakkendője után az ingét vette le, aztán hátrament és keresett magának egy pólót.

Leültem a tárgyalóasztal egyik székéhez és megvártam, amíg visszaér.

– Hogy telt a napod? – állt mellém mosolyogva, miközben cipőt vett.

Ez volt az a Gabriel, akit ismerek. A játékosság megcsillant barátságos, barna szemeiben és a kisfiús szikra is visszaköltözött belé. Annyira hiányzott, hogy égni kezdett az arcom.

– Gyere, elmegyünk enni! – állt fel, és indult az ajtó felé.

– Sehová nem megyek. Lejárt a munkaidőm és indulok haza – álltam fel mellé.

– Most ezt játsszuk? – magasodott fölém.

– Most itt majd végig ezt játsszuk! – fejeztem be, és elkaptam a kezem előle, amikor megfogta volna.

– Tiszteletben tartom, de akkor is menjünk el enni, majd' éhen halok, és nem tudtam elolvasni a jelentésed sem – vette a fehér pólóra a szürke zakóját.

– Mi a faszért nem tudsz te valami zsákba felöltözni? – szakadt fel belőlem, amikor megláttam.

A bal kezem ujjait a szememre tapasztottam és kisétáltam a folyosóra.

– Ja, köszi, te is nagyon csinos vagy, Csillagom! – Szinte láttam magam előtt, ahogy villámokat szór a szeme.

– Itt ne szólíts így! – fordultam szembe vele.

– Rendben – emelte fel a kezeit megadóan.

A lift egy kínzás volt, a Tesla még nagyobb. Egész úton felhúzott lábbal a fejemet fogtam.

– Szóval, akkor hogy telt a napod? – parkolt le egy menő étterem előtt.

– Köszönöm, meglepően jól fogadtak – válaszoltam végül, mikor már az asztalunknál ültünk.

– Örültek, hogy végre nem nekik kell összelegózni mindent – mosolygott és bort töltött. – Kit vittél ki magaddal?

– Tim és Nataniel kísért el.

– Az jó, fiatalok, az ő derekuk bírja ezt. A múltkori után az ágyból is alig tudtam felkelni – nevetett hangosan, és nekem is mosolyognom kellett rajta.

– Pedig te jó kondiban vagy, nekem nem volt egyszerű a másnap.

– De hát te csak ott ordítoztál meg vitatkoztál.

– Aha, meg gyalogoltam és terep-bejártam egész nap. És a veled való vitatkozás volt a legfárasztóbb az egészben – dőltem hátra, mert meghozták az előételt.

Vettem pár mély levegőt és újra a szemébe néztem.

– Köszönöm, hogy hazavittél – mondtam halkan.

Pár másodpercig csak nézett elmerengve.

– Veled aludtam – bökte ki végül.

Nem tudtam, mit is mondhatnék erre. Egy; ugye nem emlékeszem, mi történt, míg álmodtam, kettő; még a gondolattól is bizseregni kezdtem, hogy egy ágyban voltunk.

– Akkor miért mentél el olyan korán? – tettem egy falatot a számba.

– Féltem, hogy mire felkelsz, már megbántad az egészet, nem akartam újra vitázni.

– Hát ez – néztem le magam elé a tányéromba – okos döntés volt.

– Mit mértetek ma? – hagyta rá a témát, megmentve engem a túlagyalástól.

– Szerintem minden faszán fog menni, semmi nem volt határérték felett. A minőséggel. Viszont szintben egy csomó talajt el kell majd onnan takarítani, de ezt leszámítva semmi extra nem volt.

– Ez jó hír, már nagyon untam, hogy az apósom állandóan seggbe kúrogat miatta.

– Micsoda? – állt meg a falat a számban. – Mi köze van neki ehhez? – döbbentem meg.

– Amikor édesapám maghalt, ő vett a szárnyai alá – húzta el a száját. – Ő adta az alapítási tőkét – rándította meg a vállát, pedig biztos voltam benne, hogy nem büszke erre.

– Az alapítási tőke jóval kevesebb volt a jelenlegi piaci értéknél, miért nem fizeted ki, hogy húzzon el a fenébe? – kérdeztem értetlenül.

Ült velem szemben és mosolygott. Aztán letette a borát és elkomolyodott.

– Mert anno, az alapításkor, a lánya nevére íratta a céget – fejezte be a gondolatot.

– Te most viccelsz! – nevettem el magam. – Azt akarod mondani, hogy mindennap azért a nőért kelsz fel reggel és mész el késő estig dolgozni, aki egy fűszálat nem tenne keresztbe érted? Ezért veszed feleségül? – csuklott el a hangom.

– Ennyire azért nem szar a helyzet, nyilván minden pénzhez hozzáférek, amiért megdolgozom, csak pórázon vagyok tartva.

– Azért csinálod, hogy bizonyíts?

– Azért is, és azért is, hogy ne kelljen visszamennem oda, ahonnan jöttem.

Erre nem tudtam mit mondani. Csendben ültünk egy ideig.

– Mindig is el tudtam képzelni az életemet úgy, hogy egy kis megjátszással nekem is jó legyen. Nem érdekelt, hogy közben el kell vennem egy csinos nőt, aki így bánik velem; ez tulajdonképpen üzlet, és ő is benne van a pakliban. Mutogathatom mások előtt, eljátszhatom, mennyire menő, fasza gyerek vagyok. Mindenki irigyel – nevetett fel halkan. – Néha még meg is dugom, azt is eljátszom, hogy kurva jó volt, mindenkinek dicsekszem is vele, és megyek tovább. Ez volt huszonkét évesen. Azóta meg nincs miért változtatni ezen.

– No és most mi az, amit szeretsz ebben az egészben? – kérdeztem teljesen lesokkolva.

– Kisgyerekkorom óta ezzel szerettem volna foglalkozni, nagyon szeretem a munkámat, szeretem, amit csinálok, ezért kelek fel reggelente. Csak már azt nem játszom el, hogy minden más is tetszik.

– Hát – vettem mély levegőt, és visszatértem az elejére –, csinálja az apósod jobban, ha tudja! – sziszegtem. – Mégis mit képzel magáról? De most komolyan?

– Feltört belőled az anyatigris? – mosolygott kedvesen.

– Majd szépen, kulturáltan meg is fojtom, ha egyszer találkozunk!

– Nekem tennél szívességet – mondta halkan.

Az órája hívást jelzett.

– Nem veszed fel? – mutattam rá a villámmal.

– Nem – ivott egy korty bort.

– Meg sem nézted, ki az? Lehet, hogy fontos – emeltem fel a szemöldököm.

– Sosem veszem fel, amikor veled vagyok – evett tovább.

Ez igaz is volt. Amikor épp nem mellette dolgoztam, eddig – az első napot kivéve – még egyszer sem telefonált beszélgetés közben. A hívó kitartó volt, így hát elhúzta a száját és kényszeredetten elővette a telefonját.

– Woods – szólt bele unottan, majd átadta nekem a telefont. – Egy szót sem tudok olaszul, meg ők sem angolul.

Meglepetten néztem rá, de elvettem és a fülemre tettem a kagylót. Vagy negyedórámba tellett azt kibogozni, hogy egyáltalán mit szeretne a túloldalon a faszi. Aztán újabb negyedóra, míg dűlőre jutottunk.

– Legközelebb tényleg ne vedd fel – adtam vissza neki, mikor végre letettük.

Most az enyém kezdett el csörögni.

– Á, a tűz démona! – dőlt hátra Gabriel, és eltalálta: Isabel.

– Szia! – vettem fel azonnal. – Nem, még nem értem haza. Igen, éppen vacsorázunk. Jó, majd szétrúgom a seggét.

– Puszil – hajoltam az asztal fölé suttogva, és Gabriel halkan elnevette magát.

– Jó, majd nem fekszem le vele – forgattam a szemem. – Igen, azért ismétlek mindent, hogy ő is hallja – vigyorogtam. – Nem, nem hangosítom ki, mert a többi vendég még enne. Én is szeretlek! – tettem le a telefont.

– Azt mondta, menjek a fenébe – nevettem fel hangosan.

– Bírom a csajt – bólintott elismerően, és befejezte az evést.

A kocsiban visszafelé már oldottabb volt a hangulat.

– Tudom, hogy gáz, de egy hét múlva hétfőn szabira mennék.

– Miért lenne gáz? Persze, menj csak.

– Szuper, köszi, kirándulok egyet.

– Egyedül? – fordult felém hirtelen.

– Persze – néztem rá, mint egy ufóra. – Mindig egyedül megyek.

Amint kimondtam a mondatot, elszomorodtam. Oka van annak, hogy így van, és nem szeretek róla beszélni.

– Lilien – kezdett bele, mire nagyot sóhajtottam. – A túrázás első szabálya, hogy soha, de soha ne menj egyedül. Ez nem szórakozásból van így, hanem mert ha baj történik, kell a segítség, érted?

– Nem szórakozásból megyek egyedül, Gabriel, és az sem zavar, ha valami bajom esik – néztem az összekulcsolt ujjaimat.

– Kérlek, beszélj már hozzám! Megőrülök, hogy nem értek semmit. Magyarázd el, miért engednélek el teljesen egyedül a hegyekbe a medvék közé, ahelyett, hogy bezárnálak a lakásodba, míg észhez nem térsz?

– Most mitől lettél ilyen ideges? – kérdeztem nyugodtan. – Nem tartozol felelősséggel a tetteimért és a testi épségemért.

– Nem mondod el, rendben, vettem az adást – húzta el a száját. Csendben megállt a ház előtt és felkísért a kapu elé.

– Azt hiszed, nem vettem észre? – fogta meg a bal kezem, és simított végig a gyűrűsujjam tövén.

Egyszerű, sima mozdulat, érintés, de bennem mindent összetört, mindent felkavart. Itt áll előttem, és találkozik a múltammal. Nem tudtam olyan gyorsan pislogni, hogy ne sírjam el magam.

– Miatta nem engedsz közel magadhoz? Aki az ujjadra húzta a gyűrűt.

– Nem, a te ujjadon lévő gyűrű miatt nem – töröltem le az arcom.

– Nem tudok így elmenni. Látom, hogy nem vagy jól – jött felém lassan.

– Ne gyere közelebb, kérlek! – suttogtam és hátrébb léptem.

– Az irodában leszek, dolgozni fogok egész éjjel. Hívj fel, ha úgy gondolod! – lépett egyet hátrébb. – Csak beszélgetni – mondta és ellépett előlem, vissza a kocsiba. Nagyot nyeltem, és tele szomorúsággal a mai este elhangzottak miatt, összezavarodva léptem be a lakásba.

11.

Egész éjjel alig aludtam valamit. Csak forgolódtam és néztem a plafont. Aztán hajnali három körül kimentem írni, de még a szokásos rutin fordítás sem ment.

Reggel hét körül felöltöztem és bementem dolgozni. Nem volt értelme tovább erőltetni a pihenést. Két kávéval mentem fel a huszadikra, és örömmel tapasztaltam, hogy Taylor sincs még bent.

Mivel tele volt a kezem, kopogás nélkül nyitottam be a könyökömmel. Gabriel odabent telefonált, és boldogan elmosolyodott, amikor meglátott. Nem tudom, hogy bírja ezt. Tényleg egész éjjel dolgozott? Letette a telefont, és ledobta az asztalra. Én meg lepakoltam a tárgyalóra és odamentem hozzá.

– Gyere, zuhanyozz le, és kávézzunk egyet! – húztam fel a bal kezénél fogva.

Amikor felállt mellém, megszűnt a világ. Keze a tarkómat fogta, és ajka már az enyémen volt. Nem emlékszem, hogy jutottunk be az öltözőszekrényekhez; arra sem, mikor és hogyan került le rólam a bugyi. Úgy estünk egymásnak, mint az állatok. Harapta a nyakam, én meg azt hiszem, karmoltam a hátát közben. Igyekeztünk nagyon csendben lenni, de fogalmam sincs, mennyire sikerült. Beletéptem a hajába, ő a fülembe nyögött, és újra meg újra elélveztem. Nem volt élő vagy holt, aki meg tudott minket állítani. Ha ránk nyitnak, az sem érdekelt volna. Csókoltam a nyakát, az arcát, simogattam a bicepszét, a hátát, aztán nyelve megtalálta az enyémet, és elölről kezdtük az egészet.

Nem tudom, mióta lehettünk odabent, amikor háton fekve lihegtünk egymás mellett a szőnyegen a szekrény előtt.

– Baszki – mondta szótagolva, levegőért kapkodva. – Csak annyit akartam mondani – vett egy újabb levegőt –, hogy nagyon csinos vagy.

Kihallottam a mosolyt a hangjából, de annyi erőm nem volt, hogy oldalra fordítsam a fejem.

– Ezt majd akkor mondd még egyszer, amikor rajtam lesz a bugyim. – Hallottam, hogy halkan felnevet.

– Ne haragudj, én – lihegett tovább és felült – nem tudom, mit mondjak.

– Szerintem csak annyit, hogy ez kurva jó volt – vigyorogtam, és az alkarommal eltakartam a szemem. – Le kell mennem dolgozni, mielőtt valakinek szemet szúrok.

Felültem mellé és szétnéztem, hogy megtaláljam az alsóneműmet. Az ingem félig kigombolva, félig kihúzva a szoknyámból, a hajam a melltartómra hullott a kontyból. A szoknyám mindenhol összegyűrődött.

– Annyira kibaszottul szexi vagy – szótagolta lassan, olyan meggyőződéssel, hogy tekintetem magamról átsuhant rá.

A tegnap esti nadrágja volt rajta csípőben letolva, a pólója valahol a szoba másik sarkában, a haja vadítóan kócos, és istenien ki volt pirulva. Úgy összerándultam tőle a combjaim között, hogy oda kellett nyúljak. Kikerekedő szemmel nézte végig a mozdulatot, és úgy fel volt ismét izgulva, hogy nem mertem újra odanézni.

– Oh, igen, kérlek, érj magadhoz még egyszer! – sóhajtotta, és már a nyakamat csókolva a csípőmet húzta magára.

– Gabriel! – nevettem fel, és próbáltam kiszabadulni.

– Nem tudok lenyugodni, pedig hullafáradt vagyok – harapott a mellembe a melltartó felett. – Csak még egyszer!

Ekkor lépett be az irodába Taylor. Nem tudom, melyikünk volt olyan előrelátó, hogy becsukta a belső ajtót – gyanítom, nekem nem volt akkor ennyi józan eszem –, így szerencsére csak a hangját hallottuk meg.

– Jó reggelt, Mr. Woods! – mondta hangosan.

Gondolom, gyakran előfordul, hogy épp reggeli zuhany – vagy ki tudja, mi – közben éri a főnökét.

– Basszus! – suttogtam nevetve. – A kávék az asztalon vannak!

– Csssss – adott puszit a számra, hogy elhallgattasson.

Aztán ismét csók lett belőle, végül megharapta az alsó ajkam, nagyot sóhajtott, és a plafon felé fohászkodva megpróbálta belegyömöszölni magát a nadrágjába. Be kellett fogjam a számat, hogy ne nevessek fel hangosan. Gabriel is halkan, fejcsóválva nevetett, majd kilépett az irodába.

Baszki, Gabriel, meddig maradjak itt? A telefonom az irodámban van, minden más cuccommal együtt. Úgy éreztem magam, mint egy rab. Felálltam, és megpróbáltam magam a zuhanyzóban összekapni a tükör előtt. Percekig álltam ott a tükörképemnek pislogva. Gabrielnek igaza volt, szexi vagyok. Sosem láttam még ilyen szemmel magam. Nem arra gondolok, hogy illetlenül kilátszik a fél mellem és kócos vagyok, hanem most valahogy másképp nézek ki. Határozottan jót tesz nekem az orgazmus. Míg ezt megbeszéltem magammal, sikerült a szoknyámat is elsimítani és a hajamat is visszafűzni kontyba. Nem lett az eredeti, de aki nem tudja, mi történt, annak fel sem fog tűnni. Nem tetszett, hogy itt bujkálok. Odakint még mindig beszélgettek, de hogy kik, arról fogalmam sem volt. Az is lehet, hogy már tárgyalás zajlik éppen. Leültem a szekrény elé, és a múltkori „Apu" feliratú mappát az ölembe véve ütöttem el az időt.

Az ölembe hullott egy régi fotó – gondolom róla és az apjáról kettesben. Pont úgy nevet rajta, mint itt az előbb. Nekem is mosolyognom kell, édes. Aztán egy csomó gyerekkori rajz, mindegyiken házak vannak, sok-sok gyermekelme szülte terv. Valamelyiken méret is szerepelt. Volt ott a gombaháztól kezdve az úszóházon át minden. Nem tudom mennyi idős lehetett, amikor ezeket készítette, de nagyon tehetséges, tényleg az. A rajzok után kórházi leletek, sorban egymás után rengeteg. Rákban halt meg kilenc éve. Utána a végrendelet. Nem olvastam el. Mögötte pedig egy kézzel írott lap. Gabriel kézírása. A lap koszos és gyűrött, mintha megírta volna, eldobta, majd újra kihajtva megőrizte. Semmi jogom nem volt elolvasni, de bele akartam látni a lelkébe, szerettem volna tudni, hogy a sok észjátszás mögött ki lapul.

Szia, apa!

Régen nem hallottál felőlem, ne haragudj. Itt minden rendben megy, már csak egy vizsgám maradt, de arra sokat kell tanulni, utána nagyon sietek haza segíteni neked.

Sokat túrázunk a srácokkal, tudod, van itt egy lány is. Nem olyan, mint a többi. Sokat lógunk együtt.
Pont ma beszéltünk utoljára. Nem tudom, kinek mondjam el, te vagy a legbölcsebb, akit ismerek, kérlek, segíts nekem, mit tegyek?
Azt mondta, hagyjam és felejtsem el, mert beteg. Meg fog halni. Nem árult el semmi mást, de már a gondolattól is rosszul vagyok, hogy elveszíthetem őt.
Remélem, anya jól van!
Ölellek! Gab

Aztán dátumozás szerint fél évvel későbbről egy levél, másik kézírással.

Drága fiam,

Sajnálattal fogadtuk a hírt, miszerint Emily feladta a harcot.

Le kellett tennem a mappát, és vennem sok mély levegőt, hogy ne bőgjem el magam. Végül csak sikerült valahogyan.

Nagyon aggódom érted, jó lenne, ha hazajönnél! Szeretnék beszélni veled négyszemközt is!

Szerető apád

Basszus, basszus, basszus. Pánikban pörgettem vissza a kórházi lapokhoz. A dátum szerint már javában beteg volt, mikor ezeket a sorokat írta. Édes istenem, Gabriel. Az utolsó levelet ő írta.

Drága apa!

Ugyan ezt már nem olvashatod, de én azért csak leírom, hogy hiába minden tartozás, én akkor is meg fogom csinálni, kerül, amibe kerül, és akkor is véghez viszem, amiről mindig is beszéltünk, hogy büszke lehess rám! Nagyon hiányzol!

Összecsuktam a mappát, és magamhoz ölelve ültem, nézve a szemközti falat. Nem tudtam, mit is gondoljak. Ez az ember pár hónap különbséggel veszítette el a szerelmét és az édesapját. Már mindent értek a munkájával kapcsolatban is. A sok érzelemmentes áldozatot, ahol ő teljesen elveszíti önmagát. Nem jár jó úton; biztos vagyok benne, hogy az apjának nem tetszene, amit ma látna. Ebben a grandiózus tervben mindenki fontos, csak éppen ő, a központi elem mellékes, alárendelve minden másnak. Felálltam, és visszatettem a mappát. Már nem volt jókedvem, nem volt kedvem sem, egyáltalán. Álltam ott percekig a szekrény előtt, mire végre Gabriel bejött hozzám.

Odajött, átölelt, és nem mondott semmit. Úgy bújtam hozzá, mint doromboló macska az egy hete nem látott gazdájához. Sajnos nem sikerült tartanom magam, és a nyakába borulva elsírtam magam.

– Hé – húzta maga elé az arcom –, nem így hagytalak itt – mosolygott, de aggodalom csillant a szemében.

– Igen, tudom, sajnálom – töröltem le az arcom. – Mindjárt összeszedem magam.

– A kezed is remeg – nézett végig rajtam. – Mi történt?

Nem tudtam neki hazudni, soha nem is akartam.

– Megnéztem a mappát – vallottam be a szemébe nézve.

Először nem értette, majd csak pislogott, és szaporábban kezdte venni a levegőt. Mikor már egy perce csak szótlanul nézett, sikerült neki megszólalnia.

– Nem baj, Csillagom – fésülte félre a tincset a fülem mögé –, úgyis mindent elmeséltem volna.

– Ezt nem mondod komolyan – löktem volna félre, de nem hagyta.

– Miért ne mondanám? Te kérted, hogy legyünk barátok.

– Ez még az előtt volt, hogy járt volna bennem a farkad – sziszegtem felháborodva.

– Na persze – vigyorgott. – Akkor most nem is leszel a barátom? – harapott rá az alsó ajka sarkára, hogy ne nevesse el magát.

Úgy tört ki belőlem a hangos nevetés, hogy Gabrielnek kellett a számra tapasztania kezét, de egyszerűen nem tudtam abbahagyni. Életemben soha nem volt még részem ilyen szürreális beszélgetésben. Még egy perc múlva is hevertünk egymáson, és sírva nevettünk.

– Jaj, istenem, nagyon fáj az oldalam, de nem bírom abbahagyni – töröltem le az arcom Gabriel alatt fekve. – Hát ez a legbénább csajozós szöveg, amit valaha hallottam.

– Lehetne, hogy ezt ne itt és ne most beszéljük meg? – suttogott a fülembe. – Elvileg egy órája dolgozol, és Taylor égre-földre téged keres.

– De, persze, megyek – szedtem össze magam. – Hjaj, oké, oké – ráztam meg a kezeimet, hogy tudjak koncentrálni.

– Gabriel! – fogtam meg a kezét. – A hátadat most ne nagyon mutogasd otthon – szégyelltem el magam.

– Hát, Csillagom, a te nyakad sem szebb – húzta el a száját, és kihúzta a hajgumit a hajamból, hogy eltakarja.

A következő másodpercben újult erővel csapott át felettem a röhögőgörcs.

– Gyere már, alig tudtam a kávédat is megmenteni – húzott fel a földről mosolyogva.

Elkísért az ajtóig, addigra lenyugodtam.

– Este találkozunk?

– Szerintem este menj haza, Gabriel – mosolyogtam, de nem mertem a szemébe nézni, mert megint elnevetem magam.

– Örülök, hogy ilyen vicces vagyok – dünnyögött.

– Ne haragudj! Nem szerettem volna viccet csinálni belőle – simogattam volna meg az arcát, de még időben észbe kaptam, és a kezem visszahanyatlott.

Aztán vettem egy mély levegőt, és elléptem tőle.

12.

Hazaérve Gabrielt találtam az ajtó előtt ülve, háta a falnak támasztva.

– Azt hittem, sosem érsz haza, éhen halok – tápászkodott fel.

– Hát te? – túrtam bele a táskámba a kulcs után kutatva.

– Hívtalak ma vagy százszor – kezdett bele affektálva, pontosan idézve Alice szövegét az irodában –, de tiszta munkamániás vagy – fejezte be mosolyogva.

– Basszus – dadogtam, mint egy idióta, és lehanyatlott a kezem. – Bocs, nem vettem észre.

– Akkor most itt fogunk vacsizni, vagy beengedsz? – vigyorgott a dobozokat a szemem elé emelve.

– Jaj, bocsi, csak – nyúltam a szemem elé, hogy ne kelljen ránéznem – fáradt vagyok.

– Nekem még ezer dolgom van, de majd ha elaludtál, megoldom a nappaliban – lépett be utánam a lakásba, és egyenesen a konyhába indult.

– Hogy mit csinálsz? – gyökerezett meg a lábam a küszöbön. – Itt akarsz maradni?

– Itt csend van és béke, otthon képtelenség megmaradni – dünnyögött már teli szájjal.

– De hát – dadogtam még mindig, mi a fene van velem – menj az irodába, itt én élek, nem te, és nem vagy itt kívánatos vendég.

Csak állt a konyhapultnál és farkasszemet nézett velem.

– Miért élsz egyedül? Nem egészséges – vonult át a nappali kanapéra.

– Nem ehetsz a kanapén! – vettem ki a kezéből a dobozt. – És tedd át tányérra, mielőtt eszel! – duzzogtam, és megcsináltam helyette.

– Igenis, főnök! – vigyorgott mögöttem.

– Na és nem mostál kezet – sziszegtem már füstölgő fejjel.

Szó nélkül elvonult a fürdőbe kezet mosni.

– Te papolsz itt nekem, hogy nem egészséges egyedül élni? – szóltam be neki. – Mikor te egy két lábon járó agyérgörccsel osztod meg az ágyadat?

– Miért nem Isabellel laksz? – hallottam bentről.

Ez még sosem jutott eszembe, pedig sok szempontból hasznos lenne.

– Mi van a fürdő melletti szobában, hogy be kell zárnod az ajtót? – lépett vissza a konyhába a mellettem lévő bárszékhez.

– Semmi közöd hozzá – tömtem magamba a csirkehúst.

– Jó, akkor majd beszélgetünk ilyenekről, miután ettél! – vigyorgott, és töltött magának egy pohár sört. – Milyen napod volt? – ült vissza mellém.

Egyszerű, hétköznapi kérdés. Senkit sem érdekeltem még annyira, hogy minden egymást követő nap feltegye nekem. Úgy szíven ütött ez a három szó, hogy gombóc nőtt a torkomban és könnyes lett a szemem. Csak bámultam magam elé, és nem tudtam megszólalni. Nem tudom, mióta ültem ott csendbe burkolózva, mikor éreztem, hogy Gabriel keze a hátamhoz ér. Úgy megijedtem tőle, hogy ugrottam egyet ültömben.

– Jól vagy? – kérdezte halkan.

– Eddig azt hittem – töröltem le a nemkívánatos könnyeimet.

– Itt maradok veled – kortyolt bele a sörébe és elengedett, de a szemét nem vette le rólam.

– Pedig épp miattad nem vagyok jól – suttogtam magam elé.

– Igen, tudom – mondta halkan, de nem jött közelebb, hogy hozzám érjen.

– Nem jó, hogy te most itt vagy – fordultam felé. – Ennek csak egy lehetséges kimenetele van, és az nekem csak még nagyobb fájdalommal és bajjal járna. Itt maradsz éjszakára, reggel hazamész a párodhoz, éled tovább az életed, mintha mi sem történt volna, én pedig itt maradok egyedül, összezárva a gondolataimmal és a hormonjaimmal – álltam fel a tányérommal, hogy távolabb kerüljek tőle.

– Szerinted komolyan itt lennék, ha tudnám boldogan élni az életemet, Lilien? – nézett rám a villával a kezében, ami a levegőben maradt. – Ha nem jutnál eszembe minden apró kis szarról egész nap? El tudod képzelni, milyen érzés napi háromszor kiverni meló közben, és utána még mindig begerjedve végigülni egy tárgyalást? – Olyan szívhez szólón sziszegett, hogy bele kellett harapnom az alsó ajkamba, hogy ne vihogjam el magam közben.

– Viccesnek találod a szenvedésem? – húzta össze a szemét döbbenten.

– Majdnem megsajnáltalak – buborékoltam nagyon küszködve.

Pár pillanatig semmi sem történt. Aztán, amikor már éppen lankadt a figyelmem, fénysebességgel átnyúlt a pult felett, hogy el tudjon kapni. Felsikkantottam és hátrébb ugrottam, de ő már mászott át a pulton, közben futottam el mellette hangosan nevetve a nappali felé. Valahol félúton ért utol, és hátulról nekem esve leterített a szőnyeg szélére.

– Ne! Léci, ne! – visítottam nevetve, közben próbáltam a könnyeim közül eltalálni, honnan jön a támadás.

Hason feküdtem és ő úgy ült a fenekemre, hogy közben a kezeimet a hátamon csuklóban szorította. Egyszerűen nem tudtam abbahagyni a nevetést, de felettem Gabriel is jól szórakozott, mert amikor megszólalt, játékos volt a hangja.

– Nos, ha kiszórakoztad magad, talán ehetnénk is végre – húzta feljebb a csuklóimat.

– Ne, ne, Gabriel, ez így fáj! – visítottam most már teljes hangerőn.

– Akkor abbahagyod a gúnyolódást?

– Abba, tényleg, megígérem! – nevettem még mindig hangosan, mire még feljebb emelte a karjaimat. – Áú, jaj, ne!

– Lilien, minden rendben van odabent? – hallottam meg Tim hangját a bejárati ajtón túlról.

Gabriel nem jött zavarba, nem engedett el.

– Hozom a Kalasnyikovot! – üvöltött az öreg, és hallottam, ahogy elslattyog a maga tempójában.

– Szerinted végzek veled, mire visszaér? – hajolt a fülem mellé Gabriel, és már ő is nevetett.

Még jó fél perc múlva is ültünk a szőnyeg szélén és a könnyeinket törölgettük, amikor végre fel tudtam tápászkodni, hogy kiszóljak az ajtón.

– Timothy bácsi, nincsen semmi gond – sétáltam át a szomszéd ajtóhoz. – Minden rendben, csak vendégem van – léptem be a lakása küszöbén.

– Biztosan? Sikítást hallottam és futást – dörmögte, és tényleg volt egy fegyver a kezében.

– Tim, komolyan van egy puskája? – álltam földbe gyökerezett lábbal a szobában.

– Nem is akármilyen! – haladt el mellettem Gabriel. Na baszszus! – Eredeti szovjet karabély – lépett a fegyver elé csillogó szemmel.

– Az ám, fiam, AK–47-es, még a magyaroktól hoztam ’56 után.

– Sorozatlövéshez egy szobában? – vizsgálta Gabriel. – Nem túl nagy ez ahhoz? Ez elhord vagy...

– Oh, jobb napjaimon ötszáz méterre is találtam vele – mosolygott az öreg.

Pislogtam párat... mosolyog. Hogy mik vannak.

– Hát, fiúk, akkor én magatokra is hagylak titeket – dünynyögtem sértődötten, és kihátráltam a szobából.

– Oh, el is felejtettem – nézett fel Gabrielre Timothy. – Te ki vagy?

– Gabriel Woods, uram, nagyon örvendek! – nyújtotta mosolyogva a jobb kezét a bácsi felé, aki azonnal el is fogadta.

Úgy szeretem benne, hogy ilyen magabiztos és határozott.

– Timót Szabó – szorított erősen. – Részemről a szerencse, fiam. Lilien végre nem valami kis suttyót hozott haza magával.

– Na de Timothy! – hűltem el szégyenkezve és teljesen elsápadva.

Gabriel olyan elégedetten nevetett fel, hogy azt hittem, kikaparom a szemét.

– Ne izguljon – intézte szavait a bácsihoz –, ha rajtam múlik, több kis suttyó nem teszi be oda a lábát.

– Helyes, fiam, helyes – motyogta, miközben eltette a puskát. – Nagyon megérdemli már, hogy boldog legyen.

Oh, Timothy! Annyira váratlanul ért, amit mondott, hogy könnyek szöktek a szemembe. Nem volt érzelgős típus, sosem beszélt ilyenekről. Rose, isten nyugosztalja, sokszor zsörtölődött emiatt. Észrevettem, hogy Gabriel engem néz és az arcom kutatja.

– Igen, ebben biztos vagyok – mondta halkan, majd nagyot nyelt és kikullogott a lakásból.

Mire észbe kaptam, ő már járt a lakásomban, belebújt a zakójába és szembe jött a folyosón.

– Sajnálom, ha gondot okoztam! – mondta halkan, és ellépve mellettem kisétált a szabadba.

– Na, akkor igyunk! – ért mellém Tim két pohár felessel.

Előttük nem ismertem a pálinkát. No de azóta! Azóta én vagyok az állam legnagyobb fogyasztója, ebben biztos vagyok. Kivettem a bácsi kezéből a poharat, és ahelyett, ahogy tanította, egyetlen kortyra lehúztam és engedtem, hogy végigmarja a torkomat.

– Jól elijesztetted – mondtam, amikor már a gyomromat melegítette az alkohol.

– Ha nem gondolta volna komolyan, nem ment volna el – mosolygott a bácsi.

– Tessék? – kaptam felé a tekintetem, de ő csak remegő kézzel újra töltött.

– Úgy értem, hogy vissza fog jönni! – emelte fel a poharát ő is, és ivott.

Másnap már meg is történt, amit jósolt. Úgy jött be az ajtón munka után, mintha itt lakna. Vigyorogva dobta a kulcsot a komódra, ahol múltkor a fenekem volt. Csak egy pillanatra tudtam ezen elmélázni, megállt a számban a szendvics.

– Szia, drágám, megjöttem! – nevetett a saját poénján. – Te sosem zárod ezt az ajtót?

Éppen a konyhapultnál ültem a laptopommal, magam körül a jegyzeteimmel, és a kajámat a tányérra téve, mosolyogva néztem, mit csinál. Elment kezet mosni, majd felvette a földről a szatyrot, amit hozott, és hozzám lépve adott egy puszit.

– Ma este én főzök! – pakolt ki a pultra. – Ezt már ne edd meg, mert nem tudsz majd enni – kacsintott, majd kikapta a kezemből a tányért, és két falattal megette a szendvicsem maradékát.

– Mindig itt dolgozol? Miért nincs íróasztal a lakásban?

– Mert ez az én lakásom, és nekem ez így jó? – néztem öszszehúzott szemmel, ahogy kipaterol a saját konyhapultomról, hogy el tudjon kezdeni főzni.

Vacsi után fogta magát és összeszedte a kacatjaimat, amik szerteszét hevertek a lakásban, de én még a vacsorán sem tettem túl magam. Úgy odarittyentett nekem három fogást, hogy meg sem tudtam szólalni.

Az elkövetkező napokban úgy jött és ment, mintha tényleg itt lakna. Volt, hogy az éjszaka közepén mászott be mellém aludni, vagy még a nappaliból dolgozott, amikor elmentem reggel munkába. Azokon a napokon nagyon furcsa volt kávézni bent az ebédlőben, tudván, hogy a vezérigazgató nálam telefonál éppen egy szál semmiben.

Egyik vasárnap átvitte a nappaliban álló szekrényemet Timhez. Csak úgy kipakolta, és egymaga átvitte. Ne felejtsem el este ezt visszaidézni az ágyban! Milyen erős ez a pasi? Kekszet rágcsálva csöpögött a nyálam, és csak akkor kapcsoltam, hogy a mappáimat nézegeti, amikor már az egészet kipakolta a szőnyegre.

– Nem is mondtad, hogy ténylegesen tervezel is – mondta az egyik lap fölül.

– Már nagyon régen nem vettem elő őket – ültem mellé a földre.

– Pedig ezekben nagyon sok ráció van – nézte végig az oldalt, majd egy másik mappából egy újat vett elő, és összefűzte őket. – Miért nincsenek befejezve? – nézett rám őszintén érdeklődve.

– Mert régebben telebeszélték a fejem azzal, hogy semmi értelmük – rántottam meg a vállam.

– Már hogy ne lenne értelmük? Ezzel egy csomó pénzt tudnál keresni, ha szabadalmaztatnád őket. A megújuló energiában most nagyon sok a lehetőség. Mondjuk sok mindenhez nem értek, amiket itt leírsz, de ha szeretnéd, elviszem őket szakemberekkel átnézetni.

– Köszönöm, de hagyjuk – vettem el tőle mosolyogva a lapokat.

– De ne hagyjuk, Lilien! Ki mondta neked, hogy semmi értelmük?

Egy pillanatig ültem magam elé nézve, végül csak kiböktem.

– A férjem.

Megleptem a kijelentéssel. Kitágult a pupillája, arcára ellenséges kifejezés költözött, de gyorsan rendezte a gondolatait.

– Azóta bármikor befejezhetted volna – suttogta. – Te is tudod nagyon jól, hogy nem hogy értelmük van, van, amelyik forradalmi közülük. Miért nem tettél pontot a számítások végére?

Ismét egy perc szünet. Őszinte leszek.

– Mert azóta sincs meg a fejlesztésekhez szükséges tőke.

Arckifejezése nem árult el semmit, de szemébe még sosem látott mélység költözött.

– Értem – hagyta el ajkait lassan a szó, amit nem tudtam hová tenni.

Sokáig ültünk csendben. Gabrielt én zökkentettem ki a merengéséből azzal, hogy az ölébe másztam, és simogatva puszilgatni kezdtem. Jól állta a sarat, de végül csak elmosolyodott, majd elkezdett szép lassan megenyhülni. Aztán elment és hozott egy íróasztalt, beszerelt rá nekem egy asztali gépet, utána szigorú arckifejezéssel állt elém.

– Most leülsz szépen, és addig fel sem állsz, amíg nem érsz a végére az egyik félbehagyott tervednek – fogta meg arcom két oldalát.

– Gabriel...

– Nem, Lilien! – lépett még közelebb. Majdnem összeért az orrunk. – Te egy kibaszott zseni vagy, érted? Nem fogom hagyni, hogy csak úgy sutba vágd a tudásodat, csak azért, mert valaki egyszer azt mondta, ezt kell tenned. Most én mondom, hogy állj a sarkadra, vagyis tedd le szépen azt a csinos hátsódat – mosolyodott el végül.

Nyeltem egy nagyot, és megemberelve magam, visszapislogtam a meghatottságtól felgyűlő könnyeimet, és némán bólintva köszöntem meg neki, hogy hisz bennem.

A következő szombaton a piacról értem vissza, amikor megálltam a nappali szélén, jó értelemben felkavarva és nem tudom, mikor voltam utoljára ilyen boldog. Vagy ilyen határozott és erős.

Zuhany után odaültem az íróasztalhoz, és egy kávé mellett elővettem a tervrajzaimat. Technológusi végzettségemet évek óta nem vettem elő, de most, hogy jobban belegondolok, tényleg van az ötletekben perspektíva. Mire Gabriel benyitott, már sötétedett, és én a nappali padlóján ülve gubbasztottam egy bonyolult számolás felett.

Nem zavart meg, csak adott egy puszit és főzni kezdett, majd kiteregetett, amit persze egész nap elfelejtettem megcsinálni, majd hozott nekem egy pohár mentaszörpöt. Ekkor néztem csak fel. Az egész nappali úszott a papírokban. A szőnyeg ki sem látszott, a kanapé roskadásig pakolva, a sarokban összegyűrt halom. Tekintetem a konyhába tévedt, és egy vigyorgó Gabrielbe akadt az egyik bárszéken.

– Feltételezem, nem sikerült ebédelned – mondta köszönés helyett.

Azt sem tudtam, milyen nap van, nemhogy napszak. Ebéd?

– Gyere, pihenned kell! – mutatott a mellette lévő székre. – Milyen napod volt? – tette az első falatot a szájába. Pontosan úgy, mint pár hete tette. Akkor kiakadtam rajta, most melengette a szívem, mint egy jóleső meleg tea, rummal a tél közepén.

Azt hiszem, ilyen édesen még senki sem fejezte ki, hogy fontos vagyok neki. Na jó, elismerem, levett a lábamról. Teljesen oda meg vissza. Kedvem lett nekem is huncutkodni. Felálltam, odamentem hozzá, kivettem a kezéből a villát, és kézen fogva elindultam vele a hálóba. Mikor észbe kapott, hátulról viccesen felkapott, lekapcsolta a villanyt, hogy ne legyek zavarban, és a folyosó faláig jutottunk, mikor beleharaptam a nyakába. Azt hittem, kicsit visszább vesz tőle, hogy időt nyerjek magamnak, de csak még jobban begerjedt. Morgott egyet, aztán valami isteni hangon felnyögött. Keze már a pólóm alatt volt, és most először engedtem meg neki, hogy meg is fogja a mellem. Vett egy mély levegőt, és teljesen elengedett. Aztán csukott szemmel a hajába tépett, és szaggatottan vette a levegőt.

– Lilien! – vett egy újabb mély levegőt, de nem értettem, mi történik.

Mikor végre rám nézett és látta, hogy összezavarodtam, megragadta a bal csuklómat és a gatyájába húzta. Szentséges ég, elélvezett. Tőlem.

– Most már hiszel nekem, ha azt mondom, hogy imádom a tested? – nézett a szemembe áhítattal, közben, ahogy markoltam, újra kemény lett a kezemben.

Ez a pasi mindig alapjaiban rengeti meg, amit eddig a szexről tudtam. Most is csak egy vágyam volt, ami – úgy őszintén megvallva – még sosem volt kedvemre. De ahogy itt állok, életemben először akarok úgy istenigazából leszopni egy pasit. Nem is egy pasit, csak őt. De őt nagyon. Mikor vele vagyok, a gátlásaim nem működnek, ahogy a szűrő sem a számon, amikor beszélgetünk. Ezt pedig most először érzem helyesnek. Vele így kell lennie. Megbízom benne. Mindenkinél jobban.

Odaléptem hozzá, és egy csókkal nekiszögeztem a falnak, közben kigomboltam a nadrágját és letérdeltem elé. Mikor rájött, mire készülök, finoman meghúzta a hajam, hogy a szemébe nézzek.

– Nem szeretném – suttogta kipirult arccal. – Nem akarlak megalázni – térdelt le elém, és hanyatt lökött a földön.

– De én nagyon akarom! – próbáltam visszakerülni a csípőjéhez, de mindig elhúzódott.

Lábaimmal lefogtam az övéit, de azokat is lefogta a kezével, majd azoknál fogva húzott maga alá. Közben már mindketten hangosan nevettünk.

– Te könnyen vagy, már túl vagy rajta, de én még itt szenvedek – nevettem a csókjai alatt.

– Ha nem ficánkolnál ennyit, már te is nyöghetnél, Csillagom – mondta jókedvűen, és benyúlt a bugyim alá.

A várttal ellentétben nem ért ott hozzám, csak letolta rólam és felállt.

– Most komolyan? – hanyatlott a fejem vissza a szőnyegre.

– Hoztam valamit!

Olyan volt a hangja, mint egy kisfiúnak karácsonykor, ajándékbontás előtt.

– Ha le akarsz szopni, akkor ebben kell tenned! – húzta rám a fekete csipkebugyit, ami nem kis meglepetésemre tökéletesen kényelmes volt és passzolt a méret is.

– Akkor te kétszer nyersz – néztem le zavarodottan az alsó felemre.

– Nos, nem szeretek veszíteni, emlékszel? – vigyorgott. –
A farkamat meg te akartad a szádba venni, szóval én meg ezt
akarom! – mutatta fel a fekete csipke melltartót és a harisnyát.

– Soha nem venném fel ezeket! – futott végig rajtam a csaló-
dottság. – Mégis mit gondolsz, hogy mutatnék bennük?

– Lilien, most mitől lettél ilyen ideges? Csak mi vagyunk itt –
szorított satuba a csípőmnél fogva a lábaival.

– Hát pont ez az, te lennél az utolsó, akit engedek, hogy így
lásson! – nyüszítettem.

– Hamarabb mennél ki így az utcára, mint hogy előttem fel-
vedd? – igyekezett visszafogni a nevetést.

– Hamarabb mutatnám meg így magam a rokonoknak, a ba-
rátoknak, de jobban belegondolva, igen, a vadidegeneknek is az
utcán, mint neked!

– Akkor, mint a barátod, kérlek, hogy ebben szopj le! – ne-
vetett hangosan.

A szememet forgattam és próbáltam kifordulni alóla.

– Ha lefotózlak benne és megnézheted magad, mennyire ki-
baszottul szexi vagy, akkor az úgy rendben?

– Dehogy is van rendben! – ordítoztam. – Még a fürdőben
sem merném megnézni a tükör előtt, nemhogy téged beenged-
jelek bámészkodni!

Csalódott voltam. Magamban. Miért nem vagyok képes erre?
Szégyellem a testem, és ezt ő is tudja.

– Az előbb azt mondtad, hogy nem szeretnél megalázni –
mondtam elcsukló hangon.

– Nem fotózlak le mindenhol, csak azokat a gyönyörű, apró
részleteket, amiket te sosem vettél észre magadon.

– De azt bárki megnézheti a telefonodban! – mondtam or-
dítva, az első napunkra visszaemlékezve.

Úgy mosolyodott el felettem, hogy a fogai is kivillantak. Sze-
me pedig tettre készen villant.

– Akkor kellett volna, hogy megerőszakoljalak a kocsiban –
mondta, és csípője megmozdult felettem.

– Ha most megtennéd, irtó hálás lennék érte! – nyögtem a
sóhajtozva.

– Te csak feküdj itt, és meg se mozdulj, rendben? – nyitotta ki a melltartó kapcsát.

Ez a vágyban kínlódás maga volt az őrület. Minek fecsegünk mi ennyit, mikor csak lihegnünk kellene összeizzadva?

– Jó, jó, rendben, csak add ide! – adtam be a derekam és felültem, hogy levegyem magamról a pólót.

Otthon mindig melltartó nélkül vagyok, szóval amikor a felső a padlón hevert, Gabriel megmerevedett rajtam. Minden értelemben.

– Most már biztos, hogy rád fogok élvezni – mondta nyögve.

– Ha összekened a szép új melltartómat, kicsinállak! – sziszegtem és elvettem tőle, hogy felvegyem, míg ő halkan felnevetett.

Annyira már nem lepődtem, mint a bugyi esetében, hogy ez is tökéletesen az én méretem volt. Pedig azt nem könnyű eltalálni. Alacsony vagyok, és a mellkasméretem kicsi, de hozzá képest a melleim nagyok, szóval alig találok magamnak kényelmes és jó alsóneműt. Mikor a melltartó rajtam volt, kezem sértődötten összefontam a mellkasom előtt. Az volt a szerencsém, hogy sötét volt a lakásban, és a folyosóra alig szűrődött be kintről fény. Ettől kicsit bátrabb lettem, és négykézláb Gabriel ölébe mászva megcsókoltam.

Majd végighaladtam a nyakán, minden apró részletet felderítettem, és ő mindent megengedett nekem. Azt tehettem vele, amit csak akartam. Enyém volt a világ. A két kezére támaszkodva tartotta magát, amikor a számba vettem. Ösztönösen a hajamba markolt. Finoman, nem bántott, nem irányított. Éreztem, hogy remeg a keze, s amikor teljesen tövig ért a torkomban, már hangosan nyögött. Sosem hallottam még ezt a hangot tőle. Ez lett a legújabb kedvencem. Még káromkodni is elfelejtett. Egy teljesen új Gabriel. Ezentúl ez lesz az életcélom, ezzel a Gabriellel találkozni. Szexi vagyok, vonzónak érzem magam. Ezt én teszem vele.

Az utolsó pillanatban, amikor már csak halk imákat suttogott, felhúzta a fejem az övéhez, és a bugyimat letolva magára húzott. Megfogta a csípőmet, végignézett rajtam, aminek az lett az eredménye, hogy bennem lüktetni kezdett. Te jó ég, tényleg tetszem neki. Nagyon tetszem neki. Majd a tarkómat megragadva ő is mozogni kezdett. Amikor bennem szétrobbant az összes érzés, ami a világon jó és őrült nagyot élveztem, ő is elengedte magát. A szemembe nézett közben. Ezt mindig is kínosnak hittem, egy intim, de magányos dolognak, de az ő tekintetében ilyenkor mindig minden benne volt, amit valaha csak álmodtam. A hála, a rajongás, a függőség, az imádat.

Amikor látta, hogy végre megértettem mindent, magához ölelt. Kicsatolta a melltartómat és lehúzta rólam. Teljesen meztelenül értünk egymáshoz. Fejem a bal vállán feküdt, úgy vártuk meg, hogy lassuljon a légzésünk.

– Mondd, Gabriel, hogy lehet, hogy neked ennyire tetszem? – suttogtam meghatódva a nyakának. – Egyáltalán nem olyan vagyok, mint Alice. Most alkatra értem.

Nem válaszolt azonnal, csak vette a levegőket.

– Számomra a női test egy csoda – kezdte halkan. – Imádom a formáit, a gömbölyűt, a finom puhát. Nekem mindez a termékenység, a nőiesség legszebb jele, érted?

– Nem igazán – mosolyogtam zavaromban, és arcom a nyakába temettem.

Keze a hátamról a nyakamra csúszott, majd a tarkómra, és adott pár finom puszit az arcomra.

– Nem tudok mit kezdeni azokkal a nőkkel, akiken nincs mit fogni. Nekem ők nem... nők – próbálta meg máshogy.

– Oké – mondtam lassan. – Nem értem, de elfogadom. Vagyis rohadtul hálás vagyok ezért, azt hiszem – nevettem fel halkan.

– A te fejedben még mindig káosz van, Csillagom. Te azt hiszed, kövér vagy, pedig nem. A formás segged és a telt idomaid nem azt jelentik, hogy dagi vagy. Minden feszes rajtad, minden izmos és tökéletes.

– Ez most már nagyon zavarba ejtő, hagyd abba, kérlek! – próbáltam kibontakozni, de rájöttem, hogy még mindig bennem van.

Na és megint kőkemény. Az ágyékunktól felkaptam a tekintetem, és amikor találkozott az övével, huncut mosolyra húzódott a szája. Kikerekedett a szemem, úgy megdöbbentem.

– Úgy bírom, hogy ilyen ártatlanul tudsz nézni! – mosolygott, és a fülem mögé simította a tincsemet.

Ekkor szólalt meg a telefonom. A csengőhang Isabelt jelezte. Csak neki veszem fel bármikor. Sajnos a terápiás kezelések után nem viccből futottunk össze sokszor. Akkor lettünk igazán barátok, amikor az éjszaka közepén elragadott minket a sok szar emlék, és a pánik úgy költözött a bőrünk alá, hogy azon csak valaki más tudott úrrá lenni helyettünk. Isabelt pedig tízszer annyi rossz dolog érte, mint engem. A rohamok még most is bármitől elő tudnak nála jönni. Az, hogy most hív, nem jelent jót, bár nem tudom pontosan, mennyi az idő.

Úgy pattantunk fel, mintha éppen semmiben sem lettünk volna nyakig vagy tövig. A telefonomat Gabriel találta meg a konyhapulton, és azonnal fel is vette.

– Isabel? Minden rendben? – kérdezte aggódva.

A szemembe nézett és megcsóválta a fejét, majd a kabátokra mutatott. Basszus, egy szál semmiben vagyok. Kapkodva magamra húztam, amit találtam, és Gabriel is ezt tette telefonálás közben.

– Azta! Ez jól hangzik, csak nem értem jól a sírástól. Olyan, mintha úsznál közben – próbálta feldobni, és hallottam, hogy a szokásos Isabel-mód azonnal akcióba lépett egy cifra fejmosás kíséretében.

A lakástól öt percre lakott, gyorsan ott voltunk. Kikerestem a kulcsot, és odabent a konyhában találtunk rá zokogva. Minden tányér összetörve, az összes szekrény tartalma kidobálva. Ilyenkor én már kevés vagyok; erősebb, mint én vagyok. Gabriel sietett oda hozzá, de azonnal üvöltözött vele. Mint egy veszett vadállat. Mielőtt megüthette volna, Gabriel lefogta, és a vállára véve besétált vele a zuhanyzóba. Ez már bevett rutin lett nálunk, úgy tűnik. Gabriel minden nőt a víz alá visz. Nagyot sóhajtottam, és elkezdtem összerámolni a nagy halom rendetlenséget. Odabentről még hosszú percekig hallatszott a viaskodás. Isabel nem adja könnyen, seperc alatt leszerel bárkit, akit ismerek. Gabrielt is csak azért nem bántja, mert állandóan szóval tartja. Ha már feldühíti, fél siker.

Amikor a gyászfeldolgozó órákon találkoztunk – már három éve ennek –, egymás párjai lettünk a terápia ideje alatt. Mindent tudtunk a másikról. Aztán azt vettem észre, hogy már Gabriel is egyre több dolgot tud róla, pedig biztos vagyok benne, hogy Isabel nem beszél senkivel az érzelmeiről és a múltjáról. Más körülmények között még féltékeny is lennék, de mivel épp félórája elégültem ki a szerszámán, most nem tudott érdekelni.

Amiket pedig utána mondott, biztosítottak arról is, hogy később sem fog érdekelni.

Húsz perc múlva jöttek ki. Gabriel tartotta Isabelt, aki törölközőbe volt csavarva, és a haja még csöpögött a víztől. Viszont már nem sírt, és határozottan nyugodtabb volt.

Csak néztem őket, milyen szép pár lennének együtt. A mindig kifogástalan Isabel és a tökéletes férfi. Aztán elhessegettem a gondolatot és próbáltam nem belegondolni, hogy Gabriel vetkőztette le őt odabent.

A konyhapulthoz ültette, közben lecsúszott mellkasáról a törülköző, de mint a másik teljesen elégedett és tökéletes ember az életemben, ő sem nagyon foglalkozott a meztelenséggel. Már mind láttuk őt ruha nélkül, és most volt nagyobb baja is. A hosszú, szőke haja úgyis eltakarta a nagyját.

– Rohadtul kellene egy dupla whisky – fogta a fejét a pulton könyökölve.

Aztán tekintete ránk siklott. Először az egyikünket, majd a másikunkat mérte végig, végül felhúzott szemöldökkel elvigyorodott.

– Nahát, tubicáim, nincs még itt a tavasz – nevette el magát.

– Nahát, látod, ha majd mind együtt élünk, mint egy nagy, boldog család, még végzünk a következő körrel, mielőtt leslagollak – vigyorgott Gabriel.

– Oké, Villám Vili, ezennel aláírom az együttélési szerződést! – Most nézett le magára, és egy gyors mozdulattal magára húzta a törülközőjét. – Nem szeretnék a jövőben semmilyen mókát tönkretenni.

– Menjünk, bulizzunk egyet! – vett ki Gabriel három sört a hűtőből.

– Most tényleg? – szólaltam meg, először, amióta itt vagyok. – Gabriel, rajtam alig van ruha.

– Tényleg menjünk, kell nekem egy faszi ma estére, aki feledteti, hogy mennyire el vagyok baszva – húzott bele a sörébe Isabel.

– Inkább keress a fiókodban egy komát magadnak ma estére, és mi szépen visszamegyünk a hálóba – javasoltam most már akaratosabban.

– Lilien, még csak tíz óra van, majd hajnalban visszadöntelek a szőnyegre – vigyorgott Garbiel.

– A szőnyegre? – húzta fel a szemöldökét nevetve Isabel. – Fú, de elvadultatok! – incselkedett.

– Napoljuk ezt el, léci – néztem Gabrielre szemrehányóan –, és menjünk el hozzám inkább. Isabel, alhatsz nálam, rendben? – kaptam fel a kabátomat dühösen pironkodva.

– Te tudtad, hogy ilyen szégyenlős? – karolt át Gabriel Isabelhez beszélve.

– Majd a pálinka megoldja a nyelvét és a gátlásait – mosolygott Isabel már a liftben.

Mielőtt kiszálltunk volna, elkapta a karjainkat.

– Nagyon köszönöm, srácok! – mondta a könnyeivel küszködve.

Egyszerre karoltunk bele és léptünk ki vele a liftből, már mind mosolyogva.

13.

Ahogy teltek napok és hetek, egyre jobban frusztrált, hogy ennyit itt van. Otthon meg valószínűleg semennyit, vagy nagyon keveset. Leginkább napközben volt itt, éjszaka csak ritkán aludt velem. Ez is nagyon zavart. Ennek így nem sok értelme volt, és rám nézve nagyon sértő kezdett lenni, hogy második vagyok a sorban, akit rejteget a munkahelyen, és itthon is, a lakásban. Nem igazán jártunk el együtt itthonról, érthető okok miatt. Szóval kezdett elegem lenni ebből a helyzetből, így elhatároztam, hogy a múltkori piálást bepótolva elmegyek bulizni Isabellel.

Már öt előtt készen voltam. Egész nap pörögtem, meglepő módon. Takarítottam, összepakoltam, kiültem a kertbe és befejeztem három cikket is, amivel még lógtam, elküldtem őket javításra. Mikor Isabel csengetett, már egy csinos, cicimutogató ruhában vártam.

– Hűha, ha nekem csípted ki így magad, felőlem oké, mehetünk a hálóba! – vigyorgott idiótán.

– Ma mindenképp szereznem kell egy faszit magamnak, különben megőrülök.

– Komolyan képes lennél ide hazahozni egy idegen férfit? – ült le a konyhapulthoz egy sörrel. – Ez eddig nem volt rád jellemző. Gabriel mit szólna hozzá?

– Hagyjuk őt most. Éreznem kell, hogy vonzó vagyok, érted? Kell valaki, aki így gondolja! – nyüszítettem.

– Áhá – húzta el a száját. – Már értem. Figyi, most mondtam, hogy még én is lefeküdnék veled, pedig nálam jobban senki sem rajong a péniszekért.

– Ne sértődj meg, de nekem valaki más kell – vihogtam.

– Most dobtál engem? – húzta fel a szemöldökét nevetve. – De... de várj már, nem értem. Gabriel nem tart szexinek? Úgy néz rád, hogy majd' kiesnek a szemei. – Végzett is az első sörével.

Hogy a rákba lehet, hogy ez a nő több árpamalátát iszik, mint vizet, és nulla felesleg van rajta? – merengtem magam elé.

– Hékás, hallasz?

– Bocsi, épp rád gondoltam, drágám – vigyorodtam el.

– Na, ez már jobban tetszik! – húzta ki magát. – Hová szeretnél menni? Táncolni, vagy csak inni, vagy lehet, hogy koncertet is találok a közelben – vette elő a telefonját.

– Lilien sehová nem megy! – állt az ajtóban Gabriel.

Nem tudom, mióta hallgatózott – pont háttal ültünk a bejáratnak.

– Igenis elmegyek, táncolni és szórakozni szeretnék, és kicsit kiszakadni ebből – mutattam körbe a lakásban

– Ebből? – húzta fel a szemöldökét.

– Igen.

– Akkor elmész szépen átöltözni, és én is megyek veletek.

– Nem fog menni, Gabriel.

– Akkor induljunk most! – ragadta meg a karom, és alig tudta megvárni, míg felveszem a cipőmet.

Irtó mérges volt, ilyennek még sosem láttam. Még Isabel sem mert megszólalni az utcán, aztán mire a szórakozóhelyre értünk, mintha nem is ismert volna minket, elment táncolni egy pasival.

– Miért vagy ilyen dühös? – ittam bele a boromba.

– Komolyan kérdezed? – húzta össze a karjait a mellkasán.

– Nézd, Gabriel, elegem van abból, amit művelsz. Nem vezet sehová, és nem leszek tovább a szajhád, akihez ha kedved tartja, csak úgy felugrasz egy körre, aztán hazamész aludni – vágtam a képébe minden kertelés nélkül.

Úgy nézett rám, mint aki nem hisz a fülének. Csak pislogott, és nem mutatott érzelmet. Utána nyelt egy nagyot és öszszeszorította a fogát.

– A szajhám? – kérdezte halkan. – Akkor visszamenőleg fizessem ki az összes szolgáltatásodat? – mondta szokatlanul ellenséges hangon, és meg sem várta, mit válaszolok, felállt és magamra hagyott.

A reggel úgy hatolt a be részeg pupillámig, mintha egy kalapácsot hajítottak volna bele. Minden tagom nyúzott volt a tegnapi nap után, a karomban izomláz volt, a fejem mintha triplájára nőtt volna, mert amikor felültem volna, mindig arra dőltem, amerre döntöttem. Basszus, brutál részeg vagyok. Remélem, Tim jól van! Úgy emlékszem, nála fejeztük be az ivást, és kiittunk egy üveg pálinkát hárman.

Kibotorkáltam a konyhába egy pohár vízért és besötétítettem, hogy a szememet legalább ki tudjam nyitni, ha már az agyam ma paroklópályán lesz. Az volt tíz perc, míg megkerestem a telefonom. Tíz óra múlt. De durva. Régen nem aludtam már eddig. Isabel írt még hajnalban üzenetet, hogy hazaért. Aztán kétszer hívott, már reggel. Bármennyire is nem akartam most beszélni, visszahívtam, mielőtt nagyon aggódni kezd.

– Remélem, te is olyan szarul vagy, mint én! – vette fel a telefont. – Majd emlékeztess, hogy nem szeretem a pálinkát!

Másnap reggel összeszedetten léptem be a székház bejáratán, és egy lattéval a kezemben egyensúlyoztam a két mappám, telefonom és belépőkártyám társaságában. Felnéztem; Gabriel állt az aula ellentétes oldalán másik két ember társaságában, de míg azok ketten beszélgettek, ő zsebre tett kézzel engem nézett. Aztán valaki kivette a kezemből a mappáimat és a telefonomat.

– Nincs az az isten, hogy a kávédat elvegyem tőled ilyen korán reggel – vigyorgott mellettem Taylor.

– Azt mondod, morgós vagyok? – pislogtam fel hozzá, de a szemüvegén megcsillant a visszaverődő nap, amitől hunyorognom kellett.

– Soha nem mondanék ilyet, amíg meg nem ittad a kávédat! – nevetett most már teljes szélességgel, míg átestünk a kötelező protokollvizsgálaton.

Nekem is nevetnem kellett tőle. Észrevette, hogy az előbb elvakított, és levette a szemüvegét, hogy úgy nézzen a szemembe, míg a liftet vártuk. Gyönyörű, barátságos, zöld szeme van.

– Nem tudom, jelen körülmények között mennyire hangzik rosszul, de nincs kedved meginni velem egy italt munka után? – tette a telefonomat a táskámba, s miután a belépőkártyám is mellé került, el tudtam venni tőle a mappáimat.

– Köszi – mosolyogtam.

Igazából figyelmes, okos pasi. Tulajdonképpen még jóképű is, sőt. Nem indít be bennem vad fantáziákat, mint a főnöke látványa, no és nincs benne az a férfias kisugárzás, de ha jobban belegondolok, ez zavart össze mindent.

– Persze, miért is ne? Ha jelen körülmények között hajlandó vagy meghívni egy italra.

Pár pillanatig fürkészőn nézett a mosolygó arcomba, majd mindenki ment a dolgára.

Tizenegy körül felhívott, hogy esetleg ebédelhetnénk együtt. Nos, egy újabb *miért is ne*? Kikapcsoltam a gépemet és a táskámért nyúltam, amikor nyílt az irodám ajtaja.

– Mondanám, hogy kurva dühös vagyok, de gondolom, ez téged nem hat meg – ült le velem szemben Gabriel.

– Ezért jöttél le idáig, hogy ezt elmondd? – pakoltam a táskámba, és a szekrényemben megkerestem a blézeremet.

– Nem, nem ezért jöttem – sóhajtott, és hátradőlt a székében. – A tegnapelőtti estét szerettem volna megbeszélni, amikor meghallottam, hogy veled telefonál. Az ideg megesz, ha belegondolok.

– Nos, ez valószínűleg így is fog maradni – álltam mellé, hogy jelezzem, készen vagyok innen kimenni, de ez meg őt nem hatotta meg. – Mondd, mit tehetek érted?

– Ez most komoly? – nevetett fel hangosan. – Hát, ha már így kérdezed, Csillagom, egy szopás kurva jól tudna most esni! – túrt bele idegesen a hajába.

– Elég nagy szopás az már neked így is, hogy most mással megyek ebédelni – léptem az ajtó elé és megfogtam a kilincset.

– Várj, kérlek! – állt fel mellém.

Lenyúlt, megfogta a bal kezem, és adott a gyűrűsujjamra egy csókot.

– Ezt miért csináltad? – kaptam ki a kezem az övéből.

– Hogy jól felidegesítselek – vigyorgott.

– Pofont is szeretnél? Azt is adhatok! – löktem volna félre, de meg sem tudtam mozdítani. – Mit szeretnél? – néztem kíváncsian a szemébe, de ő nem mondott semmit, csak nyelt egy nagyot.

– Gabriel, most jön az, hogy megint egymásnak esünk, megint megtörténik, és mi megint csak bosszankodunk utána?

– Te bosszankodsz, én csak simán boldog vagyok – mondta gyerekesen, és elkapta a fejem, hogy ajkai birtokba vegyék az enyémeket.

– Ne, hagyj! – toltam el magamtól.

Nem tudom, azért voltam-e ilyen erős, mert odalent egy másik férfi várt rám, vagy azért, mert ez sehová sem vezet és elegem van belőle. Belegondolva, mindkettő igaz.

– Lilien, nem mehetsz el vele! – csapott az ajtóra és majdnem üvöltött.

Megijesztett; még sosem emelte fel a hangját velem, nemhogy ordibáljon. Aztán kapcsoltam, hogy az irodámban állunk, és mutatóujjamat automatikusan a szájára nyomtam, hogy lehalkítsam, de ő azonnal a szájába vette és ráharapott. Ettől pedig nyilván nekem kezdett el lüktetni a vér a fülemben és egyéb helyeken.

– Veled sem mehetek sehová, ezt a gordiuszi csomót nem fogjuk tudni kibogozni. Nyeld le, hogy igenis más férfiakkal fogok találkozni!

– Miért nem csak férfival? – kérdezte halkan, öt centiről nézve.

– Tessék? – döbbentem meg.

– Miért azt mondtad, hogy férfiakkal, és nem csak eggyel, Lilien?

– Mert még az is lehet, hogy sorba veszem az összeset!

– Felőlem megteheted, ha nem az én bosszantásom a célod vele. De hé, egyezzünk meg abban, hogyha bármelyik is ki tud elégíteni az ágyban, akkor békén hagylak, oké?

– Elengedem az orgazmust, ha bárki hajlandó velem, és csakis velem lenni! – sziszegtem.

– Elengeded? Ahogyan vele is tetted? – emelte fel a bal kezemet a gyűrűsujjamnál fogva.

Ekkor vágtam pofon. Nem úgy, mint múltkor – most nagyon nagyot kapott. Csak álltunk egymással szemben, felzaklatva és lihegve.

– Ezt nem kellett volna, ne haragudj! – állt velem szemben, és könnyes lett a szeme. – Nem tudom neked megadni, amit szeretnél – pislogott, de nem rejtette el a könnycseppet, ami végigfolyt az arcán. – Amit megérdemelnél.

A hüvelykujjával gyorsan letörölte a könnyet az arcáról, majd összeszedte magát.

– Akkor maradjunk is ennyiben! – nyitottam ki az ajtót, és egy szörnyetegnek éreztem magam.

Mindent odaadott nekem magából az elmúlt hetekben, én pedig fogom magam és eldobom, mint egy megunt rongyot. A folyosó közepén földbe gyökerezett a lábam. Álltam ott pár másodpercig, majd megfordultam, hogy visszamenjek bocsánatot kérni, de összeütköztem vele. A keze után kaptam, ő viszont a feje fölé emelte, és rám sem nézve elsietett.

Ezt nagyon csúnyán elrontottam. Már most bántam minden egyes szót, ami kijött a számon. Lementem a lifttel és Taylorral ebédeltem. Kiderült, hogy félreértettem, nem szeretne semmi komolyat, csak tényleg ebédelni, és munka után inni valamit. Legalább őt nem kellett ma megsértenem. Az italozást elnapoltuk, és hazafelé sétálva már nem tudtam megállni sírás nélkül. Hogy lehettem ekkora barom? Nem hiszem el, hogy így meg tudtam őt bántani.

A lakásba lépve letöröltem a könnyeimet, és a hűtőben azonnal a pálinkát kerestem.

– Nem hiszem, hogy ez a legjobb megoldás – szólalt meg a nappali foteljából Gabriel, hogy majd' összeszartam magam ijedtemben.

– Gabriel? – fordultam felé, de felemelte a kezét, hogy hallgassak.

– Teljesen igazad van. Jogos, hogy nem tetszik neked ez a helyzet, sőt tulajdonképpen még imponál is, hogy csak magadnak akarsz. Mondjuk, elég sajátságosan fejezted ki magad – mosolygott fáradtan.

– Megölelhetlek? – tört fel belőlem a megkönnyebbült sírás.

– Persze, taknyozz csak össze megint, nem gond – vigyorgott most már olyan igazi Gabrielesen, hogy nevetnem kellett rajta.

– Ne haragudj rám, soha többé nem mondok ilyeneket! Tudom, hogy miért van így, édesem, tudom, mindent értek! – borultam a nyakába. – Gyere velem holnap! Elmegyünk három napra, és elfelejtünk minden mást! – mondtam ki gyorsan, miellőtt meggondolom magam.

– Mondd még egyszer! – suttogta meghatottan.

– Holnap addig mondom, amíg meg nem unod, rendben? – szorítottam az ölelésen.

– Három napig csak az enyém leszel.

– És te az enyém – mosolyogtam.

14.

Reggel Gabriel olyan boldog volt, hogy az utcán, teljesen megfelejtkezve magáról, már a kapuban lesmárolt.

– Hát... ő... – állt meg mögöttünk Isabel a csomagommal. – Hűha!

– Gabriel, ne itt! – toltam finoman távolabb.

– Pedig én nagyon élveztem a műsort – vigyorgott a barátnőm a táskámmal a kezében.

– Filmforgatást nem vállalunk! – vette ki a kezéből Gabriel a pakkot.

– Szépek vagytok együtt! – fogta meg a felszabadult kezével a másik karját.

– Vigyázok rá, megígérem! – mondta halkan Gabriel.

Az ötórás autóút pont úgy telt, mint a többi. Sokat nevettünk és piszkálódtunk.

– Te nem akarsz vezetni egy kicsit? – kérdezte az egyik pihenőnél.

Kávéztunk a hegyoldalban és néztük alattunk a folyót, szemben a fenyőerdőt, és semmi sem hiányzott a boldogsághoz. A vállunk összeért, aztán Gabriel átölelt. Csak úgy, semmi más, csak ölelés, egy puszi az arcra. Mindennél többet számít.

– Lassan négy éve nem vezetek – néztem a kávémba pislogva.

Gabriel elengedett, és finoman maga felé fordított.

– Nem szeretnéd elmondani? – kérdezte aggódón.

– Akkor elrontaném az egész napunkat – simogattam meg az arcát. – Hagyjuk ezt meg máskorra, rendben?

Adott egy puszit a tenyeremre, majd a számra, aztán a fülembe súgott.

– Rendben – mosolygott, amikor elhúzódott. – Különben is, induljunk, mert esni fog.

– Esni? – néztem körbe, de nem láttam esőfelhőt. – Azok ott csak ártatlan cumulusok – álltam fel én is, hogy visszaszálljak.

– Azok nemsokára cumulonimbusok lesznek, Csillagom, igyekezzünk!

– Nagyon beindulok, amikor ilyen okosakat mondasz! – vigyorogtam bekötve magam.

– Mindig okosakat mondok – kacsintott rám nevetve. – De szólj, ha úgy érzed, nem bírod tovább, azonnal benned leszek!

– Mi lesz a jégesővel? – néztem, ahogy besorol a sávba és halkan felnyögtem.

Imádom nézni, ahogy vezet.

– Hagyjuk a picsába, mássz hátra, mindjárt megállok! – mondta az összeszorított fogai közül.

Nem vártam meg, hogy kétszer mondja, már csatoltam is ki magam és mentem hátra.

Egy félreeső, kavicsos úton lehúzódott. Egy mező szélére vezetett, ami alatt konkrétan semmi sem volt. Messzire el lehetett látni, meseszép.

Leparkolt egy aránylag védett helyen, és a csomagtartóból kipakolva ledöntötte az üléseket. Tíz perc alatt ágyazott meg, rakta félre a csomagokat az ülések alá, és vetkőztetett le a takaró alatt.

– Itt alszunk? – vigyorogtam hülyén.

– Nem szállok le rólad, amíg nem könyörögsz! – mormolta a melleim közül.

Három óra múlva beköszöntött a pokol. Szélvihar kerekedett, a látótávolság majdnem nullára csökkent, mi pedig egymást simogatva aludtunk el. Valamikor az éjszaka közepén ébredtem arra, hogy Gabriel öltözik.

– Le fog fagyni a pöcsöm, de pisilnem kell – vigyorgott, és adott egy puszit.

– Ha nem jössz vissza öt perc múlva, utánad megyek!

– Gyere, csuromvizesen is akarlak! Sőt úgy akarlak a legjobban.

– Furcsa vonzódásod van a vízhez – dőltem vissza a párnámra.

A következő pillanatban a bokámnál fogva fogott meg és húzott ki a csomagtartó szélére. Még sikítani sem volt időm. Megkereste a pulcsiját, rám adta, hogy ne legyek teljesen pucér, majd a vállára véve kicipelt az esőre.

– Nem mondod komolyan, hogy velem együtt fogsz pisilni? – üvöltöttem túl az esőt.

– Nem vagyok szégyenlős.

– Ilyen nincs – hanyatlott le a fejem a hátára.

Mikor végzett, besétált az erdőbe, és egy fa törzséhez döntve letett. Addigra teljesen el voltam ázva. A hajam csuromvizesen tapadt rám mindenhol, a hideg esőtől a mellbimbóim majdnem átszúrták a pulcsit. Gabriel pedig csak állt előttem csillogó szemmel, egyetlen színfoltként a szürkeségben.

– Fordulj meg! – hajolt közelebb.

– Mi? – lihegtem teljesen a hatása alatt.

Megfogta a csípőmet, a fával szembe fordított, majd a törzsének támasztotta a két tenyerem, és a két combom közé nyúlva csípőm hátrébb rántotta, hogy teljesen előre dőljek. Belemarkolt a hajamba, és finoman hátrahúzta. Hátam ívbe hajlott alatta, és durván belém hatolt. Hangosan felnyögtem, és igyekeztem nem elengedni a fát. A szabad keze átnyúlt a hátamon, és a vállamnál fogva teljesen tövig magára húzott, de annyira, hogy ez már majdnem fájt. Ekkor már hangosan ordítottam, és éreztem, hogy ettől nagyon beindul. Még jobban hátrahúzta a hajamat és rám borulva, szaggatottan belelihegett a fülembe. Hallani őt így furcsa helyre vitt a vágyak birodalmában. Hallottam, amikor a levegője benn szorul, éreztem, hogy pont abban a pillanatban élvezek el körülötte én is. Testem minden izma összerándult, alig tudtam talpon maradni, aztán egyszerre dőltünk neki a fa törzsének támaszkodva, levegő után kapkodva. Megfordultam az ölelésben és szánk úgy tapadt a másikéra, hogy végül azt sem tudtuk, mióta vagyunk odakint.

Mikor nagyon fázni kezdtem, felemelt és visszatett az autóba, de még ott is csak csókolt.

Megtörölköztünk, a vállára fektettem a fejem és néztük a tetőablakon az elvonult vihar után a csillagokat.

Egyszer csak a semmiből ült fel velem szemben törökülésbe.

Fel kellett könyökölnöm, aztán mikor nem mozdult, én is felültem és kérdőn néztem a szemébe.

– Minden rendben? – néztem az arcát, de nem tudtam leolvasni róla semmit sem.

– Lilien – mondta komolyan.

– Igen? – leheltem ijedten.

– Teljesen, totálisan beléd vagyok zúgva – mondta ki határozottan.

Nem remegett a hangja, nem nézett félre. Annyira felkészületlenül ért, hogy először levegőt venni is elfelejtettem, aztán kicsit hátrahúzódtam, és elsápadva pislogtam rá. Azt hittem, el fogok ájulni; egy pár tized pillanatra el is sötétült előttem a világ.

– Ezt most csak azért mondod, mert hosszú idő óta most először érzed jól magad, de… – vettem végre levegőt.

– Senkinek nem mondtam még soha – simogatta hátra a tincsemet. – Neked viszont ezerszer szeretném – hajolt a fülemhez. – Szeretlek.

Vettem egy mély levegőt, a mellkasom közben szorított, és elöntött a jóleső forróság. Beleültem az ölébe, szorosan hozzábújtam, szorítottam magamhoz a tarkóját és belezokogtam a vállába, ő pedig tartott. Mindenhol hozzám ért, simogatott és puszilt. Aztán percek múlva megfogta az arcom két oldalát és az övé elé húzta.

– Szeretlek! – mondta szent meggyőződéssel, és finoman megcsókolt.

Éjjel nem tudtam aludni. Csak feküdtem ott, és üres voltam belül. Nem leszek képes szeretni többé, nem tudom majd viszonozni, amit ő ad nekem, amit kellene, hogy adjak én is neki. Mikor jutottunk idáig? Mikor kellett volna ennek véget vetnem? Azt hittem, hogy csak szex, hogy kurva jó, mennyei szex. Nem, ez szeretkezés. Már akkor tudtam, már akkor éreztem, hogy ez több lesz, amikor először megtettük.

– Gabriel – sírtam el magam ismét.

Odakint már világosodott.

– Gabriel – mondtam ki ismét, de ez alkalommal sem sikerült jobban.

– Nincs semmi baj, Lilien – adott puszit az arcomra.

– De, de van! – töröltem le a könnyeimet.

– De nincs, Csillagom – adott egy újabb puszit. – Tudom, hogy össze vagy zavarodva. Látom, hogy ez most sok neked. Ez rád nézve semmilyen kötelezettséggel nem jár, csak szeretném, hogy tudd, itt vagyok, és mindenben melletted állok, oké?

– Majd elmúlik – suttogtam alig hallhatóan.

– Úgy gondolod?

– Egyszer minden. Minden, ami jó.

– Igen, ahogyan minden más is.

– Neked nem lenne könnyebb, ha anno Emilyvel nem történik közöttetek semmi? Nem lett volna könnyebb túllenni rajta?

– Emily – vett mély levegőt, aztán elgondolkodott. – De, de biztosan könnyebb lett volna, viszont akkor nem tudnék mire visszaemlékezni. Maradna a sok közöny és szar. Na és akkor még kölyök voltam, nem igazán tudtam, mit is szeretnék.

– Most tudod?

– Persze, hogy tudom. Nem oldottam meg a problémánkat, tisztában vagyok vele.

– Úgy gondolod? – nevettem fel hangosan.

– Ne nevess ki, mikor most az egyszer komoly vagyok! – könyökölt fel mellém.

Vettem egy mély levegőt és megsimogattam az arcát. Kócos, kipirult, durván jóképű, vicces és okos. És engem szeret. Lehet, hogy a sors most az egyszer kárpótol azért, amit eddig elvett tőlem. A karikagyűrűm helye úgy égette a bőrömet és a lelkem mélyét, hogy élve felemésztett.

– Gyere, kávézzunk egyet valahol és reggelizzünk, majd' éhen halok. Aztán feküdjünk végre ágyba – vigyorgott.

– Mi? – bukott ki belőlem a pánik.

– Aludni szeretnék – nevetett fel.

Ekkor csörrent meg a telefonja.

– Hajnali öt van, fontos lehet, ha ilyenkor fel mernek hívni! – pislogtam rá, és ő szót fogadott. Előremászott, és a kesztyűtartóban megkereste a telefont.

Aztán visszahanyatlott mellém, és kihangosítva vette fel.

– Woods – szólt bele a szemét dörzsölgetve.

– Az építész Mr. Woods? – szólt bele egy kedves, idős néni hangja.

Gabriel mosolyogva nézett rám.

– Igen, hölgyem, Gabriel Woods, miben segíthetek?

– Ez a tegnapi nagy vihar elvitte a tetőm felét, és beázik mind a két szobám. Szeretném kérdezni, hogy ki tudna jönni csak egy fóliát ráteríteni nekem?

– Persze, semmi gond, megoldjuk. Kérem, mondjon egy címet és azonnal intézkedem.

Megdöbbenve hallgattam, amit mond. Nyilván az ő cége, mint generálkivitelező, ilyen ügyekkel nem foglalkozik. Maximum a saját garanciális javításaikat végzik, de amint a néni lediktálta a címet, nyilvánvalóvá vált, hogy nem arról a környékről telefonál, ahol luxus passzív házak épültek az elmúlt pár évben.

– Sajnos csak nyolc körül fogunk tudni odaérni – mondta Gabriel az óráját nézve.

– Nem gond, fiatalember, addigra lefőzöm a teát – mondta a néni, és le is tette.

Szó nélkül öltözni és pakolni kezdett.

– Soha többé nem szólok bele a telefonügyeidbe – kezdtem bele kényszeredetten én is az öltözésbe. – Miért nem mondtad neki, hogy téves?

– Mert vasárnap van és nincs ember, aki elvállalná neki ilyen rövid időn belül. Mire embert talál, tönkremegy mindene a házban.

Meghatódva ültem be a kocsiba, miután elpakoltunk, és nem is tudtam hirtelen, mit is mondjak.

– Taylor, bocsi, hogy felébresztelek! – mondta már út közben a telefonba.

– Leégett az épület, főnök? – hallottam Taylor másnapos hangját odaátról – nemrég fekhetett le.

– Kellene nekem két külsős ács gyerek, akik kijönnek Harrison Millsbe reggel nyolcra. Elküldöm a pontos címet.

– Külsőst? Oké, megteszem, ami tőlem és a bennem lévő két palack bortól telik.

– Meghálálom, és még egyszer bocsi.

– Nem gond, intézem – tette le a telefont Taylor.

Gabriel átnyúlt hozzám és megszorította a combomat.

– Ne haragudj, meg sem kérdeztelek, elrontottam az egész napunkat.

– Semmi gond, én is erre szavaztam volna – simogattam meg az arcát.

Mire odaértünk, a nénike tényleg teával és reggelivel várt minket, aztán nem sokkal később a két ismeretlen fiú is befutott. Váltottak pár szót Gabriellel, és elmentek ki tudja hová gerendát és cserepet, léceket venni. Bementem a nénivel és segítettem neki összepakolni az esti károkat, közben örült a társaságnak. Szegénységben, de boldogságban él. Azt mondja, csak a férjét siratja mindennap. Itt kicsit elkalandoztam, de gyorsan elhessegettem a nosztalgiát.

– Szívesen főznék ebédet is, de nincs ennyi ennivalóm itthon – nézett be a kamrába Magda.

– Menjünk el vásárolni, segítek cipekedni.

Mire visszaértünk a vásárlásból, a fiúk már javában dolgoztak, a bankszámlám pedig egy csinos összeggel lett szegényebb. Persze a néni azt hitte, hogy az ő kártyájával fizetek, és a cucc több mint felét magamnak veszem, de egyszer csak hazajutottunk. Gabriel irdatlan tempót diktált a két srácnak. Egész nap kint izzadtak a napon, aztán megint felhők gyülekeztek, és a nyárvégi, heves esőben kellett befejezniük. Az utolsó két órában én is felmentem segíteni nekik. Gabriel nagyon nem örült ennek, de így gyorsabban feltettük a lécekre az új cserepeket. Aztán odabent a két fiú meg tudott szárítkozni, Gabriel pedig zsebből kifizetett egy-egy nagy köteg pénzt nekik, majd elvitt a forró zuhany alá.

– Csak ennyit tudok adni, Mr. Woods – tartott pár száz dollárt Madga Gabriel felé, miután átöltöztünk.

– Nekem csak ennyire van szükségem, köszönöm – húzott ki egyet a halomból Gabriel.

Az összes nem volt elég az üzemanyagra, amivel a két srác elautózott idáig. Úgy összeszorult a szívem, hogy azt sem tudtam, mire gondoljak, hogy ne most puszilgassam Gabrielt szanaszét.

– Csak azért nem ingyen, mert akkor nem tudják, hol a határ, addig hívogatnak – tolatott ki a feljáróról.

– Én nem kérdeztem semmit – mosolyogtam fáradtan.

– Tudom, csak a lelkiismeretem mondatja velem, hogy egy fasz vagyok.

Tényleg ennyiszer megbántottam már? Basszus.

– Nem vagy fasz, Gabriel. Nagyon jó ember vagy.

Hát, ezt még gyakorolnom kell. De legalább már nem piszkáltam. Haladás.

Éjszaka végre elfoglaltuk a házat, amit már reggel kellett volna, és Gabriel vállát masszíroztam, míg néztünk valami brutál ijesztő horrorfilmet. Gabriel jókat nevetett rajtam közben, és még mikor lefeküdtünk is, mindenfélével ijesztgetett suttogva.

Másnap szegény a kezét is alig tudta felemelni, de mivel egész nap ágyban voltunk, ez nem volt nagy gond, mindent megoldottam nélküle is. Nem agyaltam semmin, csak élveztem, hogy így van. Este beültünk sörözni egy bárba, és egymás szájába dobáltuk éppen a mogyorót, amikor megszólalt.

– Ha nekiadom az összes pénzem, és üres zsebbel becsöngetek hozzád, akkor befogadsz? – kérdezte hirtelen nagyon komolyan.

– Gabriel, kérlek, ne!

– Válaszolj!

– Hát persze, hogy befogadlak, már megtettem, nem? – suttogtam a szemébe nézve.

Mély levegőt vett és közelebb hajolt.

– Kell pár hónap, hogy mindent el tudjak intézni.

– Mármint mihez? – értetlenkedtem.

– Biztos, hogy van három diplomád, Csillagom? – vigyorgott, mire kapott egy mogyorót az arcába.

Másnap túráztunk egy nagyot még egészen korán, mielőtt hazaindultunk volna. Mindenről beszélgettünk, ami csak eszünkbe jutott. Egyszerűen imádom ezt a pasit. Nem hoz zavarba, mindenhez hozzá tud szólni, laza, nyitott, frappáns, nem erőlteti rád a véleményét. Minden könnyen megy vele. Mennyivel egyszerűbb egy ilyen ember mellett az élet.

Hazafelé autózva már egyikőnknek sem volt jókedve. Vissza a valóságba.

– Megint harapós és duzzogós leszel, ha nem fogunk szexelni – próbálta feldobni a hangulatom.

– Hónapokig nem fogsz átölelni? – fordultam felé a könnyeimmel küszködve.

– Néha majd lopok egy csókot magamnak – mosolygott szomorúan az utat figyelve.

– Most hogy tudtál eljönni?

– Elutazott az apjával Párizsba.

– Hja, az más! – forgattam a szemem. – Szent ég.

– Lilien – mondta halkan.

– Igen?

– Nagyon kell vigyáznunk, sokkal jobban, mint eddig, mert ha elbaszok valamit, akkor nem tudom megcsinálni, amit kitaláltam.

– Értem – suttogtam az ujjaimat nézve. – Persze. Igyekszem majd.

Ebben a pillanatban húzódott le az út mellé, és kiszállva a kocsiból kézen fogott. Már majdnem a városban voltunk. Innen húsz perc sem lett volna az út. Levezetett egy öböl partjára, ahonnan nem messze egy sziget állt, kicsi fenyőkkel. Az öböl szép, csipkézett partban folytatódott tovább a tenger felé. Ha kellene egy helyet találnom, ahová félrehúzódhatok, hát biztosan ez lenne az. Vettem pár mély, sós levegőt és teljesen belefelejtkeztem a látványba, mikor Gabriel mosolyogva elém lépett. Közelebb hajolt, adott egy puszit, és a nyakamba akasztott egy aranyláncot, rajta arany, csillag alakú, pici medál. Benne virágok kusza szövedékéből gravírozás. Elegánsan feküdt a kulcscsontom ívét követve.

Gabriel egy lépést hátrébb állt és megnézett magának. Arcán annyi szeretet volt, hogy nem lehet szavakkal leírni. Most én nyúltam utána és kapaszkodtam belé, megköszönve mindent.

– Boldog születésnapot! – suttogta a fülembe, mire megint majdnem elsírtam magam.

– Isabel súgott, igaz?

– Nincs szükségem Isabelre, hogy tudjam, mikor van a születésnapod – mosolygott, és magához húzott.

A városba érve már tapintható volt a feszültség. A lakásba bekísért, de csak futólag adott puszit, vett egy mély levegőt, beletúrt a hajába és magamra hagyott. Még egy óra múlva, mikor Isabel ideért, is csak a konyhapultnál ültem csendben.

Mellém állt és átölelte a vállam, aztán megfogta a láncom, megnézte és semmit nem kérdezett, csak adott egy puszit, aztán nekiállt vacsit főzni. Evés közben is alig tudtam megszólalni.

– Most már kezdek aggódni – szólalt meg úgy két óra múlva.

– Nem kell – böktem ki magam elé.

– Aha, nem győztél meg – nézett rám, fürkészve egy-egy mimikát.

– Azt mondta, hogy szeret – leheltem, és a kezeimbe temetve az arcomat zokogni kezdtem.

– Hú, te jó ég – szakadt fel belőle. – De hát, de... – dadogott. – Mármint hogy ez jó, nem? Álmaid megtestesült pasija, és minden frankó vele, vagyis gondolom – csacsogott zavarában, de közben ő is fel-alá járkált. – Ez ugye éppen mindegy is, ha szeret téged. Lilien, ez jó dolog.

– Igen, tudom, persze – töröltem le a könnyeimet. – Egyszerűen csak nem készültem fel rá, nem gondoltam, hogy valaha is lesz még ilyen, erre belém csapódik, mint egy betonfal a semmiből.

– Nekem is jöhetne egy ilyen betonfal – rágott bele egy répába elbambulva. – De hát mi lesz a nővel? A... másikkal – húzta el a száját.

– Nem tudom, Isa, tényleg – vettem egy mély levegőt, és befejeztem a lelkizést.

<h1 style="text-align:center">15.</h1>

Másnap a munka elvitte minden energiámat, alig álltam fel a gépem elől. Azt sem tudom, ki hozott nekem kávét. Végül délután fel kellett vinnem valami kinyomtatott, hitelesített jelentést pecséttel meg minden kutyafaszával Taylornak. Fülemen egy német telefonnal, mellettem a loholó Bobbal a marketingről, aki segít nekem, mit is kell fordítanom, felsiettem. Mikor láttam, hogy Alice épp bevágtat a folyosón, bementem az ebédlőbe, és Bob után magunkra csuktam az ajtót. Mikor végre vége lett a beszélgetésnek, még pár mondatot váltottunk Bobbal, lejegyzeteltem néhány fontos dolgot, és ő el is ment. Aztán újabb hívás futott be. Sikerült egyeztetnem az egyik futó projekttel kapcsolatban az építésvezetővel. *Hőszivattyút tehet-e löszbe?* kérdéssel hívott fel. Aztán néhány pillanatot adtam magamnak a csendben, mikor egy kéz megszorította a jobb vállam egy pillanatra, majd el is tűnt. Megdobbant a szívem, de csak Taylor volt az.

– Kérsz egy kávét? – mondta komolyan.

Nem haragudott rám, amiért nem mentem bele egy futó kapcsolatba. Igazából nem is állt szándékában, barátként jobb lesz. Persze úgy könnyű volt, hogy nem volt meg közöttünk az a szikra, ami Gabriellel egy rohadt nagy atombomba.

– Köszi, kérek. Mondjuk ma már hármat ittam, és még nem ettem semmit – masszíroztam meg az orrnyergem.

– Sok a munka? – lépett be Gabriel komoly arccal, mögötte pedig – szinte rátapadva – Alice.

Eddig egyszer sem ért hozzá, most meg nem lehetett levakarni, úgy rá volt cuppanva Gabrielre. Majdnem elnevettem magam, de még idejében sikerült leállítanom magam.

– Dehogyis, főnök, sosem mernék ilyet mondani – vigyorogtam a szemébe nézve, és betolva a székemet felálltam.

– Helyes – bólintott tárgyilagosan. – Menjetek el enni Taylorral, utána el kell intéznetek még valamit, mail vár a gépeteken.

– Mi is ehetnénk valamit, nyuszi. – Itt pont Taylorral álltam szemben, és majdnem kiköptem a kávémat.

Szerencsére csak Taylor látta az arckifejezésemet, de ő is viszsza kellett fojtson egy nevetést, mert könnybe lábadt a szeme.

– Szerinted a sushi árt a babának? – búgta a mély hang valahol három méterrel mögöttem.

Éreztem, hogy az erő elszáll a kezemből, és a csésze csúszni kezd kifelé belőle. Ezt az arckifejezésemet is csak Taylor látta. Olyan gyorsan reagált, hogy még fel sem fogtam. Kivette a kezemből a csészét, belém karolva kivezetett Gabrielék mellett. Jó volt, hogy fogott, mert a lábaim nem működtek önállóan. A folyosón szinte a vállára véve cipelt el a liftig. Odabent a falnak támasztott, mint decemberben a hazahozott fenyőt szokás, és megnyomta a talajos emelet számát a panelen.

– Kösz – böktem ki magam elé bámulva.

– Kár lett volna a szép ruhádat összekávézni – mondta zsebre tett kézzel mellettem állva.

Pár pillanatig néztem a szemébe, aztán úgy döntöttem, hogy mindent tud. Különben nem számíthatott volna arra, hogy így fogok reagálni.

– Kár lett volna Alice szép arcáért – morogtam magam elé fejcsóválva.

– Ennél te jobb vagy, Lilien, ne alacsonyodj le hozzá! – szálltunk ki a liftből, hogy el tudjak menni a táskámért.

Közben megnéztük a mailt, hogy mit is kell elintéznünk tulajdonképpen. Valamilyen újonnan kiírt pályázatról kellene egyeztetni a jogászokkal a közelben. Ez inkább Taylor hatásköre volt, de ha már külön lett kérve, én is mentem vele. Utóbb kiderült, hogy mint a Woods Inc. alkalmazottjának, nekem kell aláírni azt, hogy a cég indul a pályázaton. Vagyis, gondolom, erről volt szó, nem figyeltem igazán, amikor az orrom alá tolták a papírokat. Evés közben volt csak időm újra a saját nyomorommal foglalkozni. Forgott a gyomrom és remegett a kezem, de azért ettem valamennyit.

– Sajnálom – szólalt meg Taylor, látva a szenvedésemet.

– Már megszoktam, a sors szeret velem baszakodni – tettem egy újabb falatot a számba.

– Nekem a feleségem halt meg pár éve – mondta tényszerű-
en közölve.

– Ezt nem mondod komolyan – szakadt fel belőlem.

– De, sajnos igen – húzta fel a szemöldökét érdeklődve.

– Én a férjemet veszítettem el egy balesetben – mondtam ki
életemben másodjára ezt a mondatot.

Az elsőt a terápián kellett, akkor azt hittem, nem élem túl.
Most sokkal messzebbinek tűnik, de mar, mint a sav.

– Pedig olyan fiatal vagy – mosolyodott el vigasztalva.

– Te sem vagy épp aggastyán, Taylor. Mennyi idős is vagy
pontosan?

Halkan felnevetett, és én csak most vettem észre, hogy tény-
leg nagyon jóképű. A szemüveg is jól áll neki, főleg mikor nevet.

– Nemrég lettem harminchárom.

– Ja, de, akkor öreg vagy – nevettem fel én is. – Én tegnap
lettem huszonöt.

– Tényleg? Ünnepeljük meg! – tette le a villáját.

– Tudod mit? Igazad van. Jól esne most egy felejtős piálás.

Otthon már nem voltam ilyen biztos semmiben sem. Szép
meg jó ez a hónapokig csendben várakozás, de arról nem volt szó,
hogy másnap a csaj már terhes lesz. Vagyis nyilván már akkor
az volt, amikor elmentünk. Ettől csak még rosszabbul éreztem
magam. Most pedig azóta sem keresett. Értem én, hogy óvatos,
de így sötétben tartani nem is volt és most sincs joga. Akkor mi
is van? Lesz-e egyáltalán valami? Bíznom kell benne. Nem fe-
lejthetem el a hétvégénket, azt, hogy mit éreztem akkor vele.
Na de akkor még szóban sem volt egy gyerek. Basszus, forog-
ni kezdett velem a világ. Egy gyerek, úristen. Gabriel gyereke.

Hát ennyi, nincs jogom ebbe beleturkálni. Ez most már vég-
képp nem fér bele. Komolyan meghasad a szívem, ketté törik.
Tudtam, hogy nem bírom majd elviselni, ha jön egy újabb akadály.

Összeszedem magam. Muszáj összeszednem magam. Elhord-
tam magam zuhanyozni és valamilyen csodával határos módon
nem bőgtem közben. Már nem volt miért sírni. Mindent elvet-
tek tőlem. Közben rájöttem, hogy semmi kedvem sincs inni. A
nyakláncomat birizgálom. Vajon mióta? Vagy azóta ezt teszem,

amióta a nyakamban van? Biztosan azért, mert állandóan rá gondolok. Istenem, egy napja alig láttam, és borzasztóan hiányzik.

És mint egy varázsütésre, minden kopogás nélkül benyit az ajtón. Csak áll ott, keze az oldalához szorítva, felméri, milyen állapotban vagyok, nem tudja, hogy kezdje. Aztán feltűnik neki, hogy egy testhezálló, rövid, fekete ruhában állok előtte.

– Pasizni mész? – bukott ki belőle.

– Most tényleg ez az első, ami kijön a szádon? – állok elé erősen mutogatva.

– Először azt akartam mondani, hogy ebben a ruhában ájulásig dugnálak, de aztán rájöttem, hogy nem miattam vetted fel. Szóval most visszamész szépen átöltözni! – mondta halkan, parancsolva.

– De hát én csak inni megyek.

– Annál inkább! – sziszegte.

– Miért, te teherbe ejthetsz mást, én meg nem mehetek csinosan bulizni? – szorítottam össze a fogam.

Összehúzta a szemét és olyan „Na, most tényleg?"-fejet vágott.

– Megbeszélhetjük ezt máskor?

– Ezt éppen tegnap vagy tegnapelőtt, sőt még azelőtt kellett volna megbeszélnünk.

– Az egyetlen nő, akit teherbe ejtek, az te leszel és most azonnal, ha nem veszed le ezt a ruhát magadról! – mondta most már sokkal erélyesebben.

– Mi? – hanyatlott le a kezem, és teljesen összezavarodtam. – De hát... mi?

Szó szerint betolt a gardróbba és keresett egy csinos, pántos felsőt, hozzá egy farmert, majd lehúzta a vállát annak, ami rajtam volt, közben belecsókolt a nyakamba, de nem kezdett bele semmi másba, csak megölelt. Aztán tenyere a csípőmre siklott, és vett egy mély levegőt.

– Azt hittem, eltöröm Taylor ujjait, amikor itt hozzád ért – mondta dühösen.

– Ez elég komikus, tekintve az összes többi tényezőt – húztam össze a szemem.

– Igen, tudom – dörzsölte meg a tenyerével az állán a borostáját.

Borostás. Úristen az égben. Úgy néztem hipnotizálva a mozdulatot, mint akinek most ütött be a crack. Amikor elvette a kezét onnan, meg tudtam nézni, milyen így közelről.

– Oh, baszd meg! – szakadt fel belőlem egy öntudatlan nyögés.

– Azt mondod? – vigyorgott, mint egy kisfiú karácsonykor.

– Igen – sóhajtottam, aztán megráztam a fejem, és kicsit távolabb toltam. – Vagyis nem! – mondtam hangosabban. – Egy gyerek, Gabriel? Komolyan?

– Hjaj, Lilien! – sóhajtott és egyedül hagyott. – Figyelj ide, kérlek! – fogta meg a két karom. – Nem tudok ide jönni olyan gyakran, mint eddig.

– Üljek itt rád várva, ki tudja meddig? – pislogtam.

– Fontos vagyok neked, akárcsak egy kicsit is? – kérdezte és finoman megrázott, hogy magamhoz térjek, de nem tudtam válaszolni, nem jöttek a gondolataim. – Lilien?

Szerettem volna rá figyelni, de nem ment, agyam egyre csak távolodott a valóságtól. Hogy fontos-e nekem? Gabriel…

– Lilien? Ezt nem hiszem el.

Elővette a telefonját és tárcsázott.

– Isabel – szólt be szinte azonnal. – Gyere ide, kérlek, és siess! – le is tette.

Furcsa volt valami. Először nem is értettem, hogy mi, aztán rájöttem, hogy a saját telefonjáról hívta fel.

– Hé, vegyél mély levegőt, Lilien, és próbálj velem maradni, rendben? – hallottam a hangját, de már csak nagyon messziről.

Aztán minden sötét lett. Egy üres, sötét szobában vagyok és hallom, ahogy valakik, valahol beszélgetnek. Aztán azt is kiértettem belőle, hogy vitáznak.

– Mit csináltál vele?

– Jól elbasztam mindent.

– Évek óta nem volt ilyen rohama.

– Alice ma bejött, és faszán előhúzta a terhes-kártyát.

– Ez kemény – hallottam a sóhajtást. – Tudod, azt a kicsi izét óvszernek hívják.

– Eddig gyógyszert szedett, tököm sem gondolta, hogy éppen most fogja abbahagyni.

– Miközben egy másik nőt szeretsz? Mi a szarért dugod a farkad bele egyáltalán?

– Lehetne, hogy ezt ne veled beszéljem meg?

Csak szépen lassan kezdtem el érezni újra a gravitációt. Aztán végre ki is tudtam nyitni a szemem, de semmit sem éreztem. Megértettem, amiről beszéltek, de nem váltott ki belőlem érzelmet. Gabriel ölében feküdtem, fogta a homlokomat, hogy a fejem egyhelyben tartsa, közben Isabel a lábaimat emelte magasabbra, hogy vér jusson a fejembe.

– Engedjetek el! – toltam félre mindenkit, és törökülésbe húztam magam.

– Na de most rám miért haragszol? – guggolt mellém Isabel.

– Mindenki menjen el!

– Lilien – hallottam Gabriel hangját mögülem.

– Kifelé! Most! – üvöltöttem, és leráztam magamról a kezeit.

Mindent a földhöz vágtam, ami csak kartávolságban volt, aztán felálltam és elviharzottam a folyosón a háló felé, de útközben mindent leforgattam a polcokról. Közben tüdőmbe nem tudtam elég levegőt szívni.

– Na jó, ez így nem megy – hallottam Isabel hangját. – Fogd le!

Gabriel karjai már fel is emeltek hátulról, nem ért le a lábam, csak szenvedtem.

– Nem! – próbáltam ellökni magamtól. – Engedj el! Ne merészeld! Gabriel! – üvöltöttem vergődve, de teljesen esélytelen volt.

Gabriel a hátam mögött egyik kezével összefogta a csuklóimat, a másik karjával a vállamnál fogva húzott a mellkasához.

– Nem akarom! Isabel, nem akarom, ne hozd ide a tűt! Ne! – üvöltöttem tehetetlen dühömben, és már zokogtam.

Semmi mást nem tudtam csinálni, csak egyre ordítottam, hogy nem akarom, nem akarom. Aztán sikítottam, és próbáltam kifeszíteni magam.

– Isabel, várj, előbb én – állt fel engem a karjaiban fogva Gabriel.

Nem tudtam abbahagyni az üvöltést és dühöngést. Aztán mikor végre letett az ágyra, leroskadtam, és a felhúzott térdeimet ölelve hintáztam előre és hátra.

– Lilien – hallottam a hangját, de nem tudtam reagálni.

– Gabriel, hiperventillál, muszáj beadnom neki, mielőtt fulladni kezd.

– Nem, még nem – mondta határozottan.

– Lilien, figyelj a hangomra – ült mögém, és szorosan a mellkasára húzott. – Látod azt a pontot ott az ablakon? Ahol a fa ágát fújja a szél?

Egyik tenyerét a mellkasomra nyomta, és még jobban hozzá préselődtem.

– Figyeled az ágat? Látod, milyen szép? – Fejét oldalt az enyémnek préseli, hogy csak a mutatott irányba tudjak nézni. – Jól van, ez az. – Éreztem, ahogy remeg a mellkasa beszéd közben. – És most szépen levegőt fogunk venni. Most be – éreztem, hogy enged a szorításon, és háromig számol –, most pedig ki. – Öt másodperc.

A harmadiknál már majdnem tudtam követni, nem vergődtem a szorításában.

– Nagyon jól csinálod, Csillagom, csak még egy kicsit – vett ismét levegőt.

Aztán nem tudom, mikor, teljesen elernyedtek az izmaim, és a fa ágát nézve zokogni kezdtem.

– Jól van, gyere ide! – fordított oldalt az ölébe, és teljesen körém fonódott. – Nem lesz semmi baj, itt vagyok – suttogta a fülembe és ringatni kezdett.

Szinte azonnal el is aludtam, de előtte még hallottam, hogy Isabel beszélget valakivel. Nem, nem beszélget, csak telefonál. Telefonál és sír. Basszus.

A következő, amire emlékszem, hogy ismét sötét van. Megpróbáltam megmozdítani a kezem. Furcsán nehéznek tűnt, de sikerült. Felültem. Pólóban és shortban vagyok.

– Gabriel – suttogtam halkan, ennyire tellett az erőmből. – Gabriel – folyt le pár csendes könnycsepp az arcomon.

Ekkor kinyílt az ajtó, és belépett rajta.

– Ébren vagy? – sietett elém, hogy leguggolva meg tudjon nézni.

– Szia – suttogtam a könnyeimet törölgetve.

– Szia – mosolyodott el, és megölelt.

Éreztem azon, ahogy a levegőt veszi, hogy nagyon aggódott.
A szíve majd' kiugrott a helyéről.

– Gyere, a többiek már nagyon szeretnének látni – emelt fel
az ágyról.

– Milyen többiek? – hanyatlott erőtlenül a fejem a vállára.

Kisétált velem a nappaliba, leültetett a kanapéra és betakart.
Utóbbiért voltam a leghálásabb. Rajta kívül csak Isabel látott
még ilyen kevés ruhában. Most pedig a szobában ült még rajta
kívül Tim is, aki a szobában pálinkázott apámmal. Na, basszus.

– Jól megijesztettél minket, csajszi. – Isabel könnyei patak-
zottak, ahogy beszélt, de gyorsan le is törölte őket. – Nem tu-
dom mit csináltam volna veled, ha Gabriel nincs itt.

– Hogy érzed magad? – lépett elém apu, megveregetve Gab-
riel vállát, és megvizsgálta a pupilláimat, aztán a pulzusomat.

– Nagyon fáradt vagyok – mondtam neki halkan. – Ezt le-
számítva minden rendben.

– Vissza tudod idézni, mi váltotta ki a rohamot? – ült le elém
a dohányzóasztalra, hogy jól lásson.

– Igen – suttogtam halkan.

– Remek. Akkor írd le, mi volt az, és ha lehet, kerüljétek a
témát mindketten, rendben? – Felállt, és Timmel a nyomában
kisétált.

– Igen – dünnyögtük Gabriellel szófogadón.

– Gyanítom, nem mennek messzire – dünnyögtem utána. –
Bezzeg nekem nem adott a piából.

– Sajnálom, hogy ennyi gondot okozok – túrt a hajába Gabriel.

– Nem miattad volt – húztam fel nyakig a takarót, és elszé-
gyelltem magam, hogy mindenkire a frászt hoztam.

– Nem? – kapta fel a fejét – De hát mi épp a...

– Nem, nem ezen akadtam ki, oké? – mondtam kicsit han-
gosabban.

– Szerintem egy kis időre tényleg hanyagoljátok a témát –
nézett ránk a fotelból Isabel. – Mondom én, akinek semmi köze
nincs az egészhez – sóhajtott mélyet. – Srácok, ne haragudjatok,
hogy belemásztam a kapcsolatotokba! – állt fel, hogy hazamenjen.

– Gabriel, itt tudsz maradni vele, vagy felváltsalak?

– Senkinek nem kell itt maradnia, jobban vagyok, köszönöm. Most aludni szeretnék.

– Pár óra múlva benézek! – adott puszit Gabriel, de elkaptam a kezét, hogy le kellett guggoljon elém.

De csak nem tudtam megszólalni, így ő törte meg a csendet.

– Bízol bennem? – kérdezte nagyon komoly arccal.

Néztem egy ideig, eszembe jutott nagyon sok közös élmény, végül becsuktam a szemem és mély levegőt vettem.

– Ne gyere vissza! Csináld, amit megbeszéltünk, mindegy, meddig tart – néztem a szemébe a tőlem most legjobban telhető határozottsággal. – Megvárlak.

Gabriel köpni-nyelni nem tudott, még pislogni is elfelejtett. Isabel jött vissza érte és húzta fel, hogy kiterelje.

– Még szép, hogy megvárod, bakker – hallottam már az ajtóból. – A mai este után.

Becsukódott az ajtó és magamra maradtam. Lejjebb csúsztam az ágyon, és álomtalan álomba merültem.

16.

Dolgozni csak csütörtökön tudtam bemenni, de akkor is egyenesen Taylorhoz mentem fel.

– Szia! Bocsi, már dolgozol? – léptem elé, mire azonnal letette a tollat.

– Lilien! Jobban vagy? – ölelt magához.

Oké, hűha. Váratlanul ért, de jólesett.

– Honnan tudtad, hogy…

– A barátnőd hívott fel, hogy nem tudtok jönni, elég aggódó volt a hangja – nézett végig tetőtől talpig.

– Igen, kicsit szétzuhantam, de jobban vagyok, köszönöm.

– Pánikroham? – engedett el, és visszaült a helyére.

– Igen – húztam el a számat.

– Nem csodálom – húzott ki egy újabb sort a papírlapon maga előtt. – Ő is elég szarul nézett ki tegnap, ha érdekel – mondta halkabban.

– Hát, nem érzem jobban magam ettől az infótól, de köszi.

– Menj, igyál egy kávét, mert hosszú napod lesz!

– Tényleg? Hogyhogy?

– Hajnalban történt valami gebasz az egyik építkezésen – adta oda a terveket a papírlapja alól. – A mélyalapozásnál beomlott több szint is. Téged is tuti kivisznek.

– Akkor átöltözöm – sóhajtottam, és lementem a lifttel.

Húsz perc múlva egy terepjáróban ültem Gabriel és másik három ember mellett. Mögöttünk még egy kocsi, újabb öt emberrel. Gabriel vezetés közben a többiekkel beszélt, egyszer sem nézett rám. Éppen a szendvicsemet majszoltam az előzetes feltárási adatokat értelmezve. Mikor odaértünk és nyilvánvalóvá vált, hogy óriási a fejetlenség, sóhajtva döntöttem magamba a vizemet, és elindultam az iroda épülete felé. Kezemben a talajszelvény-minták jegyzőkönyveivel, és a georadar-felvételekkel egyenesen a nagy tárgyalóasztalhoz léptem.

– Lilien, segíts nekünk, hogy most mi is történt. És mit is tudunk tenni? – lépett mellém Andrew, aki akkor szállt ki a másik autóból.

– Nos, egy fasza kis víznyelőt ástak ketté a srácok – rágtam az almámat, aztán a számba téve kiterítettem a térképet.

– Sajnos az érintett terület elég nagy, és ugye nem tudni, hogy mennyire instabil körülötte.

– Megpróbáltuk körbe szádlemezelni a nyugati, magasabb részt.

– Hol? – kaptam a fejem az idegen felé.

– Jake – nyújtotta felém a kezét.

– Lilien – szorítottam meg illemtudóan, és már el is engedtem. Magas, rövid fekete hajú, velem egykorú férfi. Hm, oké.

– Berajzolnád nekem? – adtam egy tollat a kezébe, mire pingálni is kezdett.

Először furcsa perspektívában kezdte, remegett a keze is, egy sima vonal is elég lett volna. A végén azért mégis ki lehetett nézni.

– Jó, akkor az egész kuka – sóhajtottam nagyot.

– De hát áll, azóta meg sem mozdult.

– Persze, mert épp nem tapossa három, több tonnás munkagép – néztem rá. – Viszont az elmozdulás iránya és a rétegek elhelyezkedése alapján mikor újra megcsúszik, az egész cucc ömlik majd befelé a lyukba.

– Aha, ömlik, mi? – vigyorgott Jake.

– Most tényleg? – néztem rá, és ettem tovább az almát. – Ilyen fos poénokra szeretnéd pazarolni az időt?

– Hallod, ha összetakarítottunk, mutatok neked egy jó kis helyet – fogta meg a fenekem.

– Jake! – hallottam mögöttünk Gabriel hangját mennydörögni. – Ki vagy rúgva!

Jake először azt hitte, hogy viccel.

– Mindjárt elbontjuk a lemezeket és oda tesszük, ahová ő mondja – hadarta gyorsan felém biccentve.

– Kettő perced van összepakolni és elmenni – lépett el mellette Gabriel, hozzám az asztalhoz, hogy meg tudja nézni, hogy is állunk.

Mindenki csak pislogott a másikra. A mindig laza, udvarias Gabriel most nem viccelt.

– Hol van az a szar? – dörzsölte meg a szemét.

– Itt, nézd! – fogtam a tollat, és a rétegek elhelyezkedéséből rajzoltam le neki az előre jósolható krumplit.

– Hát ez nagyon király, telibe kapta az egész építkezést – hajolt a terv fölé, és elvette a maradék almámat.

– Na! – húztam össze a szemem. – Akkor kávét kérek! – néztem körbe, és akkor jöttem rá, hogy még vagy másik nyolc ember – ha nem több – bent van velünk, kicsit messzebb.

– Majd én hozok! – lépett le Andrew nagy kegyesen.

Nehogy ő legyen a következő, akit ma a főnök lapátra tesz.

– Töltsük fel az egészet? – fordult felém egy másik srác.

– Nem tudom, lenne-e értelme. Mire szépen betömörödne a helyére, megint kimosná a víz a fenébe. Ettől függetlenül egy próbát mindenképp tenni kell. Addig utánanézek a rétegszelvények között, honnan eredhet a víz. Ha a vízgyűjtőn belül, felszínről, akkor azt is meg tudjuk majd oldani – hadartam, de így sem jött ki minden, ami épp a fejemben zsongott.

– Gabriel, hol lesznek itt az épületek? Rajzold be nekem, kérlek! – Nem volt erőm azon agyalni, hogy magáznom kellett volna-e, de most már mindegy is.

Nem jött zavarba és nem igazán érdekelte, csak elvette a tollat és szabad kézzel olyan egyenes, derékszögben összefutó vonalakat rajzolt, hogy majdnem felfeküdtem elé az asztalra. Már önmagában az is, ahogy koncentrál. Sosem láttam még így dolgozni. Ennyire még nem voltam rá beindulva, mint most. Igyekeztem nem bámulni, csak csendben vártam, közben Andrew a kezembe nyomta a kávémat.

– Jaj, köszi, életmentő.

– Remélem, így iszod, nem akarok én is repülni – vigyorgott, mint egy idióta.

Erre hangosan elnevettem magam, aztán Gabriel oldalba bökött a tollal. Megnéztem a térképet.

– Hát ő... oké – vakartam meg a fejem. – Ha ezt a két házat elvisszük innen, akkor a közműhálózatot és az aszfaltburkolatot elbírja a feltöltés, talán. Ha meg nem, kevesebb lesz az anyagi kár.

– Elvisszük? – nevetett fel Gabriel. – Lilien, ez tervezve van, kurvára nem tudunk semmit sem elvinni innen! – nézett a szemembe.

– Dehogynem, csak újra kell tervezni – mondtam a kávém fölül.

– Meg engedélyeztetni – kapott a fejéhez. – Hogy a picsába tervezzem neked újra egy nap alatt?

– Nem kell, hogy egy nap legyen. Add csak ide! – húztam ki a tollat a kezéből, mire ő meg elvette a kávémat és beleivott.

Olyan csúnyán néztem rá, hogy a következő korty előtt megállt a szájánál.

– Mi van? Itt csak a hölgyek kapnak kávét, a vezérigazgató nem – vigyorgott, mire három ember is egymást taposva, lóhalálában, majd' nyakát szegve vágtatott ki kávéért.

Úgy nevettem fel, hogy majdnem kiborítottam a vizemet, amit az asztal szélére tettem érkezéskor.

– Na, szóval a múltkori területről úgyis el kell hoznotok vagy hatvan köbméter földet – túrtam a térképek közé, hogy a keresztszelvényt felülre tegyem. – Nem számoltam még ki a kubatúrát, de megcsinálom táveléréssel, míg te itt rajzolgatsz.

– Rajzolgatok – húzta fel a szemöldökét. – Míg te a földet méricskéled, én frankón felhúzok neked egy lakóparkot, Csillagom.

Nem érdekelte, hogy ki hallja. Igazából mindenki vehette csipkelődésnek is.

– Remek, nekem úgy három órámba fog telni, addigra majdcsak te is összekaristolsz valamit – fejeztem be a kávémat, és körbenéztem, hová is tudnék félrehúzódni.

Ekkor jöttem csak rá, mekkora jelenetet rendeztük a többiek előtt. Mindenki csak minket bámult. Mikor elszégyeltem volna magam, Andrew felnevetett.

– Ez eddig a legjobb munkanapom életemben! – oldotta a feszültséget. – Mint én otthon az asszonnyal, esküszöm.

Most már a többiek is hangosan nevettek, és mindenki a kapott további utasítása szerint dolgára indult.

– Először menj ki, és mondd el nekik, hová pakolhatnak és honnan takaríthatnak el! – ült a nagy asztalhoz Gabriel egy gép elé – a kezében már toll, vonalzó, számológép volt.

Nagyot nyeltem. Meg fogok őrülni, ha nem lesz bennem rövidesen. Szót fogadtam, és odakint vagy egy órát mászkáltam karókat méricskélve a többieknek, mire végre be tudtam menni. Útban az iroda felé megláttam Gabrielt, ahogy az ajtóban, zsebre tett kézzel az ajtófélfának dőlve engem néz. Közelebb érve az arckifejezését is megláttam. Mellé érve már nagyon rossz volt a helyzet. A combjaim között szó szerint lüktettem.

– Andrew, itt vagy? – szólt ki az épületből.

– Igen, főnök! – lépett azonnal be az emlegetett.

– Szükségem lenne egy gépre benti hálózattal, telefontöltőre, és egy liter kávéra! – soroltam neki, amikor beért.

– Értettem, főnök.

– Hozz neki valamit enni is, különben itt fog morogni egész délután! – ült vissza a helyére Gabriel.

– Kaptál egy óra előnyt, ne duzzogj! – kacsintottam vigyorogva, és az egyik fülest a fülembe téve leültem egy asztalhoz oldalt.

Míg elém került a gép, kiválasztottam a playlistet, elővettem a mappából a másik terület adatait, és végre neki tudtam állni. Valamikor elém került egy adag kínai is, amit pihenéssel egybekötve gyorsan befaltam. Közben hátradőlve néztem Gabrielt. Pont láttam az arcát a monitor mellett. Megállt a falat a számban és teljesen megfelejtkeztem arról, hol is vagyok és miért. Arca ki volt pirulva, a kontúrjai élesebbek lettek, ahogy kicsit összehúzott szemöldökkel koncentrált. Közben állandóan hívták telefonon, de szimultán simán megoldotta. Néha felírt pár számot. Mikor a legutolsónál felnézett, meglátta, hogy nézem és a pillanat tört része alatt változott meg a tekintete. Boldog lett.

Összemosolyogtunk, aztán mindketten nagyot sóhajtottunk. Ez a két méter távolság is több volt, mint elviselhető. Hiányzott, basszus. Nagyon hiányzott. Nem az érintése. Jó, az is. De ő, ő maga hiányzott a legjobban.

Hirtelen ötlettől vezérelve felkaptam a telefonomat és írtam neki egy SMS-t.

– Ha visszafordulsz és nézhetlek még egy percig, kielégítem magam. –

Hallottam, ahogy csipog, elolvassa, felém kapja a tekintetét, ami már sötét, mint a tenger mélye. Beharapja az alsó ajkát, vesz egy mély levegőt, és lenyúl a nadrágjához, hogy megigazítsa, ami benne van. Aztán a telefon után nyúl és választ pötyög.

Nem mered megtenni! – olvasom az üzenetet, mire felvonom a szemöldököm és felnézek rá.

Összehúzott szemmel, kihívón leste, mit írok. Lehajoltam és kifűztem a bakancsaimat, nagyon is a tudatában annak, hogy a melleim majd' kibuggyannak a póló kivágott nyakán. Majd térdben felhúzva a lábam, ölembe véve a laptopot jobb kezemmel a nadrágomba nyúltam, és alig vártam, hogy végre megkönnyebbüljek.

Gabriel nem tudta levenni a szemét rólam. Zihálva vette a levegőt, és még jobban kipirult az arca. Már túl voltam azon a ponton, hogy érdekeljen, néz-e közben. Két ujjam úgy csúszott belém, hogy be kellett csukjam a szemem egy pillanatra. Próbáltam lassan csinálni, hogy ne látszódjon a karom mozgása. Mikor ujjaim kiértek, a csiklómon is végighúztam őket, és rá kellett harapjak bal kezem öklébe, amin eddig a fejem feküdt, hogy ne nyögjek fel. Eközben Gabriel csípője akaratlanul is megemelkedett, ahogy engem figyelt. Néztem az arcát és arra gondoltam, milyen volt, mikor a tollal szerkesztett reggel, aztán arra, milyen egy perce a monitor előtt, és egy pillanat múlva bal kezem ökle szétnyílt, és a tenyerem élét a számra szorítva, szememet becsukva elélveztem a saját ujjaim körül.

Kívülről úgy tűnt, mintha a laptopmonitort nézném, és egyetlen hangot sem adtam ki közben. Kinyitottam a szemem és Gabrielre néztem. Nem is pislogott, és nem is vett levegőt. Nem láttam még soha ilyennek. Nem tudom, mi zajlott le benne éppen. Nyelt egyet, és felvette a telefonját.

Most megint beléd szerettem – jött az üzenet.

Alig tudtam visszafogni egy kacajt. Sokkal jobban vagyok. Ellazultan tudtam folytatni a munkát. Nem tudom, a többiek mikor mentek haza; nem tudom, mikor sötétedett be, egyik feladat jött a másik után, és Gabrielt állandóan hívták. Olyan volt ez a nap, mintha fent ülnék vele az irodájában és belecsöppentem volna egy átlagos munkanapjába. Elmondhatatlanul szexi volt közben. Félóránként eszembe jutott, hogy csak simán odamegyek és meglovagolom. Ezt nem lehetett ép ésszel kibírni.

Jóformán egész nap alig keltünk fel. Próbáltuk kerülni, hogy egyszerre menjünk ki, de amikor mindenki elment, egy óra múlva megérkezett az éjjeliőr és mondta, hogy hátrasétál a nagy depó mögé, csak húsz perc múlva jön vissza. Gabriel éppen csak annyit várt, hogy a zseblámpája fénye elforduljon, ekkor felpattant, karon ragadott, és kihúzott az épületből.

Eddig is ilyen erős volt? Elvitt a konténerek mögé, elővett egy kulcscsomót – eddig nem is volt nála ilyen, mindegy. Precíz, gyors mozdulattal kinyitotta a zárat, majd becsukta mögöttünk az ajtót. Vaksötét volt odabent. Az érzékeim kiéleződtek, aztán minden további szó nélkül lökött hanyatt a bent lévő heverőre, és nadrágját kigombolva már felettem is volt. Majdnem letépte rólam a nadrágomat és a bugyimat, aztán mikor végre hozzám fért, megsimogatta a belső combomat, és hangosan felnyögött. Keze átsiklott a fenekemre, belemarkolt és bele is karmolt, amitől felkiáltottam. Másik kezét a számra tapasztotta, és még mindig a fenekemet fogva belém hatolt. Úgy nyögött fel, mintha most jött volna fel a víz alól és megkönnyebbülne, hogy újra levegőt kap. Elengedte a számat és teljesen rám borult. Lábaim köré fonódtak. Kezeimmel öleltem. Egész nap erre vágytam: érezni őt újra. Felvettem a ritmust és vele együtt mozogtam, mindig pont ellene. Ettől teljesen bevadult; most már folyamatosan nyögtünk.

– Lilien! – Szinte üvöltött, amikor hüvelyem köré fonódott. – Lilien – lehelte újra, és éreztem, hogy belém élvez.

Feje a mellkasomra hanyatlott, de még mindig mozgott. Lassan, hogy minden centijét éreztem. Ó igen, ennél nincs jobb az egész világon.

– Annyira nagyon szeretlek – lihegte a nyakamba. – Nagyon szeretlek – vett egy újabb levegőt. – Annyira nagyon – mondta újra és újra.

Aztán megcsókolt. Ma először. Éreztem, hogy megrándul bennem ő is az érzéstől, de lassan kihúzódott, és maga mellé húzott, hogy felüljek én is.

– Gabriel – suttogtam, meghatódva elkapva a karját.

Keze az arcomra siklott, és a mellkasára húzott. Még mindig szaporán vette a levegőt, és a szíve hevesen dobogott.

– Nagyon hiányoztál! – suttogtam, és éreztem, hogy mély levegőt vesz.

– Remélem, valamennyire én is, nemcsak a farkam – mondta, és már állt is fel.

– Gabriel – mondtam ki a nevét döbbenten, de nem tudtam folytatni.

– Ne haragudj, nagyon fáradt vagyok. – Már teljesen felöltözve ült vissza mellém.

Milyen lehet neki most? Egész nap ezt a feszített tempót gyűri, aztán eljön hozzám, engem ápol egész éjjel, majd hazamegy, ha hazamegy. Otthon újabb nyavalygás és igények. Ennél többször kell kimondanom, mit érzek, ha már másképp támasza nemigen vagyok.

– Köszönöm, hogy ott voltál tegnap! – gondoltam vissza. – Sokkal jobban vagyok, és mindent tudok csinálni a régiben. Szeretném, ha te is pihennél és behoznád az elmaradásaidat ahelyett, hogy rám vigyázol, rendben? – simogattam meg az arcát, és felálltam öltözni.

Kimentünk a konténerből, és visszamentünk az irodába a helyünkre. Az őr pár perc múlva be is jelentkezett; elmondta, hogy minden rendben hátul, és elfoglalta a bódéban a helyét.

– Akkor most megint pasizni fogsz? – kérdezte a gépe fölül.

– Dehogy fogok! – nevettem fel, aztán összeszedtem magam, és a szokásos piszkálódás helyett őszintén válaszoltam: – Az én pasim itt van.

Hát ezt még gyakorolnom kell. Nagyon régen nem beszéltem nyíltan, kicsit berozsdásodtam. Gabriel megelégedett a válasszal, mert csendben maradt, és újabb félóra után csörgött csak a telefonja, ami megtörte a munka zaját.

– Szia, Alice! – vette fel fáradtan.

Semmi érzelem nem volt a hangjában. Persze nem felejtem el, hogy mekkora színész, bármilyen érzelmet elő tud adni, ha úgy tartja kedve. Most őt nézve munka közben, a tollat fogva, a gépen pötyögve, fülén a telefonnal nem hiszem, hogy lenne ehhez ereje.

– Megyek haza, igen – vett mély levegőt. – Nem tudom még, mikor. Jó, majd megnézem. Jól van – nevette el magát. – Szia.

Bennem ettől a pár mondattól minden apró darabokra tört. Nem tartott sokáig a magabiztosságom és az összeszedettségem. Borzasztó bűntudat fogott el, aztán a szívembe mart, hogy ez a férfi máshoz fog hazamenni. Még össze is nevettek, mint ahogy az egy pár esetében szokás, ha van közös múltjuk. Aztán viszszaidéztem, ami nemrég történt közöttünk odaát a heverőn. A sóhajai, a szavai, ahogy suttogta, mennyire szeret. Ebben kell hinnem. Ebbe kell kapaszkodnom ilyenkor, különben meg fogok őrülni. Bíznom kell benne, még akkor is, ha újra sérülhetek, ha utána újra kórházba kerülök, úgy kikészülök, mert összetöri a szívemet, akkor is megteszem. Megteszem, mert nagyon akarom, hogy ez működjön.

– Lilien, Csillagom, azért levegőt ne felejts el venni! – hallottam a hangját, kizökkentett.

Felé kaptam a fejem; édesen mosolygott. Úgy megdobbant a szívem, hogy oda kellett kapjak. Kezem automatikusan a nyaklánc medáljához ért. Most döbbentem rá, hogy pont a szívemen fekszik. Könnyek szöktek a szemembe. Ennyi érzelem még sosem volt bennem életemben, túlcsordult minden.

– Lilien! – állt volna fel: azt hitte, megint rohamom van, de kezemmel jeleztem, hogy rendben vagyok.

Aztán végre összeszedtem magam.

– Jól vagyok – mondtam először csak halkan. – Tényleg – mosolyodtam el a szemébe nézve.

Először gyanakodva, összehúzott szemmel nézett, aztán ellágyultak a vonásai és visszaült.

– Megint új ruhát vett – mondta ki, és alig tudta visszafojtani a nevetést.

Nekem nem sikerült. Kikapcsoltam a gépem és kinyújtóztattam magam.

– Gyere, menjünk! – Összepakoltam az asztalon az egész nap odagyűlt dolgokat.

– Szeretek veled dolgozni – mondta, és ő is pakolni kezdett. – Felköltöztetlek az irodámba – vigyorgott, mikor mellé álltam.

– Aha, az nem is lenne feltűnő – rágtam a müzliszeletemet, amit most találtam a táskámban.

– Szerintem itt ma mindenkinek bebizonyítottad, hogy ott a helyed.

– Ne viccelj, nem érek fel hozzád, esélyem sincs – szálltunk be a kocsiba, miután intettünk az őrnek.

– Pedig méltó ellenfél vagy, csak van tíz év hátrányod – mosolygott az útra kanyarodva.

– Nem mondod komolyan, hogy harmincöt vagy! – néztem végig rajta, most először ilyen szemmel.

– Tudom, hogy a kisfiús bájom csodákra képes, de azért ennyire ne lepődj meg ezen, léci.

– Ettől az infótól most azonnal rád másznék – mondtam átszellemülve az utat nézve.

– Bírod az idősebb pasikat? – nevetett fel halkan, és muszáj volt ránéznem.

Istenem, hogy tud ilyen szexin vezetni? Hangosan felnyögtem, és kezeimmel a hajamba túrtam.

– Megőrjítesz! – dörzsöltem a tenyeremmel a szemeimet, de semmi sem segített.

Gabriel mellettem már hangosan nevetett.

– Fogd be! – szóltam oda neki, mire még hangosabban folytatta.

– Borzasztó cuki vagy, amikor így szenvedsz.

– Cuki, mert a hónod alatt elférek anélkül, hogy lehajolnék? – vigyorogtam.

– Kicsi cuki, közben meg nagyon veszélyes.

– Csörög a telefonod.

– Tudom – mosolygott tovább. – Már hatodjára, amióta elindultunk.

– De hát...

– Nem fogom felvenni, Lilien – fojtotta belém a szót. – Éppen veled beszélgetek.

– Hát ez… – dadogtam, mint egy idióta. – Ez nagyon megtisztelő.

– Ez teljesen alapvető – tolatott be a garázs parkolójába.

Kinyitotta a Teslát, hogy átszálljunk, de én nem mentem vele.

– Felmegyek, átöltözöm és hazasétálok – léptem a lift felé.

– Este kilenc van.

– Rendben leszek – mosolyogtam rá biztatóan, és beléptem a liftbe. – Holnap találkozunk!

– Már alig várom – mosolygott vissza kedvesen.

A mai nap nekem is az eddigi legjobb munkanapom volt, ahogy Andrew is mondta. Nagyon élveztem minden percét, nemcsak azt, amikor tényleg elélveztem. Te jó ég! Vissza kell fognom magam, ilyet nem tehetek.

17

Másnap meghívó várt az asztalomon. Az ebédlőbe vittem, hogy kávézás közben meg tudjam nézni.

– Szia, főnök! – ült le mellém Andrew Nathaniellel az oldalán.

– Sziasztok! – mosolyogtam rájuk.

– Hogy ment a tegnapi nap, be tudtátok fejezni? – kérdezte Andrew.

– Sokat haladtunk, de Gabriel nem jutott végig az engedélyeztetésen. – Ekkor kapcsoltam, hogy megint keresztnevén szólítottam a vezérigazgatót.

Aztán erről meg eszembe jutott, ahogy éppen belém élvez, miközben azt suttogja, hogy annyira nagyon szeret.

– Ki az a Gabriel? – tette a reggeli szendvicsét a szájába Nathaniel.

– Hát Mr. Woods, te nagyon hülye! – nevetett fel Andrew, és hátba vágta a beosztottját.

– Ja, így már megvan.

A következő felmerülő kérdését megtartotta magának, és elment kávét főzni.

– Ne izgulj, Lilien, mi, középvezetők mindent Mr. Woodsnak köszönhetünk, soha nem árulnánk el – húzódott közelebb Andrew, és le kellett tennem a bögrémet, hogy ne ejtsem el.

Semmi további dolgot nem szerettem volna elárulni neki, így tereltem a témát.

– Hogy érted azt, hogy mindent neki köszönhettek?

– Hát – vakarta meg a fejét –, mindünket kivetett a társadalom, és a süllyesztőből lettünk újra elővakarva. Kaptunk egy utolsó lehetőséget az élettől, vagyis tőle.

– Komolyan? – pislogtam meghatottan.

– Bármit megtennék annak a férfinak ott a huszadikon – sóhajtott és felállt, hogy kezdje a napját.

– Andrew – szóltam utána, hogy visszaforduljon. – Nem szeretném, hogy az emberek pletykálni kezdjenek.

– Pedig ez elkerülhetetlen. Még akkor is beszélnének rólatok, ha csak egymás mellé álltok. Még a vak is látja, mennyire passzoltok, és ez mindenkiből kikívánkozik. Szentimentális vagyok, tudom – sóhajtott. – De hé, ezek még arról is hetekig beszéltek, amikor az egyik technikus metlabort nyitott magának a hármasban – nevetett fel.

– Nem mondod komolyan? – Majdnem kiköptem a kávémat, úgy nevettem fel. – Hát, erről én is hetekig beszélnék!

– Na, ne izgulj semmin, majd lesz újabb téma, amin csámcsoghatnak. – Most tényleg magamra hagyott.

Még percekig ültem ott magam elé bámulva. Passzolunk. Azt mondta, passzolunk –mosolyogtam elmélázva. Aztán megláttam a meghívót és belenéztem. Másfél hét múlva, szombaton céges buli lesz, vagyis egyenesen bál. Minden alkalmazott meghívást kapott, és a város mellett, egy kastélyban kerül megrendezésre. Az ott tartózkodás három napra szól, és teljeskörű a kiszolgálás. Hűha. Ez nem minden vállalkozásnál van így, az biztos. Vajon Alice szeretne flancolni kicsit, vagy ezt tényleg Gabriel találta ki? Életemben most először kezdett el aggasztani, hogy nem tudok majd mit felvenni. Hamupipőke a bálban, mosolyodtam el, miközben az irodámba indultam. Annyi különbséggel, hogy nekem nincs tündérkeresztanyám, aki majd segít rajtam. Ennek is most kell történnie, amikor megfogadtam, hogy nincs több szex munka közben. Meg akkor már egyáltalán, mert ugye utána meg nem találkozunk. Erre pizsipartit rendez. Hívásom érkezik, és el kell kezdenem a napot.

Dél körül kopognak az ajtómon.

– Bújj be! – mondtam, és kiástam magam a több méternyi tervrajz és nyomtatott szelvényrajz közül.

– Bejöhetek? – dugta be a fejét az egyik laboránslány, Linda.

– Persze, gyere csak! – fordultam felé, és felálltam, hogy becsukjam az ablakot.

– Páran arra gondoltunk, hogy szeretnénk nyitni egy közösségi kertet az egyetemi negyed mellett, a parthoz közel – ült le zavarban az egyik székre.

– Ez remek ötlet! – ültem vissza a helyemre.

– Arra gondoltunk, hogy... vagyis arra szeretnénk kérni, hogy segíts nekünk ebben kicsit! – habogott. – Múltkor említetted, hogy szeretsz kertészkedni, és nekünk nem sok fogalmunk van a gazoláson és ültetésen kívül semmiről.

Aranyos. Nagyon jólesik, hogy eszükbe jutottam, sőt nagyon is imponál, de mikor? Éppen nyakig vagyok a melóban, otthon rendetlenség van, és a saját kertemre is alig van időm.

– Nem ígérhetek semmit, de megpróbálok időt szorítani rátok. Nagyon tetszik az ötlet. Van már kidolgozott vetésforgótok, vagy ötletetek a kezdéshez? – léptem a szekrényemhez, hogy megkeressek pár könyvet.

– Hát, nincs.

Ez így jó lesz. Miért van az az érzésem, hogy mindent tőlem várnak? Olyat nem csinálok, hogy minden feladatot elvégzek helyettük. Ha nagyon gonosz lennék, elküldeném őket Isabelhez, neki van kapcsolata a mezőgazdasági tanszékkel. Majdnem felnevettem a gondolatra. Félóra alatt csinálná ki őket.

– Küldök pár hasznos cikket, ezeket olvasgassátok! – adtam a kezébe hat könyvet. – Nekem pedig küldjetek infókat róla. Hol van, milyen állapotban van, milyen talajmunka kellene hozzá? Hátha ki tudok könyörögni pár munkagépet, hogy ne kézzel kelljen nekiállnunk.

Majd utána természetben fizetek.

– Szuper, nagyon szépen köszönjük! – mosolygott őszintén.

– Jó kis buli lesz! – mosolyogtam, miközben kitereltem a folyosóra. – Sört ne felejtsetek el hozni! – engedtem útjára, kilépve utána az ajtón.

Ekkor láttam meg, hogy Gabriel a liftnél beszélget valakivel. Mikor meglát, int, hogy menjek én is. Ebben a pillanatban Linda elejtette az összes könyvet mellettem, oda kellett forduljak. Lehajoltam és pillanatok alatt segítettem neki összeszedni őket, majd vele együtt indultam a folyosó végére. Ő jobbra, én pedig szembe. Alig tudott lépni szegény.

– Jól vagy? – simogattam meg a hátát.

– Persze – igazgatta a haját. – Csak azt hittem, nekem int.

Most néztem meg, hogy teljesen ki van pirulva és remeg a keze. Nem is figyeltem még fel erre. A legtöbb nő szeretné őt az ágyába itt, a munkahelyen is. Lehet, hogy többen nem is csak oda.

– Bejönnek a vezérigazgatók? – próbáltam elkenni a témát.

– Nem, nem igazán – hebegte. – De érte bármit megadnék! – harapott az alsó ajkába. – Még rajongói oldala is van.

Úgy nevettem fel, hogy megijedt mellettem. Gabriel megint felénk nézett, majd az óráját mutogatta, hogy vonszoljam oda a seggem.

– Jól van már, mindjárt megyek! – szóltam oda hangosabban, mire a szemét forgatta és visszafordult beszélgetni.

– Nem mernék megszólalni sem mellette – kanyarodott be Linda a folyosójukra.

Engem szeret. Mit tettem vajon, hogy ezt kiérdemeltem az égieknél? Linda gyorsan lelépett, én pedig oda Gabriel mellé. Majdnem adtam neki egy puszit, de időben észhez tértem.

– Elnézést, uraim! – mosolyogtam Gabrielre. – Már itt is vagyok.

– Herbert, hadd mutassam be neked Lilien Jamest, a laborvezetőnket, aki tegnap megmentette a Fort Lake-projektet! – mondta furcsán távolságtartón.

– Lilien, ő itt Herbert Collins, a cég alapítója.

Na, baszd meg! Ha ebből élve kikerülök, tuti megfojtom Gabrielt, amiért nem szólt előre, hogy lehozza ide nekem az apósát egy körcsevegésre.

– Üdvözlöm, Mr. Collins, örülök, hogy megismerhetem! – mosolyogtam kezet nyújtva. – Azért engedje meg, hogy hozzátegyem, ez önmagában véve így nem igaz, csak segítettem odakint.

– Nos, örülök, hogy került végre a vezetőségbe egy határozott, talpraesett ember is! – fordult felém az öreg.

Ápolt, a hatvanas évei közepe felé haladó, nagydarab, pocakos, de jól szituált ember volt. Arca napbarnított – nem tudom, golfozás közben érte-e vagy kinti munkát is végez, gyanítom, az első.

– Hadd hívjam meg egy ebédre, csatlakozzon hozzánk és mesélje el nekem, hogy pontosan mi is történt odakint! – fogta át a csípőmet, és a lift felé húzott.

Basszus, basszus, basszus. Úgy kaptam Gabriel felé a tekintetemet segítségért könyörögve, hogy bármelyik pillanatban futásra készen álltam. De ő nem nézett a szemembe, megdöbbenten bámulta a leendő apósa kezét a derekamon. A liftbe lépve zsebre dugta a kezét és a szemközti falat bámulta, de mellkasa szaporán járt, és profilból is láttam, hogy kipirult az arca, fogai összeszorítva.

– Na és mesélj nekem, Lilien, hol tud bujkálni egy ilyen tehetséges, fiatal nő, hogy csak most kerültél ide hozzánk? – búgta Herbert, és közelebb húzott magához.

– Eddig az egyetemen tanítottam, de nem maradt sok időm másra, mert pár éve elkezdtem irodalmi szakon az írást – fejtettem le kezét a csípőmről, és tompítva az elutasítást, belekapaszkodtam a felszabaduló karjába.

– Valóban? Nem vágnak éppen össze – mosolygott le rám, örömmel konstatálva, hogy hozzáértem.

– Igen, tudom, de javíthatatlan romantikus vagyok – csicseregtem és elengedtem a kezét, fél lépést hátrébb húzódva pedig hozzáértem Gabriel oldalához.

A ruhám szoknyája pont úgy libbent, hogy csuklója a meztelen combomhoz ért. Sajnálattal vettem észre, hogy azonnal el is húzta. Basszus.

– Oh, ezt nem kétlem, Ms James! – adta meg végre a kellő tiszteletet Herbert. – Egy ilyen gyönyörű hölgy legyen erre is igényes. Szereti a rózsákat? – fecsegett tovább, míg keresztülsétáltunk az előtéren.

– Nos, persze, képzelje, van egy jó barátom. Ő magyar. Az ottani rózsák világhírűek, különleges, nemesített fajtákat oltanak vad alanyra, aztán tovább szemzik őket, és... – ekkor néztem Gabrielre, aki a szemembe nézve, csillogó szemmel mosolygott.

– Nemcsak gyönyörű, igen tájékozott is – vigyorgott Herbert.

Odakint egy fekete limuzin várt minket a bejárat előtt. Herbert pedig színpadiasan meghajolva előttem kinyitotta nekem az ajtót. Még hallottam Gabriel felháborodott ciccegését, és láttam, ahogy fejcsóválva átsétál a kocsi másik oldalára.

– Magyar rózsa, nagyon érdekes! – ült be utánam Herbert is. – Feltételezem, a szerelmeslevelek, apró ajándékok és lopott csókok szintén imponálnak kegyednek! – Már nem ért illetlenül hozzám, ezek szerint vette az adást.

Az étteremben már határozottan kellemetlenül éreztem magam a rengeteg bóktól. Azt pedig elképzelni sem tudtam, hogyan lehetett Gabriel.

– Lilien, lenne kedve a jövő hétvégi bálra velem érkezni? – fordult felém ebédjét befejezve Herbert.

Gabriel kezében elpattant a kristálypohár, és véresre vágta a tenyerét, de csak letette, megtörölte és hívta a pincért, hogy takarítson össze. Nem mertem a szemébe nézni; féltem, hogy benne is elpattan valami, és ordítani vagy feleselni kezd. Akkor mindennek lőttek.

– Igazán megtisztelő, hogy rám gondolt, Herbert, de nem hiszem, hogy a párom örülne ennek.

– Á szóval foglalt! – mondta ezt úgy, mint, aki éppen szarik az egészre. – Igazán kivételes férfi lehet, ha magácska őt választotta.

– Igen – mosolyodtam el most először őszintén –, valóban az.

– Tudja, Lilien, a fiatalok nem tudják, de ez a szikra csak három napig tart, utána nem marad semmi. Én viszont nagyon sok minden mást tudnék mutatni.

Ezt nem hiszem el. Levakarhatatlan.

– A romantikát nem érdekli a gazdagság – tettem a számba mosoly nélkül az utolsó falatot.

– Ez nem igaz; minden gróf és herceg kedvére szórta az aranyat. Biztos vagyok benne, hogy a romantikát is foglalkoztatja a pénz. Most nézd meg őt! – fordult Gabriel felé most először.

Szemem rásiklott. Arca teljesen kifejezéstelen volt, aztán érdeklődőn nézett Herbertre. Nem tudom, hogyan képes legyűrni az összes gyűlöletét.

– Ezek ketten a lányommal majd’ szétszedték egymást még pár éve – kezdte. – Most meg egymásra sem néznek, hiába akarok jót nekik, hiába vetek be mindent. Áh, mindegy – legyint lemondóan.

Ó te jó ég! Mindenre fel voltam készülve, csak erre nem. Elképzelni őket együtt, szerelmesen, boldogan, maga volt a pokol. Olyan féltékenység mart belém, hogy majd' megfojtott.

– Ez nem tartozik rám, Herbert – ittam ki egy kortyra a maradék boromat, és éreztem, ahogy vérvörös leszek.

Majd ráfogom az alkoholra.

– Magácska úgysem adja tovább senkinek – legyintett Herbert. – Ettől függetlenül igaz, és nagyra becsülöm az elutasítással kapcsolatos őszinteségét – állt fel fizetés nélkül az asztaltól.

Ezek szerint majd Gabriel fizet. Elhúztam volna a számat, de Herbert a székem mellé állt, és várta, hogy én is felkeljek.

– Külsőst nem hozhat a rendezvényre, így a meghívást nincs értelme visszautasítania! – mondta a szemembe nézve szinte fenyegetően. – Ígérem, hogy a tenyeremen fogom hordozni! – adott kézcsókot, majd Gabrielt köszönés nélkül hátrahagyva távozott.

Álltam az asztal mellett magam elé bámulva. Nem tudtam megmozdulni sem. Végre kaptam levegőt, és a sírás kerülgetett. Haza szerettem volna menni, ágyba bújni és remegve zokogni. Mostanában eléggé besűrűsödtek ezek az esetek. Aztán elfelejtettem magamat, és megfordultam Gabrielhez. A rózsát nézte az asztal közepén, és nem is pislogott. Jobb kezéből pedig patakzott a vér. Intettem egy pincérnek, aki szinte azonnal ott is volt mellettem.

– Szeretnénk fizetni, utána pedig kötszert kérünk, összekészítve egy külön helyiségbe.

– Máris intézem, hölgyem! – bólintott, és el is ment.

Két perc múlva odavezettek minket egy használaton kívüli belső teremhez. Amikor elmentek, kivettem a kulcsot a helyéről, és a másik oldalra áttéve magunkra fordítottam a zárat.

– Gabriel! – fogtam meg arca két oldalát.

A szemembe nézett, de nem semmit sem csinált.

– Beszélj hozzám, kérlek! – ráztam meg finom.

– Mit szeretnél hallani? – mondta halkan, és egy alig észrevehető, halvány félmosoly jelent meg a szája sarkában.

Halkan felnevettem, és fejét kicsit lejjebb húzva megcsókoltam. Keze végre a tarkómra siklott, és magához húzott.

– Basszus, összevéreztelek! – kapott észbe és hátrébb lépett, hogy meg tudja nézni a mintás, virágos ruhámat, hogy látszik-e rajta.

Aztán szeme visszatalált az enyémre, én pedig csak álltam ott mosolyogva.

– Bekötöm – simogattam meg az arcát, és adtam rá egy puszit.

Aztán mégsem tudtam elmenni. Magamhoz öleltem és addig pusziltam, amíg nem nevettünk mindketten.

– Na, gyere, mutasd! – ültettem le az az asztal mellé, ahová a kötszer be volt készítve, és leguggoltam elé.

Feltűrtem az inge ujját, és míg lemostam a rászáradt vért, felnéztem rá.

– Nagyon fáj?

Elég csúnyán elvágta magát, remélem, ölteni nem kell majd!

– Nem – mondta sóhajtva.

– Mindig ilyen az öreg?

– Hogy mindig? – nevetett fel a hajába túrva. – Sosem volt még ilyen! Neki más az eszköztára, ha meggyőzésről van szó.

– Ezt meg hogy érted? – sápadtam el azonnal rosszat sejtve.

Először nem is válaszolt, csak összeszorított állkapoccsal nézett. Végül a padlónak intézte szavait.

– Herbert agresszív. Legtöbbször erőszakhoz folyamodik, ha valami nem tetszik neki – közölte halkan.

– Úgy érted, hogy meg szokott ütni? – dadogtam remegő ajkakkal, de erre már nem kaptam választ.

Hallgatás, beleegyezés. A szívem hasad meg. A fiú, aki elveszíti édesapját, éppen az az ember által sérül még mélyebben, akitől oltalmat kellene kapjon. Hát, ezért nem szereti, ha hozzá érnek. Ez borzalmas. Mély levegőt véve megpróbáltam oldani a hangulatot. Majd gondolkodom ezen, amikor éjjel álmatlanul forgolódom emiatt.

– Azt hittem egy óra múlva már másik szoknyát vadászik, de akkor nem lesz ekkora szerencsém. – Fertőtlenítettem a vágásokat, volt egy nagyon mély közöttük. – Jaj, Gabriel, mit csináltál?

– Hallottad, majd úgyis csak három napig tart, utána leléphetsz vele!

– Hagyd abba! – szóltam rá erélyesebben, mint megérdemelte. – El se kezd, pont ez volt a célja. Ne menj bele a játékba, hogy manipulálni tudjon.

– Lilien, én soha nem szerettem Alice-t! – fogta meg az arcomat, hogy ránézzek. – Tudom, hogy azóta ezen agyalsz.

– Honnan tudod? – hebegtem pont úgy, mint Linda két órája. – Amúgy meg miért ne szerethetted volna? Nem tilos beismerned.

Befejeztem a kötözést – nem tudom, meddig tart, amíg nem ázik át. Nem válaszolt, ezt beismerésnek vettem, és igyekeztem nem foglalkozni vele. Nekem is volt előtte más, akit szerettem. Legalábbis azt mondtam neki, hogy szeretem, de most így visszatekintve, sosem volt az. Végre elengedhettem magam. Gabriel mellett szabadabban tudtam létezni, és engedtem, hogy a sírás elragadjon. A lábára borultam és próbáltam abbahagyni.

– Tudod, hogy amikor elkalandozol, a medálodat simogatod? – húzott fel az ölébe, és magához ölelt.

– Egyszer már észrevettem – bújtam a nyakához, hogy meg tudjak nyugodni.

Csak ő tud megnyugtatni. Erre most döbbentem rá. Nem is kell neki semmit sem csinálnia, csak érezzem az illatát és szorítson magához. Istenem, végem van. Totál végem van.

– Az öreg miatt sírsz? – simogatta a hajam.

– Nem, dehogyis, őt majd megoldom – tapasztottam kezem az övére, hogy még ott is hozzáérjek.

– Akkor mi a baj? – Úgy bújtam oda, mintha egybe szeretnék olvadni vele.

– Megint rájöttem valamire, amire már akkor is, amikor múltkor rosszul lettem.

– Apád kiherél, ha megint megtörténik – nevetett a hajamba csókolva.

– Mindjárt lenyugszom, csak még egy percet adj.

– Minden percem neked adnám, Csillagom, ha tudnám, de mennünk kell.

Felnéztem az arcába, és ujjaimmal belefésültem a hajába a füle felett. Aztán egy percig csak néztünk szótlanul a másik szemébe. Nem tudom, benne mi zajlott, de pont úgy kipirult, mint én, és mindketten kapkodva vettük tőle a levegőt. Összemosolyogtunk. Egy rövid csók után felállított, és akkor vettem csak észre, hogy folyik a vér a kötésből.

– Akkor irány a kórház – emeltem a mellkasa fölé a kezét. – Tartsd így és ülj vissza, mielőtt összeesel!

Elővettem a telefonom és tárcsáztam Taylort.

– Hello – vette fel a telefont.

– Kellene egy fuvar félig publikusan – vágtam bele köszönés helyett.

– Elküldöm Andrewt, én most nem tudok menni. A Teslát meg elvitte Alice tíz perce.

– Persze, szolgálja csak ki magát – dünnyögött bele a telefonba Gabriel. – Ne Andrewt hívd, kint van Fort Lake-en. Mike jó lesz az egyik céges kocsival.

Kivette a kezemből a telefont, és a többit elintézte ő.

– Persze, szolgáld csak ki magad – ültem vissza a székbe.

– Mit csinálsz te Taylorral? – nyomta ki a telefont, de nem adta vissza.

– Beszélgetek? – emeltem fel a szemöldököm. – Te avattad be mindenbe, amibe meg nem, összerakta magától.

– Én semmit nem mondtam neki – döbbent meg, és lehanyatlott a keze.

– Jó, akkor nem vak – védtem magam, csak azt nem tudom miért; semmi rosszat nem tettem. – Ránk nyitott, mikor májusban éppen felültettél az asztalodra.

– Nem mondod komolyan. Erről én miért nem tudtam semmit? – túrt bele mindkét kezével a hajába.

– Ő tartotta fel nekünk Alice-t a folyosón, míg mi rendbe szedtük magunkat. Ha el szeretne árulni, már akkor megtehette volna, vagy azóta bármikor.

– Miért tudsz te többet erről, mint én?

– Mert ő kísért el utána a liftig, nyugodj már le, kérlek! – léptem oda hozzá, hogy megállítsam.

Úgy járkált a szobában, mint egy megvadult bika.

– Andrew is tudja – nyögtem ki végül –, de neki még látnia sem kellett semmit hozzá.

– Miért mosolyogsz te ezen, mikor engem majd' szétbasz az ideg?

– Mert olyan szépeket mondott – néztem fel rá. – Bízhatsz bennük, Gabriel, a tűzbe is érted mennének.

– Biztos vagy te ebben?

– Teljesen biztos.

– Most már Mike is tudni fogja, ha így talál meg minket, egy terembe bezárkózva – vigyorgott, és kivezetett.

– Pedig most olyan kulturáltan viselkedtünk – vigyorogtam vissza, és megigazítottam az ingét.

Gabriel kezét hét öltéssel kellett végül összefércelni. Majdnem vége lett a munkaidőnek, mire visszaértünk. A csinos ápolónőt meg majd egyszer elfelejtem, akit egyáltalán nem érdekelt a társaság, mikor szó szerint Gabriel arcába tolta a melleit. Azt sem tudtam hirtelen, hogy nézzem-e végig, vagy hová is forduljak, annyira nevetnem kellett rajta. Végül nem bírtam ki: Mike vitt a rosszba, ő nem bírta tartani magát, én csak folytattam. Mire az ápolónő kiment, már a könnyeinket törölgettük, nekem az oldalam is becsípődött.

– Figyi, főnök, szólj, ha zavarunk, magatokra hagyunk titeket! – törölte a könnyét a pólója sarkába Mike.

– Hülye vagy? És ha újra kell éleszteni, mert belefulladd? – vágtam oldalba, és már Gabriel sem bírta nevetés nélkül megállni.

– Majd a nővérke megoldja – vihogta Mike.

– Hallod, jó mellekben lennél – nevettem fel újra.

Gabriel is nevetett és minden párnát hozzánk vágott, ami a keze ügyébe került. Mire az orvos megérkezett, teljesen felforgattuk a kórtermet, és elszégyellve magunkat kislisszoltunk kávézni.

Mike odakint szeretett volna dohányozni közben, vele tartottam.

– Tök jó fej vagy! – fújta a füstöt oldalra.

– Köszi, te is – mosolyogtam rá.

– Most már értem, miért a sok susmus – ivott bele a kávéjába.

– Mifélék? – érdeklődtem kíváncsian.

– Hát, hogy ti régóta ismeritek egymást, meg jóban vagytok, valaki szerint szeretők is vagytok, de szerintem ez faszság – szívott egy újabb slukkot. – Szerintem te csak simán mindenkivel jó fej vagy, és ez a lazaság már nagyon kellett ide.

– Köszönöm – mosolyodtam el újra.

Majd később átgondolom, miket is mondott. Basszus.

– Andrew mondta múltkor, mikor valaki kereste a gazdaságiról és éppen nálad volt, hogy te lettél az új jobbkeze. Sokat segítesz neki, ezért van többet nálad.

– Tegnap például kellett, Fort Lake-en óriási szívás volt. Remélem, azóta rendbe tették a terepet! – ittam üresre a kávés poharam.

– Mintha cápa harapott volna meg – lépett mellénk Gabriel a tenyerét mutatva.

– Már kész is? – fogtam meg a kezét, hogy meg tudjam nézni.

– Ezt sem sűrűn hallod, igaz, főnök? – nevette el magát Mike, és elnyomta a csikket a kukán, majd beledobta a csikktartóba.

– Semmit nem tudok így csinálni – sétált mellettünk Gabriel.

– Majd az asszony kisegít otthon – vigyorgott Mike.

– Az egy dolog, de dolgozni sem tudok – hajtotta le a fejét. – Amúgy meg nyilván bal kézzel csinálom – vigyorgott, mire mind felnevettünk.

– Borzasztóak vagytok, fiúk! – ültem be hátra.

– Befejeztem – emelte fel a kezét megadóan Mike.

Az iroda épületében Gabriel elkapta a kezem.

– Komolyan mondtam, hegyekben áll a meló, én meg az egeret sem tudom kezelni.

– Összeszedem magam és felmegyek egy géppel, rendben?

– Ennek nagyon örülnék. Több időt tölthetünk együtt – mosolyodott el aranyosan.

18.

Szóval a tárgyalóasztal kész káosz lett három nap alatt. Beismerem, elég hanyag tudok lenni. Minden este Gabriel rakott rendet, mikor már nem bírta nézni a kupit. A telefonjait tudta intézni, a tervezni valóhoz pedig mindig lement az osztályra magyarázni egy csoportnak, akik megoldották helyette. Közben intéztem a külföldi levelezését, meg a halaszthatatlan terveket építettem össze a dokumentációkba. Taylor is kapott egy csomó pluszt a nyakába.

Viszont Gabriel – ki tudja, mióta – először kapott így kényszerszabadidőt. Sokszor elaludt a kanapén napközben. Olyankor nem engedtem, hogy bárki is zavarja, még a telefonját is elvettem és lehalkítottam.

Egyedül az volt a szívás, amikor Alice benyitott, mikor a kanapén ülve fűztük le a postára váró doksikat. Gabriel hátradőlve, lábai az asztalon, térdben felhúzva, és egy német levelet olvasott szigorú, német precizitással, pont olyan arckifejezéssel, de vállalhatatlan akcentussal, amitől majd' kiköptem a tüdőmet, úgy nevettem. Na, akkor lépett be csaj. Először meg sem tudott szólalni, mi meg jobbnak láttuk mindent ott folytatni, ahol voltunk, hogy ne legyen semmi sem feltűnő. Csak a nevetést hagytuk abba.

– Zavarok? – kérdezte, de már vérig volt sértődve, hogy nem törődünk vele.

Csinos kis pocakja van. Basszus, az egész nő egy dáma. Elegáns, átlátszó, fekete szatén szoknya, ami csak úgy lobogott utána, mikor lépett, aranyszínű, testhez álló csőtop. A csaj durván izmos, és kulcscsontja nőiesen szexi a fehér, tökéletes bőrével. Finom smink az arcán, tényleg nagyon szép. Fekete haja kiengedve, tökéletesre vasalva. Semmi keresnivalóm nincs az ő köreikben. Ennek a nőnek a nyomába, de még a két méteres közelébe sem érek.

– Dehogy zavarsz! – állt fel Gabriel odasétálva elé.

– A hétvégi bál miatt jöttem, írtam neked egy csomó mailt, de nem válaszoltál egyikre sem. Ki kellene mennünk, valamit elszúrtak a kastélykertben – búgta azon a szexi, mély hangján.

Ez a csaj egy pornóistennő is lehetne. Milyen lehet meztelenül az ágyban? Vagy bárhol. Ez a nő maga az erotika Miért jut ilyesmi az eszembe?

– Persze, adj még egy órát, és utána elmehetünk vacsorázni is – ölelte át a derekát Gabriel, és ki is terelte az ajtón.

– Rendben, akkor otthon várlak! – búcsúzott el Alice, és már bent sem volt.

Hát ez... meglepően normális volt. Mit is keresek én itt tulajdonképpen?

– Ne csináld! – ült vissza mellém Gabriel.

– Mit? – suttogtam és összeraktam a mappákat, majd felkeltem és a tárgyalóasztalra tettem.

– Ne agyalj, nem vezet sehova.

– Ez a nő, mint egy jelenség, belibben az irodádba, a gyerekkel a méhében, aztán végignézem, ahogy átöleled, és arra kérsz, ne agyaljak? Hol van az én keresnivalóm a történetben?

– Gyere ide, kérlek! – mutatott maga mellé a kanapéra.

Sóhajtottam egyet és visszamentem. Megfogta a bal kezem, és az ingét kigombolva a szívére húzta.

– A te keresnivalód itt van, érted? – nézett a szemembe határozottan.

– Gabriel – sóhajtottam a nevét meghatottan.

– Mikor fogadod el, hogy így van? Miért harcolsz ellene ennyire? – húzta a fejem a mellkasára. – Szeretlek!

Olyan szorosan tartott, hogy alig kaptam levegőt. Napok óta nem ért hozzám. Talán több is, mint egy hete. Felemeltem a fejem, hogy a szemébe nézzek, de ajka azonnal megtalált egy gyengéd csókra.

Ekkor lépett be Isabel egy rakás pizzával.

– Sziasztok, tubicáim! – vigyorgott ránk. – Ide mindenkit csak úgy beengednek?

A tárgyalóasztalhoz ment és lepakolt.

– Nem, de te rajta vagy a látogatók listáján – lépett be az ajtón Taylor. – Bocs, főnök, rohadt gyors volt a csaj.

– Szia! – lépett elé Isabel. – Te ki vagy? Veled beszéltem múltkor telefonon?

– Taylor Williams – nyújtotta kezét Isabel felé. – Te pedig Isabel Adams, örülök.

– Hallod, csajszi, miről maradtam le miattad múltkor! Gyere, egyél velünk, Taylor, hoztam egy csomó kaját.

– Persze, érezzétek otthon magatokat! – nevetett fel Gabriel.

– Kösz! – legyintett felé Isabel, de le sem vette a szemét Taylorról.

Halkan elnevettem magam.

– Szabad préda közelében bevadul? – fordult felém Gabriel, és csak akkor jöttünk rá, hogy konkrétan a két a lábam között fekszik, és a combomat fogja.

Lassan szétrebbentünk, és mint a gyerekek, a szamárpadba ültünk le a többiekhez. Én is enni kezdtem, nekem nem volt vacsora meghívásom estére.

– Halljátok, ti mikor másztatok ki innen utoljára? – fordult felénk Isabel. – Lilien még ruhát sem vett a szombati bálra, és megígérte, hogy velem jön fodrászhoz meg minden.

– Jogos, rohadt régóta nem pihent semmit. Evés után elengedem, oké? Holnapra pedig legyen pihenő – nézett az órájára Gabriel. – Nekem is mennem kell lassan.

Mikor kifelé indultam kaja után Isabel nyomában, megfogta a könyököm és visszahúzott.

– Öt perc! – mutatta Isabelnek, és becsukta az ajtót.

– Lehet tíz is, Villám Vili, elvagyok én itt – hallottam a nevetését.

Gabriel a hátsó ajtóhoz vitt, és a szekrények előtt megállított.

– Szeretném, hogy tudd, bármit történik a bálon, bármit látsz is, kérlek, emlékezz arra, amit most beszéltünk, rendben?

– Ezt hogy érted?

– Úgy, hogy nem leszünk kettesben egyetlen percre sem. Nem fogok tudni hozzád érni, nem tudunk majd nyíltan beszélgetni. Közben nekem Alice mellett kell lennem. Nem szeretném, ha olyanokat képzelnél mögé, ami nincs.

– Igen, értem – suttogtam magam elé.

– Nekem sem lesz más érzés. Látni, ahogy Herbert majd neked udvarol, és elviszi előlem az első keringőnket – simogatta meg az arcomat, és homlokát az enyémhez nyomta.

Gabriellel táncolni! Már a gondolattól is izgulni kezdtem. El sem tudom képzelni, hogy ne baltázzak el valamit közben.

– Majd magammal viszem a vibrátoromat – dünnyögtem a mellkasába.

Hangosan felnevetett, de visszahúztam egy szorosabb ölelésre.

– Ez fog hiányozni – suttogtam. – Az illatod és a hangod.

Álltunk percekig egymáshoz bújva, csendben, aztán kibontakozott, és elindultunk kifelé.

– Most mondtál nekem először ilyet – mélázott maga elé nézve.

– Tudom, sajnálom, nehezen tudok beszélni az érzéseimről.

Megint megállt, és megsimogatta az arcom. Pár pillanat múlva szólalt csak meg újra.

– Ne vegyél ruhát, már megvettem neked.

– Hogy mi? – kerekedett el a szemem. – Nem fogadom el, nem Alice vagyok, aki pénzedet költi.

Állt velem szemben, és próbálta nem elnevetni magát.

– Olyan édes vagy! – mosolygott, és hátrasimította a tincsemet.

– De most tényleg! Nem kérem! – erősködtem.

– Pedig neked vettem, Csillagom, és ezt én választottam – lökött neki a falnak és belecsókolt a nyakamba. – Olyan érzékien szexi leszel benne, hogy Alice-t mindenki elfelejti majd és a pasik csak érted állnak sorba a tánchoz, de hajnalban, mikor már senki sem figyel, kézen foglak, és én leszek az, aki szeretkezik veled az új ruhádban.

Választ nem várva kivezetett az irodából.

– Nem is rossz, Villám Vili, hét perc is megvolt, szerintem – vigyorgott Isabel. – Viszont Lilient elnézve varázsvessződ van – siklott a tekintete tetőtől talpig végig rajtam. – Akarom tudni, mit csináltál vele! Én még nyolc óra maratoni szex után sem vágtam ilyen fejet soha! – lépett utánunk a liftbe.

– Hallod, Taylor, kösd fel a gatyádat, nem kispályás a csaj! – nevetett fel Gabriel, de már megtartotta a távolságot közöttünk.

19

A másnap szépítkezéssel telt. Isabel mindenhová elrángatott. Gyantáztattam, manikűröztettem, pedikűröztettem, kozmetikusnál voltam, aztán a fodrásznál. Úgy éreztem magam, mint egy próbababa bababőrrel. Ez a sok egyhelyben ücsörgés nem nekem való. Nem tudtam fogadni a hívásaimat, nem haladtam közben semmivel sem. Isabel végül elvette a telefonomat, és vissza sem adta, míg délután négyre haza nem értünk. A hálóban felakasztva várt a ruhám, alatta dobozban a hozzá illő magassarkú, mellette selyembe csomagolva az alsónemű.

– Ezután kizárólag Gabriellel megyek ruhát vásárolni. – Isabel kővé dermedve állt a szoba közepén. – Ő is baromi stílusosan öltözködik, de hogy ért a női ruhákhoz is!

– Még nem próbáltam fel, lehet, hogy nem is jó a méret – álltam teljesen lesokkolva.

– Hát, ha a melltartód méretét eltalálta, szerintem a ruha is jó lesz – vette ki a finom selyem anyagot a csomagolásból. – Mától ő a legjobb barátom, bocsi, csajszi – vigyorgott a földön ülve.

– Basszus, ékszert is küldött! – fogtam a fejem. – Nem normális. Többet fogok érni, mikor mindent magamra vettem, mint a lakásom.

– Ezen most ne problémázz, csak örülj neki. Szeretne neked mindent megadni, amit jelen körülmények között csak tud. Szerintem ez nagyon romantikus, ha már itt tartunk.

– Remélem, Herbert nem néz utána ennek az irodalmi sulinak! – nevettem fel hangosan. – Életemben nem hazudtam még ekkor marhaságot.

– De bejött, nem? Pedofilból úriember lett egy csapásra.

– Reméljük, így is marad! – csomagoltam ki a cipőt, hogy azt is meg tudjam nézni.

Egy óra volt, amíg mindent fel tudtam venni, segítséggel. Fogalmam nem volt, hogyan veszem majd le ezeket magamtól.

– Hűha, csajszi, neked darázsderekad van, lapos hasad, meg gyönyörű melleid – siklott lejjebb a tekintete. – Ezek a csípők, és hű, basszus, ez a segg hol volt eddig? – forgatott körbe. – Neked olyan tested van, Lilien, hogy mindennap ilyen ruhában kellene járkálnod! – forgatott még mindig körbe, és le sem vette a szemét rólam. – Ez a férfi egy dívát csinált belőled.

– Jaj, hagyjál már! Zavarba hozol, és nem kell itt megjátszani magad! – húztam össze a szemem. – Nagyon kényelmetlenül érzem magam benne.

– Mert szokatlan, de hidd el, a többiek is csinosban lesznek, ott majd jobb lesz a közérzeted – húzott be a fürdőbe a tükör elé. – Nézd meg és csodáld!

Komolyan nem ismertem fel, hogy akit a tükörben látok, az én vagyok. Ez nem én vagyok. Ez a nő, akit látok, kifinomult, érzéki, és erotikusan vonzó. A melleim; ahogy a derekam átível a csípőmig; ahogy a lábaim combközéptől kibukkannak és a magassarkútól teljesen formásak. A tartásom is más lett tőlük. A ruha arany csillogása más színt adott a bőrömnek, kiemelte a természetes bronzos barnaságot, amit a terepi munkán szereztem.

– Ide nem konty kell – lépett mögém Isabel, és kihúzta a hullámcsatokat a hajamból, hogy a sötét aranybarna loknijaim körbeöleljék az arcom és a kulcscsontom alá hullámoztak az aranyszínű anyagon. – Ó, igen! – szakadt fel belőle.

A tükörből egy igazi nő nézett szembe velem. Csillogó barna szemekkel. Egy igazi felnőtt, érett nő.

– Ha Gabriel valamiért nem jönne be, akkor én feleségül veszlek! – vigyorgott Isabel, és odalett a pillanat.

– Az ajtón nem merek kimenni ebben a ruhában, Isabel – remegett a hangom az izgalomtól. – Vagy hányni fogok, vagy elájulok, vagy mindet egymás után.

– Ebben a ruhában csak ki kell húznod magad és élvezni, hogy mindenki téged néz.

– Te kivel vagy? – csattantam fel. – Most fogok hányni, azonnal.

– Kell neked egy kis pálinka.

– Nem akarok inni, hosszú még az este.

– El sem jutsz odáig, ha nem oldod fel a gátlásaidat kicsit –
ment ki a konyhába a hűtőhöz.

Tíz perc múlva Taylor hívott, hogy Mr. Collins mindjárt ott
van a ház előtt.

– Ha túszul ejt, és nem kerülök elő élve, akkor tiéd az ösz-
szes reggeli kávém! – mondtam a torkomban dobogó szívvel.

– Nem lesz semmi gond, Lilien! – Hallottam, ahogy vigyo-
rog. – Harminc perc és találkozunk!

Ezzel le is tette, és a második felesemet lehúzva gyorsan fo-
gat mostam és kimentem a ház elé, ahol már várt a limuzin.
Herbertnek kocsányon lógtak a szemei, amikor meglátott, és egy
csokor magyar rózsával fogadott, amit fogalmam sincs, hogyan
oldott meg a világ másik feléről. Csodaszépek voltak, és őszin-
tén örültem nekik. Egész úton búgott és duruzsolt a fülembe,
néha a combomra tévedt a keze, de el is vette gyorsan. Aztán
pezsgővel kínált, de szerencsére pár korty után már oda is ér-
tünk, így nem kellett többet innom. Annyira izgultam, hogy iz-
zadt a tenyerem, és a pulzusom fülemben lüktetésétől tompán
hallottam. Azt volt a szerencse, hogy rengetegen voltak körü-
löttünk, mikor kiszálltunk, már akkor is, és a vendégek tény-
leg nagyon elegánsak voltak egytől egyig. Ettől kicsit jobb lett,
valóban. Mindenki beszélgetett mindenkivel, végig az úton sé-
tálva a kastélykertig. Mindenhol fényfüzérek és lampionok, se-
hol egy vakító reflektor vagy lámpa. Varázslatos volt a hangulat.
Mint a mesében. A nap még éppen nem bukott le a horizonton,
és a fákat körben borzolta a késő nyári szél. Herbert elment az
italokért, és csak álltam a tömegben, gyönyörködve mindenben
magam körül, amikor megláttam őt.

Kicsit messzebb tőlem, egy tízfős csoportban állt, és en-
gem nézett. Tökéletesen rásimuló fekete szmokingban, fehér
ingben és fekete nyakkendőben. Végignéztem rajta, aztán ki-
húztam magam, és ajkaim elváltak egymástól. Ő csak állt és
pislogott. Nem bámult, annál sokkal több volt a szemében.
Nem tudom, hogyan, de vettem egy mély levegőt, és min-
den feszültség elszállt belőlem. Tökéletesen megnyugodtam,
és végre elmosolyodtam. Ő is ezt tette. Kivillant a tökéletes

fehér fogsora és úgy megdobbant a szívem, hogy azt hittem, megfojt a torkomban.

– Khöm, nagyon régóta bámulod – haladt el mellettem Andrew, és finoman oldalra fordított a karomba kapaszkodva.

– Szia! – köszönt rám hangosan, mintha most látott volna meg. – Hű, Lilien, azt a mindenit! – füttyentett hangosan, és színpadiasan kezet csókolt, hogy halkan fel kellett nevetnem tőle.

– Nos, uram, ha megengedi, elvinném a hölgyet társalogni – lépett mellénk Herbert két pezsgőspohárral a kezében, és otthagytuk az elkerekedett szemű, döbbent Andrewt.

Társalogni. Az alsó ajkamba haraptam, hogy ne nevessem el magam. Ezek szerint az elmúlt másfél hétben nem tétlenkedett, bevágta fejből a Byron összest. Azt hittem, elvisz kettesben andalogni, de egyenesen Gabrielékhez vezetett. Na, basszus. Inkább a bokrok, mint most itt. Odaérve mindenkit bemutatott, egyenként kellett üdvözölni mind a nyolc embert. Neves befektetők, brókerek. Mondanom sem kell, senkit sem ismertem, még névről sem. Aztán Alice újra bemutatkozott, Gabriel majdnem elnevette magát, közben egy félmosollyal és mélyet biccentve *hölgyem*mel üdvözölt. Ezután mindenki mindenkivel beszélgetett, Herbert keze pedig végig a gerincemet simogatta fel és le. Egy idő után az agyamban és a kisujjam végén is éreztem. Olyan volt, mint egy második világháborús európai kínzó módszer, amiről Tim szokott mesélni, mikor beiszunk. Próbáltam elhúzódni, de mindig jött utánam. Aztán a vacsorát jelző csengő megmentett.

Mindenki besétált az óriási, több helyiségből álló kastélyterembe. Herbert pedig az asztalunkhoz kísért, ahol természetesen négyen ültünk. Alice, Gabriel, Herbert és én. Ez az este egyre csak jobb és jobb lesz. Hétfőtől mindenki csak törtető kurvának fog hívni a hátam mögött. Nem vagyok itt csak alig fél éve, és bumm, itt ülök egy asztalnál a két főnökkel. A legjobb pedig az, hogy köztudottan dugok az egyikkel, miközben a másikkal érkeztem. A buli ennél faszább már nem is lehetne. Miért is döntöttem úgy, hogy nem iszom alkoholt? Egy húzásra döntöttem magamba a maradék pezsgőmet, mire Gabriel vádlón összehúzta a szemét. Herberté

viszont felcsillant, és azonnal rendelte is a következő palackot.
Nem titkolta, hogy le szeretne itatni ma este. Gabriel keze a menyasszonya székének háttámláján feküdt, közben lassan simogatta
a csupasz vállát, néha a nyakáig felhúzva az ujjait. Olyan erotikus
volt, hogy nem tudtam nem nézni. Alice mellettem ült a jobbomon, Herbert a balomon, Gabriel velem szemben. Nagyon kellemetlen. Végül én törtem meg a csendet, és Alice-hoz fordultam.

– Gratulálok a babához! Már biztosan nagyon várjátok – mosolyogtam őszintén.

A baba semmiről sem tehet, és elvégre Gabriel gyereke.

– Köszönjük! – fordult felém Alice ültében. – Nem jutottam
még odáig. Most éppen azon aggódom, hogy kinőttem az öszszes ruhámat és nagyon kínos, hogy alig van miben megjelennem – búgta a mély hang.

– Hányadik hétben is vagy? – ittam bele a pohár pezsgőmbe,
ami mindig tele volt, akárhányszor is nyúltam hozzá.

– Most lesz a huszadik, de még mindig nagyon rosszul vagyok reggelente – húzta el a száját. – Enni is alig tudok. Viszont,
apa, ezt még te sem tudod. Tegnap voltunk ultrahangon és azt
mondták, kislány – mosolygott az apja felé.

Nekem pedig mély levegőt kellett vennem, hogy Gabriel
szemébe nézve a kicsorduló könnycsepp után több ne jöjjön. Ő
nem is pislogott, csak nézett a szemembe. Tegnap voltak ultrahangon? Mikor? Egész nap velem dolgozott. Biztosan este, vacsi után. Ettől még szomorúbb lettem. Gyorsan nyeltem egyet,
pislogtam párat, majd elfordulva letöröltem az arcom, és viszszafordultam Alice felé. Vacsora alatt végig magáról beszélt.
Nem hibáztatom érte. Erősen gesztikulálva mesélt, néha Gabriel vállához ért, vagy megsimogatta az arcát. Minden alkalommal összeszorult a gyomrom tőle. Gabriel pedig már vagy harminc perce egytelen árva szót sem mondott.

– Na és mondja, kedvesem, maga és a párja terveznek gyereket? – fordult felém Herbert, és majdnem félrenyeltem a sültet a számban.

Basszus, basszus. Úgy bepánikoltam, hogy az amúgy stressz-helyzetben maximumon pörgő agyam totál leblokkolt.

– Nekem azt mondta a srác múltkor, hogy egy falka gyereket szeretne Lilientől – mondta halkan Gabriel.

A szája mosolygott, és látszólag jó kedve volt, élvezte a beszélgetést, de én láttam a szemében, hogy szenved.

– Egy falka? – fordult felé Alice. – Biztosan így fogalmazott? Azt hittem, ez a leereszkedő stílus csak rád jellemző.

– Jó, hát lehet, hogy sokkal kulturáltabb volt a szószedet – nézett rá mérgesen Gabriel, hogy a nő tönkretette a pillanatot.

Majdnem felnevettem. Egy falka gyerek. Elég időt hagytak nekem, hogy feldolgozzam, vagy legalább felfogjam, mit is mondott az előbb. Elhagyott minden érzés. Üres lettem, mint egy lufi. A vacsorának szerencsére hamar vége lett, és felkonferálták az első táncot, a keringőt.

– Nálunk édesapámmal hagyomány, hogy az első tánc az övé – mosolyogtam Alice-ra.

– Apu, hallod ezt? – fordult Herbert felé. – Csinálhatnánk mi is ezt, olyan szép, nem?

– De, de, persze – engedte el kényszeredetten a vállamat az öreg, és azonnal fel is állt, hogy táncba vigye a lányát.

Ültünk ott Gabriellel az asztalnál meggyötörve, megtaposva és kifacsarva. Láttam rajta, hogy ő is majd' elsírja magát. Aztán vett egy mély levegőt, és megkerülve az asztalt, balját nyújtva felém felkért táncolni.

Mikor tenyerem az övéhez ért, helyére billent a világ. Kaptunk öt percet az élettől, míg önmagunk lehetünk. Finoman végigsimítottam a tenyerén, majd kezem megállapodott az övében. Sosem fogta meg még a kezem. Mint kulcs a zárba. Felnéztem rá, és ő sem mozdult; meghatódva nézett és szorította a kezem. Végül közelebb húzott magához, besétált velem a tánctérre, jobb keze végigfutott a bal karomon, míg végül megállt a két lapockám között. Nem tartottuk az egy lépés távolságot, de a félhomályban ez aligha érdekelt bárkit is. Először a szemembe nézett, majd adott egy alig észrevehető puszit a fülem mellé, és vezetni kezdett.

Soha nem szerettem táncolni, nem is mondanám, hogy jól tudok, de ahogy Gabriel csinálja, olyan, mintha én is tudnék.

Lazán, rutinosan vezet, minden lépésével utat mutatva nekem. Aztán valami változott, közelebb húzott. Teljesen egybeolvadtunk a zenével és egymással. Teste mindenhol az enyémhez ért, éreztem az illatát, hallottam a zenét, éreztem, ahogy tökéletes ritmusban mozdulunk, mi vagyunk a zene, az összes érzék. Egy pillanatra becsuktam a szemem és átszakadt bennem egy gát. Mint tavaszi zöldár, öntöttek el az érzések sorban, egymás után. Nem merültem el, nem fulladtam, Gabriel tartott és itt volt, vigyázott rám. Megfogtam a tarkóját és a szemébe néztem. A félhomályban is láttam, ahogy mosolyog és csillog a szeme.

– Szeretlek! – suttogtam alig hallhatóan, és ő szinte azonnal megállt, s csak nézett.

Pislogott és elfelejtett levegőt venni, aztán a füléhez hajoltam és elmondtam neki újra és újra.

Szerencsére körülöttünk megtelt a tánctér, nem látszódott, amikor a kezem elengedve megölelt. Szorította a tarkómat és úgy vette a levegőt, mintha merülésből bukkant volna felszínre. Aztán elengedett, és megint keringőzni kezdtünk.

– Jobb alkalmat is találhattál volna, hogy ezt elmondd! – mondta halkan a fülembe, de kiéreztem a jókedvet belőle. – Most meg sem tudlak csókolni.

Nem hallottam a hangját egy napja. Ezt a fajta hangot, amit csak nekem enged hallani, amikor teljesen elengedi magát.

– Tudom, de nem tudtam tovább magamban tartani – leheltem. – Annyira szeretlek, hogy megfojt az érzés, de végre most kapok először igazán levegőt. Sok-sok éve először – nevettem fel halkan. – Te érted ezt?

– Jaj, Csillagom! – nyögött a fülem mellett, és vett három mély levegőt. – Én csak annyit szerettem volna mondani, hogy ma este te vagy itt a legcsinosabb, de úgy tűnik, nekem ez a bókolás sosem jön össze.

– Ennél azért többet vártam, még az első keringőket is elintéztem neked – incselkedtem vele.

Halkan összenevettünk, és igyekeztem nem a vállára fektetni a fejem.

A szám véget ért, és Herbert már mellettünk is termett a semmiből, hogy felkérjen a következő körre. Gabriel kényszeredetten elengedett, majd megkereste Alice-t, és már szólt is a zene.

– Igazán nagyon csinos ma este, Lilien! – mondta Herbert, de most furcsán ellenséges volt az arca.

– Nagyon köszönöm, Herbert, és a rózsákat is – mosolyogtam kedvesen. – Hogyan sikerült elintéznie, hogy ideérjenek?

– Oh, hát itt volt pár óra alatt, nem volt nagy dolog elintézni – mosolyodott el. *Szereti, ha bókolnak neki.*

– Igazán figyelmes velem ma este, és ezt ismét köszönöm.

– Nos, nem táplálok hiú reményeket, kedvesem. Nem mondom, hogy nem örültem volna neki, ha közöttünk kialakul valami, de azért vak nem vagyok.

Arcomról lefagyott a mosoly, és ha elengedem magam egy pillanatra is, tuti azon nyomban elájulok. Basszus, basszus, basszus.

– Nem értem pontosan – hebegtem.

– Pedig maga nagyon okos nő, engem pedig nem ejtettek a fejemre. Tudom, hogy van maguk között valami azzal a semmirekellővel.

– Maga nagyon kedves és figyelmes, Herbert, de ha nem lenne senkim, közöttünk akkor sem lehetne több ennél – mentettem a menthetőt.

– Pedig te, kedvesem, sokkal jobbat érdemelnél, mint amit ő tud neked adni! – mondta fogát összeszorítva.

– Én igen, de a lánya nem? – tettem fel az évtized kérdését, mire azonnal el is engedett.

Szemébe az őrület szikrája költözött, ahogy reflexből ütésre emelte a kezét. Ajkait vonallá préselve fogta vissza magát, én pedig magasra szegett fejjel néztem a szemébe. *Gyerünk, üss meg, te fasz!* Álltunk szemtől szemben pár végeláthatatlan másodpercig, mire leengedte kezét. Ellépett mellőlem, és magamra hagyott. Az este folyamán most először örülök a tömegnek. Valószínűleg ez az egyetlen oka annak, amiért nem állok most bedagadt képpel a táncparkett szélén. A sírás kerülget. Soha nem volt még ekkora tétje egyik beszélgetésemnek sem, és pengeélen táncolt minden mondatom. Bárhogyan elsülhetett volna – lehet, hogy már ezzel is mindent tönkretettem. Azt hiszem, elmegyek a szobámba és kisírom magam. Ez most jobban megviselt, mint bármi más amióta itt vagyok.

Elindultam a másik épületrész felé, ahol a hálótermek vannak, és nem találtam meg a folyosón a villanykapcsolót. Talán ezt is központilag irányítják, és nem számítottak ilyen korán pihenni vágyóra. A falon vezetve a kezem megörültem az egy szem ablaknak, amihez közeledtem. Próbáltam kivenni a szobaszámokat az ajtókon, de ekkor halk neszekre lettem figyelmes. A kevés fényhez lassan hozzászokó szemem ki tudott venni a folyosó végén két alakot. Akik kicsit sem visszafogva magukat, éppen előttem, alig húsz méterre szeretkeztek. Aztán meghallottam Alice hangját, ahogy búg valami érzékien szexit, miközben hangosan felnyög, és a lábaim elvesztették a talajt maguk alatt. A kezem a számra kellett tapasztanom, ahogy a csalódott zokogás feltört belőlem. Ez így félreérthetetlen. Egy percig nem tudok itt maradni tovább. Már így is többet láttam, mint kellett volna.

Ekkor két kéz ragadott meg hátulról, és befogta a számat. Megpróbáltam sikítani, de felemeltek a talajról, és az egyik közeli szobába vonszoltak. Amint a szoba ajtaja becsukódott, a falhoz voltam szorítva és Gabriel vigyorgó arca állt előttem.

– Most hivatalosan is megsértődtem, hogy vaksötétben, szmokingban, hátulról összetévesztettél egy másik férfival. – Alig tudta a nevetést visszatartani.

Belőlem a nevetéssel együtt úgy tört fel a megkönnyebbült zokogás, hogy szegény nem tudott mást tenni, csak ölelni, amíg megnyugszom.

– Na és soha nem szexelnék veled nyilvános helyen, ennél azért több tisztelet járna Alice-nak is.

– De hát mi folyik itt, Gabriel? Kivel van Alice odakint a folyosón? – ültem le a földre, hogy pihenjek végre kicsit.

Gabriel egy zsepivel jött vissza és mellém telepedett.

– Mindkettőnknek megvan a saját élete. Már jó ideje így van.

– De hát akkor a gyerek?

– A baba nem az enyém, Lilien, és nagyon rosszul esik, hogy eddig tényleg úgy gondoltad, képes lennék teherbe ejteni valakit, aztán megcsalni valaki mással.

– Ezt hamarabb is mondhattad volna! – suttogtam újra, teljesen felkavarva.

– Szerettem volna, ha bízol bennem, de lehet, hogy nem így kellett volna.

Felé fordultam, és amennyire a ruhám engedte, szemből az ölébe ültem.

– Szeretlek! – mondtam a szemébe nézve, könnyekkel küszködve, és azonnal megcsókoltam.

Soha nem csókolt még így vissza. Soha nem szeretett még ennyire közben. Felállt velem és egy ágyra fektetett volna, de én megállítottam. Kigomboltam a nadrágját, és miután letoltam róla, hanyatt löktem az ágyra, és a szoknyám alá nyúlva lehámoztam magamról a selyem bugyit, majd Gabriel fölé másztam, megcsókoltam, és közben ráültem. A világ legszexibb hangján nyögött bele a számba tőle, amitől még jobban begerjedtem, és felegyenesedve engedtem neki, hogy nézzen közben.

– Ahhh, Lilien! – nyögött fel hangosan, és hátravetve a fejét összeszorította a szemét. – Így egy percig nem bírom!

Megragadta a csípőmet és felült elém, hogy át tudjon közben ölelni. Aztán hirtelen maga alá fordított, és mozogni kezdett.

– Mondd még egyszer! – lehelte a nyakamba. – Mondd még egyszer! – mozdult újra bennem. – Mondd még egyszer! – döfött újra, és mindketten hangosan nyögtünk.

Aztán az egész nap, az egész elmúlt hét minden felhalmozódott vágya egyszerre adta meg magát bennünk, és kezét a számra kellett tapasztania, hogy ne üvöltsek fel hangosan. Testünk a másikéval együtt hullámzott, mozgott, simogatott, csípőm az övéhez szorult, aztán remegni kezdtem, és elöntött a béke.

– Szeretlek! – leheltem a vállába kapaszkodva. – Szeretlek! – vettem mély levegőt ismét. – Szeretlek!

Minden levegőm elfogyott, és úgy kapaszkodtam Gabrielbe, mintha most érnék hozzá először. Míg ezen gondolkodtam, hasra fordított és lehúzta a ruhám cipzárját. Minden feltáruló centit végigcsókolt. A nyakamtól a hátamon át a fenekemig. A vállaimat is kibújtatva a ruhából, engem pedig a hátamra fordítva, ledobta a földre az estélyit. Mikor a melltartóm is mellé zuhant, ő is vetkőzni kezdett. A csípőm felett térdelve kioldotta a nyakkendőjét, majd kigombolta az ingét és lassan kibújt belőle. Közben végig a szemembe nézett. Aztán az ágy végében felállt, levette a nadrágját, és az én magassarkúimat is.

– Annyira kibaszottul szexi vagy! – állt előttem teljesen meztelenül, majd megkerülve az ágyat a fejemhez sétált.

Valószínűleg az alkohol dolgozott bennem, mikor engedtem neki, hogy nézzen, de borzasztó zavarban voltam a majdnem vaksötét ellenére is. Ujjai a nyakamra siklottak, majd lassan a mellemre csúszott a keze, a derekamon tenyere rászorult a csípőmre, becsukta a szemét, vett egy mély levegőt, majd hátranyúlva megmarkolta a fenekem és hirtelen oldalra, maga felé rántott. Minden további előjel nélkül ajkai odalent mindent birtokba vettek. A tüdőmből kifutott az összes levegő, és nem jutott bele friss. Térd felett a belső combomon elindult felfelé mindkét tenyere, majd kifelé átsiklott a fenekemre. A nyelve ekkor csúszott belém. Térdeim felhúztam és belemarkoltam a hajába, miközben csípőm a nyelve ütemére mozgott. Nem tudtam visszafogni magam. Az először halk sóhajaimból nemsokára hangos zihálás lett, aztán nyögés, amikor ujjai belém csúsztak, és nyelve a csiklómon mozgott, tökéletes szinkronban az ujjaival. Aztán hirtelen erősebben ért hozzám, és hátam ívbe feszülve, fejem hátravetve, csípőmet teljesen hozzányomva elélveztem. Ujjait kihúzta belőlem, és a szeméremdombomon át a csípőm jobb oldaláig mindenhol összekent a saját izgalmammal, ahogy felfelé siklott és megszorított. Ajka közben mindenhol csókolt, megnyalt, belém harapott. Amikor a melleimhez ért keze, az oldalamon siklott fel, és míg ajka a két mellem között csókolt végig, szétnyitott tenyere a nyakamtól a mellemre csúszott. Belenyögött a bőrömbe, éreztem, ahogy kifújja a levegőt, mikor sóhajt. Ez a férfi nem szeret, hanem imád engem. Olyan tisztelettel és alázattal ér hozzám, mintha így köszönné meg, hogy vagyok neki. A rajongása tárgya vagyok.

Arca felért az enyém elé, és míg belém hatolt, a szemembe nézett. Aztán megcsókolt, jobb combom megmarkolva a csípőjére húzta azt, és lassú, érzéki tempóban a magáévá tett.

Már hajnalodott, amikor keresztbe fordulva az ágyban, teljesen összegyűrve mindent, összekócolódva hevertünk lihegve egymáson. Órák óta nem hangzott el szó közöttünk. Gabriel jobb vállán feküdt a fejem, és ő a fenekem oldalától egészen a felkaromig simogatott, míg a holdat néztük az ablakon keresztül a kastélykert felett. Nem emlékszem, mikor aludtam el.

20.

Reggel a nap ébresztett, ami egyenesen a szemembe sütött. Pislogtam párat, majd oldalra fordulva megláttam Gabrielt, aki édesen aludt mellettem. Hason feküdt, arccal felém fordulva, és a bal kezemet szorította. A takaró csak a derekát fedte, így jól meg tudtam nézni magamnak, mennyire tökéletes. Hajának egy tincse kócosan az arcába hullott, és nem bírtam megállni, muszáj volt hozzáérnem. Félrefésültem, és ujjaim leheletfinoman végigsiklottak az arcélén, majd a vállán keresztül egészen a hátán, lefelé. Vettem egy mély levegőt, és fejem visszahanyatlott az ágyra. Akkor vettem csak észre, hogy engem néz és mosolyog. Megszorította a kezem, és adott egy puszit a gyűrűsujjamra. Egy pillanatra öszszehúztam a szemem és összezavarodtam, mire még szélesebben kezdett mosolyogni. Most már egyenesen dühös lettem. Megint piszkál. Ajkaimat összeszorítva szerettem volna kitépni kezem az övéből, mire halkan elnevette magát és a pillanat tört része alatt bújt teljesen hozzám, és csókolt bele a nyakamba. Incselkedett és csiklandozott, aztán adott egy puszit és elment zuhanyozni.

Azt hiszem, visszaaludtam, mert legközelebb, amikor kinyitottam a szemem, ő már laza, fekete sortban és fekete pólóban ült az ágy szélén. Végignéztem rajta, aztán megint és megint. Nem tudtam feldolgozni, hogy mennyire jól néz ki sportcuccban. Amikor keze a bokámra csúszott, fel egészen a combomon át az oldalamra, akkor jöttem rá, hogy teljesen meztelenül fekszem előtte, és a takarót csak ölelem. Talán a nagy köteg hajam, ami takar belőlem valamit. Azonnal zavarba jöttem, és arcom égni kezdett, de csak a szememet csuktam be és takartam el a kezemmel. Ekkor éreztem meg, hogy a takaró hozzám ér és elrejt. Gabriel ajka a fülemhez ért.

– Ezt még majd nagyon sokszor átbeszéljük – mondta halkan.

Most szólalt meg először azóta, hogy elkezdtük az estét. A hangjától máris gyorsabban vettem a levegőt, és kinyitottam a szemem.

– Hiányzott? – mosolygott kedvesen, és félrehúzta a tincsemet a szememből.

– Gabriel – sóhajtottam, de nem tudtam befejezni.

– Tudom – mosolygott még mindig. – Én is szeretlek!

Pár pillanatig néztünk egymás szemébe, aztán kopogtak az ajtón.

– Gabriel, gyere már! – hallottuk meg Alice türelmetlen hangját odakintről. – Apám már égre-földre téged keres! – hadarta és el is ment.

– Mennem kell – komolyodott el az arca. Látta rajtam a csalódottságot, de nem mondott semmit, csak kiment.

Felültem az ágyban, összepakoltam kicsit és elmentem zuhanyozni. Aztán előkerestem a bőröndömet… meglepő módon a saját szobámban voltam, és nem az én kulcsommal jöttünk be. Vigyorogtam öltözködés közben, mint egy hülye. Sportnap… ki az, aki bál utánra ilyet talál ki? Dúltam-fúltam. Nem szeretek ilyen ruhában megjelenni senki előtt, mindig füttyögést kapok, és emiatt sosem tudok rendesen még edzőterembe sem elmenni. Vagy negyedóra volt, míg beleszuszakoltam magam a sportmelltartómba, aztán a jóganaci jött. Már majdnem sírtam, mikor Gabriel benyitott, és kiesett a kezéből a kulcs.

– Ebben nem mehetsz ki! – hajolt le, hogy megkeresse.

– Most mondod, mikor végre beleerőltettem magam? – hisztiztem még az előzőeken nyavalyogva. – Mindenki ilyenben lesz.

– Rajtad kívül nincs élő ember, aki így mutat sportolás közben.

– Miért, én hogy nézek ki? – ordítottam rá dühösen.

Majdnem elsírtam magam. Most miért baszogat ő is? Tudom, hogy milyen vagyok, tudom, hogy hogy nézek ki, miért kell ezt ragozni?

– Így! – túrt a hajába. Átvágtatott a szobán, aztán nekiszorított a falnak, és a kezem a kőkemény erekciójára húzta.

Néztem a szemébe teljesen összezavarodva.

– Mindenki előtt megduglak odakinn óránként, ha ezt nem veszed le! – mondta összeszorított fogakkal, szúrós szemmel.

– Neked tetszik? – hebegtem, mint Linda.

– Te most viccelsz, ugye? – nevetett fel nagyon küszködve, de megnézte az arcom. – Te nem viccelsz – kerekedett el a szeme. – Lilien, ezt ne most beszéljük meg, nem tudok ilyen állapotban gondolkodni. Csak vegyél egy sima rövidnadrágot pólóval, sőt ha jobban belegondolok, egy zsákban gyere ki.

Belekuncogtam a nyakába, és az érintés nyomán elhalt a hangja, megmerevedett, majd egy pillanat alatt a csípőjére húzott és mindenhol végigtapizott.

– Oh, édes istenem! – csókolt bele a nyakamba. – Most már biztos, hogy egész nap csak erre fogok gondolni! – siklott keze a puha anyagon a csípőmre, majd a fenekem fölé, végül ívben kikerülve alatta a combomba markolt – Szentséges ég! – sóhajtozott, és hátravetette a fejét, ahogy elengedett, majd egy lépést hátrált.

– Egy istennő vagy!

Olyan meggyőződéssel mondta, hogy először majdnem elnevettem magam, aztán összehúztam a szemem és elsápadtam. Kezdtem komolyan venni, amit mond.

– Átöltözöm – suttogtam a szemébe nézve, teljesen zavarodottan.

– Csak várd meg, hogy kimenjek! – nézett mögém a falra, és becsukta a szemét.

Vett egy csomó mély levegőt, hogy le tudjon nyugodni.

– Menj el reggelizni, mielőtt kijössz a parkba! – adott puszit az arcomra, és ki is ment.

Kerestem egy bővebb fehér pólót és egy másik nadrágot – elvileg ezeket aludni hoztam. Nem terveztem, hogy elő sem veszem őket. Aztán lófarokba kötöttem a hajam és átmentem az ebédlőbe a svédasztalos reggelihez. Még így is az volt az érzésem, hogy mindenki engem bámul. A lábamat nézték, akárhányszor csak ránéztem valakire. Igaza volt Gabrielnek, még jó, hogy nem a másikban jöttem le. Összeraktam egy gyümölcstálat, közben megtaláltam az egész osztályomat az egyik hátsó ablaknál.

– Hé, itt a főnök! – kiáltott fel az egyik. – Jó reggelt, Lilien! – köszöntek többen, és mosolyogva intettem feléjük. Aranyosak, nagyon megszerettem őket.

– Hé, főni, hoztam neked kávét! – lépett mellém Mike.

– Hello! – fordultam felé meglepetten. – Neked nem is vagyok a főnököd – vigyorogtam rá, de elfogadtam az italt.

– Ha leszel a mi csapatunkban, akkor ezt elnézem neked.

– Na, nanaaaaa – lépett mellém Andrew, és a vállaimnál fogva messzebb húzott Mike-tól. – El a kezekkel a csapatkapitányunktól, fiam!

Úgy nevettem fel, hogy majdnem elejtettem a tányéromat. Andrew furcsán nézett ki sportfelszerelésben, gondolom, nála sem sűrűn kerül elő a szekrényből. Olyan alapzaj kerekedett, hogy alig hallottam a saját gondolataimat, mikor végre le tudtam ülni.

Mindenki indulókat kántált, meg húzta a többi csapatot. Micsoda összetartás van itt! Most már értem miért a sportnap; ez kovácsolja össze eggyé a bandát. Elkezdtem enni, aztán úgy döntöttem, hogy inkább a kávé. Mikor azzal végeztem, visszatértem a dinnyéhez. Közben néztem a többieket, aztán a semmiből egyszer csak kivágódott az ajtó, és egy seregnyi fiatal srác özönlött be rajta, közöttük Gabriel, és megállt a villa a számban. Hangosan nevetett, most teljesen másképp nézett ki, mint szokott. Fiatal, gondtalan és boldog. Mindenki elhallgatott a teremben, csak egy focilabda repült feléjük a tömegből, de az egyik koma könnyűszerrel felugrott és elkapta. Egyikőjüket sem láttam még soha.

Érdeklődve fordultam feléjük kezemben a tányérral, és igyekeztem minél előbb végezni az evéssel. Körülöttem mindenki izgatottan zizegett.

– Jó reggelt mindenkinek! – szólalt meg Gabriel mély hangja.

Csak úgy visszhangzott az óriási teremben, pedig nem beszélt hangosan. A combom közötti erős bizsergés jelezte, hogy mégiscsak meg kellett volna tennünk az előbb a falnál. Körülöttem több nő is hangosan felsóhajtott; összehúzott szemmel néztem körbe, vajon kik lehettek.

– Remélem, mindenkit fejfájás nélkül ért a másnap, mert ma nemcsak belül, kívül is el fogunk ázni – vigyorgott Gabriel, mire többen örömmel felkiáltottak. – A mai napi csapatverseny a tónál kezdődik, arra kérek mindenkit, hogy akit megsüt a nap vagy többet ivott, ne menjen a vízbe. Jelöltünk ki pihenőpontokat, semmi sem kötelező, vigyázzunk magunkra és egymásra!

– Sok a dumaaaa! – ordított fel Taylor valahonnan a tömegből, mire Gabriel kikapta a mellette álló srác kezéből a labdát, és egyetlen pillanat alatt úgy megküldte, hogy Taylornak alig volt ideje behúzni a fejét.

Többen éljenezni kezdtek, vagy nevetni, aztán – most már nagyon idegesítő volt – a nők szó szerint felnyögtek.

– Az a csapat, ahol teljes az osztálylétszám, mikor befejezik mind a hét állomást és a legtöbb pontot szerzi, egy hét nyaralást nyer, természetesen ki Fort Lake-re, az új céges tó partjára – nevetett fel hangosan, de ezzel vége is volt.

Négyen kapták a vállukra és kicipelték magukkal, a kerten keresztül indulva a tóhoz. Nekem is nevetnem kellett. Ez a pasi tiszta lökött. Annyira szeretem. Megittam a kávém és mire mindenki távozott, le is főztem egy újat, azzal indultam a tömeg után. Csapatkapitány. Basszus, hogy kell azt?

Mire leértem, a csapatok már összeverődve ordibáltak. Annyi volt itt a felesleges energia, hogy nem bírtak magukkal. Valaki a kezembe nyomott egy sört, aztán kiderült, hogy mi lettünk a zöld csapat. Tom a fejemre húzta a pólót, és már hangosan üvöltötték a *we will rock yout*. Te jó ég, hová kerültem? Remegő kézzel nyitottam ki a sört, mire három srác kántálni kezdte, hogy *húzóra*, és a szememet forgatva magamba döntöttem az egészet. Már kezdtem is jobban lenni, mire előrelökdöstek a libasorban, kaptam egy karszalagot, hogy elvileg én vezetem a csapatot, minden versenyt nekem kell kezdeni. Végignéztem jobbra és balra: volt vagy tizenöt csapat a miénken kívül, mindenki más-más színű pólóban. Megdöbbenve vettem észre, hogy Gabriel mellettem áll a fekete csapat kapitányaként, és egy feles pohárral engem vár.

– Hoppá! – kiáltottam fel boldogan és ki is vettem a kezéből, majd koccintottunk és le is húztuk. – Ez pálinka?

– Miért utóbb kérdezed, mit iszol? – nevetett fel hangosan. – Timtől hoztam – vigyorgott, és beállt a helyére, majd a fejével intett, hogy nézzek a tó felé.

– Mert bízom benned – vigyorogtam közben.

Kényszeredetten eltéptem a tekintetem róla. Te jóságos… a tavon komplett akadálypálya lett kialakítva. Elsőre át sem láttam, mi mivel van összekapcsolva, vagy melyik híd melyik akadályhoz vezet.

A mikrofonban elhalt a zene, és egy férfi elkezdte magyarázni a szabályokat.

– Az első kör igen egyszerű. El kell jutni az ötven méterre található úszóházig, odabent megkeresni egy csapatszínű zászlót, majd visszaérve indítani a következő játékost. Az a csapat nyer, ahol minden csapattagnál van egy zászló. Mindenki felkészült? Akkor három, kettő…

Jaj, de nem szeretem ezt! Mégis hogyan versenyezzek egy majdnem két méter magas, tiszta izom, kisportolt férfi ellen? A többieket pedig meg sem néztem, de mind csak jobb lehet, mint én. Elnéztem jobbra; volt, aki mentőmellényt viselt, ők most jobban félhetnek, vagy nem tudom, lesz-e esélyem bárki ellen is.

– Egy… – Kürtszó, és mindenki olyan gyorsan kilőtt, hogy alig volt időm a gondolataimból visszatérnem.

A kicsi, hússzor húszas pallók, amikre lépnünk kellett, úgy imbolyogtak, hogy voltak, akik a harmadiknál már ott szerencsétlenkedtek a vízben és próbáltak rá visszamászni. Gabriel bezzeg úgy futott végig rajta, minta mindennap ezt csinálná. Olyan hosszú lábai vannak, hogy inkább csak átlép, nem ugrik, mint ahogyan a többiek. Hiába van alacsonyan a súlypontom, lassú vagyok. Szóval valahol félúton elegem lett az egészből és előreugorva egy fejessel a víz alatt kezdtem úszni. A vízben sokkal jobb vagyok, nagyon tudok és szeretek is úszni, arról pedig nem szólt a fáma, hogy ezeken a szarokon kell odáig eljutni. Annyi volt a mondás, hogy el kell. Szóval épp akkor másztam ki a vízből, amikor Gabriel már a zászlójával indult visszafelé, de erre nem volt most időm. Odabent mindenhol zászlók, színek szanaszét. Meglett egy zöld, de a többiek még most kezdek el közel érni a hajóhoz, így a helyzeti előnyömet kihasználva pár másodperc alatt felkutattam az összes zöld zászlót, és mindet egy helyre téve rohantam ki, vissza a vízhez. Mire úszva partra értem, már a tököm kivolt a vízzel meg az akadályokkal is.

– Minden zöld zászló az ablak alatt a ládán! – üvöltöttem el magam az utolsó levegőmmel, majd leroskadtam Gabriel mellé, aki a könyökére támaszkodva, lihegve várt, és már töltötte is a következő felest.

– Vizet kérek, ennek a fele se tréfa! – lihegtem, és kicsavartam a hajamból a vizet.

Úgy üvöltöttek körülöttünk, hogy nem hallottam, mit válaszol. A csapat egy személyként üvöltözte a nevem, és pár ember alatt behoztuk a lemaradást. Meg is nyertük az első fordulót.

– Lilien a legnagyobb! – üvöltötte Andrew, aki már úgy felöntött a garatra, hogy alig tudott beszélni.

– Hé, ne igyál többet, különben nem nyerünk! – álltam elé vigyorogva. – És rohadtul meg akarom nézni Gabriel fejét, amikor veszít.

– Ez a beszéd! – intett. – Vizet! – kurjantotta el magát.

– Ott a tó! – vihogott valaki.

– Hát, nem t'om, iglu mögül sárga hóból sem – vakarta a füle tövét Andrew zavartan.

Mire elérkezett az ebédidő, már nem is tudom, hogy izzadt voltam-e vagy csak újra és újra átázott mindenem. Annyira ki voltam fáradva, hogy a kezemet nem tudtam mozgatni, pedig a fele még csak ezután jön. Mindenhol kitelepített büfék és ivók voltak, mint egy nagy piknik. Igazából tényleg hangulatos. Gyorsan elhúztam az asztalunktól, kicsit sok volt már ez a hangzavar. Az egyik fa alatt leültem az árnyékba, hogy pihenjek kicsit, akár még alhatok is félórát, de mire odaértem, kiderült, hogy ott is zaj van. Odahallatszott a tó felől a zene, és többen mászkáltak is arra. Éppen leültem, amikor Gabriel előttem vagy száz méterre, konkrétan hölgykoszorúban sétálva, nevetve és viccelődve velük sétált fel az egyik árnyékban lévő standhoz, és miután mindegyiknek rendelt valamit inni, körbe is ülték, mint a tábortüzet szokás kempingezés közben. Hangosan felnevettem, és fejcsóválva néztem a műsort, amikor Taylor került mellém a fekete pólójában a semmiből.

– Ez minden sportnapon így megy? – néztem rá mosolyogva.

– Á, hogy ott? – mutatott fejével Gabrielék felé.

Már ő is alig kapott levegőt, csurom víz volt, többször bele-
esett a tóba ő is. A fejét a fának döntötte és becsukta a szemét.

– Ja, ez minden rendezvényen így megy – dünnyögte már fé-
lálomban. – De érdemes figyelni, mert hamar felhúzza magát.
Nem szereti, ha hozzáérnek – nevetett halkan, és már aludt is.

Emlékszem, amikor először találkoztunk, hozzáértem a vál-
lához. Akkor szinte összerezzent tőle. Amióta tudom ennek okát,
Herbertet legszívesebben vízbe fojtanám emiatt. Mindenestre
velem azóta egyszer sem volt ilyen, én bármikor hozzáérhetek.
Jót mosolyogtam magamban és becsukva a szemem el is alud-
tam. Visongásra meg ordibálásra ébredtem. Alig alhattam pár
percet. Fejem Taylor vállán feküdt, ő is most ébredt.

– Hát itt meg mi folyik? – ült fel a szemét dörzsölve.

– Nem tudom, de már most fáradt vagyok tőle. – Felálltam,
és próbáltam őt is magammal húzni.

21

Mire este lett, kiderült, hogy a versenyt az egyik kinti brigád nyerte. Tele vannak fiatal srácokkal, nekik a fizikum nem volt gond. Mi az ötödik körben már csak inni tudtunk, mert Nathanielnek Lindával el kellett kísérnie Andrewt pihenni. Teljesen kiütötte magát. Aztán Lindáék nem is jöttek vissza. Mikor a srácok ezt szóba hozták, már én is nevettem; szegény, kedden majd jó kis téma lesz. Gabriel nem tágított mellőlem. Már nagyon goromba volt a többi nővel, aki bármilyen módon közelebb jött hozzánk. Így végül, mikor lement a nap, úgy röplabdáztunk, hogy én voltam az egyetlen nő a két csapatban összesen.

Kiderült, nem is baj, hogy kicsi vagyok: minden alacsonyra pattanót vissza tudtam passzolni. Vagyis sokat. Nem tudom, kezdtem kicsit becsípni. Ezen a vacsi segített végül, utána sokkal jobban éreztem magam. Bekapcsolták az összes fényfüzért és lampiont, kezdődhetett az éjszakai mulatozás. Mindenki elment zuhanyozni és átöltözni, én pedig visszatérőben megpróbáltam megkeresni Tim pálinkáját a parton, a vízbe rejtve, ahol Gabriel hagyta, hogy hideg maradjon. Meglepetésemre őt is ott találtam.

– Szia, csavargó! – guggoltam mellé a fűbe.

– Szia, cicám! – mondta jókedvűen felém nézve.

– Annyi itt a nő, hogy már mindenkit összekeversz mindenkivel, igaz? – nevettem fel halkan.

– Még mindig bízol bennem? – kérdezte hirtelen nagyon komolyan.

– Hát persze, ez most honnan jött? – fogtam meg a kezét. – Gabriel neked remeg a kezed.

Feljebb csúsztattam a kezem a vállán.

– Te reszketsz – suttogtam.

– Mert jól be vagyok szarva – mondta még mindig csendben.

– De hát mi történt? Miért? – néztem végig, ahogy beleiszik az üvegbe. – Ezért iszol ma egész nap?

– Gyere táncolni! – tette le a pálinkásüveget, és már kézen is ragadott. – Törjünk össze pár női szívet! – vigyorgott, és megint a régi volt.

Mire a tömegbe értünk, laza lett, mosolygott. Én nem tudtam viszonozni; most már tudtam, hogy megint csak játszik. Teljesen elment a kedvem mindentől, aztán döbbenetemre kiderült, hogy baromi jól tud táncolni. Nem csak, hogy jól tud, ő a buli lelke. Tíz óra körül már olyan jó volt a hangulat, hogy valami ír rockra ökörködtünk fent a pult tetején, amikor váltott a zene, és Pink So what című na na na na na na na sora harsogott a hangszórókból.

– Na, ez az én számom! – üvöltött fel Gabriel, és leugorva a pultról a tömegbe húzott magával engem is.

Mind egyszerre ordítottuk a szöveget. Gabriel egyszer csak fogta magát, és a karjába rántva, velem ugrált tovább. Nem volt jó előérzetem azzal kapcsolatban, hogy éppen azt énekelte a fülembe, hadat szeretne üzenni. Annál a pontnál, amikor közölte, ma este megmutatja, végzett, már határozottan kezdtem elsápadni. Körülöttünk elszabadult a tömeg. Teljesen megőrült mindenki. Felborult egy csomó szék a pult mellett, valaki levert egy lampionsort, ugráltunk, és mindenki összeütközött mindenkivel közben. Gabriel pedig csak tartott, hogy ne sodródjak el. Fülemben még csengett a hangja, amikor közölte, az exe küzdeni fog, de ekkor szembe fordított, magához húzott, és keze a tarkómra csúszott. Még fel sem fogtam, mi történik, nyelve már a számban volt. Nem fogta vissza magát, egész testtel hozzám tapadt. Másik karja a fenekem felett húzott a csípőjére. A kezem kettőnk közé szorult, meg sem tudtam mozdulni.

Többen füttyögni kezdtek, aztán a tömeg felmorajlott, és nagyon is a tudatában voltam annak, hogy mindenki minket néz, aki az emberek között idelát. Gabriel nem hagyta abba, csak levegőt venni húzódott el, de akkor sem hagyta el ajka az arcom, mindenhol végighúzta, belenyögött a fülembe, beletúrt a hajamba, majd újra megcsókolt. Mostmár én sem tudtam leállni. Kezem a hajába siklott, és egészen messziről hallottam csak, ahogy néha valaki odaordibál. Olyanokat, hogy

„Hajrá, főnök!", meg „Mutasd meg neki!". Gabriel megfogta a fenekem és felemelt. Mintha pehelykönnyű lennék, kisétált velem a parkba, majd a vállára vetett, és mindenki szeme láttára bevitt a szobámba.

Mikor beértünk és letett a földre, már zokogtam, ütöttem a mellkasát, hogy engedjen el végre. Nem is emlékszem, milyen jelzőkkel illettem. Aztán csak járkáltam fel és le, kivetkőzve magamból, és a csípőmet fogva meg a hajamba túrva zokogtam.

– Hogy tehetted ezt, Gabriel? – üvöltöttem felé. – Meg sem kérdeztél, hogy benne vagyok-e! Mindent elvesznek tőled! – roskadtam le a földre a szoba közepén.

– Ez így van, Csillagom – guggolt le elém szín józanul.

– Akkor te miért vagy ilyen nyugodt? – üvöltöttem, de ő számra tapasztotta a kezét és mosolygott.

– Ha nekiadom az összes pénzem és üres zsebbel becsöngetek hozzád, akkor befogadsz? – kérdezte ismét.

Úgy tört fel belőlem az érzés, hogy szeretem ezt a férfit, mint még soha. Belekapaszkodtam a nyakába, és csak zokogtam, felfogva, hogy végre együtt tudunk lenni.

– Soha, de soha, de soha nem kértelek volna arra, hogy miattam add fel az álmaidat – szorítottam magamhoz.

– Na látod, pontosan ezért nem szóltam róla – hallottam ki, hogy mosolyog. – Hamarabb hagynál el, minthogy ezt engedd nekem megtenni. Különben meg nem hiszem el, hogy ilyen amatőrnek nézel. – Elengedett, és úgy vigyorgott az arcomba öt centiről.

– Micsoda? – hebegtem.

– Mit tudsz rólam, azon kívül, hogy jóképű vagyok, nagy a farkam, és kurva jó vagyok az ágyban?

– Hogy egy beképzelt pöcs vagy?

Úgy kacagott fel, hogy muszáj volt nekem is vele nevetnem, aztán felálltam, hogy kimenjek a fürdőbe pisilni.

– Nekem semmim sincs, amit elvehetnek tőlem, Csillagom, már mindent neked adtam.

– Tessék? – kaptam felé a fejem, hogy megnézzem, megint csak poénkodik-e.

– Minden pénz, ami csak mozdítható volt, már a te neveden van – vigyorgott.

– Nem írtam alá semmit – húztam össze a szemem. – És menj ki, pisilnem kell!

– Akkor pisilj! – rándította meg a vállát. – És de igen, mind a százhat oldalt te magad írtad alá. Látod, mindent el kell olvasni, mielőtt szignózol – mosolygott, hogy a fogai kivillantak.

– Kifelé! – ordítottam rá, mert éppen más nem jutott az eszembe.

– Lilien, az összes gyerekünket előttem fogod megszülni, szerinted érdekel, hogy látlak-e pisilni? – kérdezte ezt szent meggyőződéssel.

– Hogy milyen gyerekek? Mi van? Gabriel! – fogtam a fejem. – Félig részeg vagyok, rohadtul fáradt, és az előző témával még nem is végeztünk, közben meg majdnem bepisilek – húztam össze a szemem dühösen.

– Felőlem be is pisilhetsz, az sem érdekel – ült le törökülésbe a fürdőszobaszőnyegre, és sunyin összehúzott szemmel vigyorgott tovább.

– Nekem semmi nem kell, bármit is írattál a nevemre, szó sem lehet róla, hogy egy percre is elgondolkozzak ezen.

– A neveden van egy cirka kétszázmilliós összeg és azt mondod, hogy nem kéred? – Most már majdnem nevetett, ahogy nézte az arcomat.

Meg sem tudtam szólalni, csak becsuktam a szemem, hogy ne essek össze.

– Én már megkaptam, amit akartam – állt fel elém. – Itt az ideje, hogy én is lehozzam neked a csillagokat az égről – adott egy puszit, és magamra hagyott.

Nem tudtam megszólalni, nem voltak gondolataim, nem volt egyetlen épkézláb mozdulatom sem. Pisilés után kimentem, és csak ültem az ágy szélén semmibe révedő tekintettel. Egyszerűen nem tudtam, ilyenkor mit illik vagy mit nem.

– Amikor már a ruhát sem akartad elfogadni, erősen rezgett a léc, hogy ezen nagyon ki fogsz akadni – ült le mellém az ágy háttámlájának dőlve.

– Igen, mert a kettő között egyáltalán nincs is átmenet! – dünnyögtem a szőnyeg rojtjait nézve.

Tisztes távolságra tőlem ült, hogy ha ütnék, akkor ne érjem el.

– Nem tudom, mit hiszel rólam, ki vagyok, Gabriel, de ezt képtelen vagyok kezelni. Agyban is és lelkileg is – mondtam, ami először eszembe jutott.

– Láttam az összes tervedet, mindet összeszedtem, előkészítettem, és beadtam a nevedben az általam kiírt pályázatra. Minden legális, kivéve ezt a részét.

Úgy összeszorult a mellkasomban a szívem, hogy azt hittem, most kapok szívrohamot.

– Tudom, hogy mindig is ezt szeretted volna, és meg kell hagyni, kibaszottul értesz ahhoz, amit csinálsz.

– Neked mi marad? Veled mi lesz? – szorult össze a szívem még jobban.

– Arra gondoltam, felajánlom a szolgálataimat – mosolygott és félresimította a tincset a szememből, miután maga mellé húzott. – Jó kiállású, tapasztalt vezetőt nem tudom, felvennél-e az igazgatótanácsba – nevette el magát, én pedig már megint bőgtem.

– Nem hagysz magamra? – suttogtam.

– Most, hogy végre melletted állhatok? Egyetlen percre nem engedem el a kezed.

Csendben néztem a szemébe, míg ő simogatta az arcom, és valamikor két könnycsepp között aludtam el.

22.

Reggel Gabriel keze ébresztett a két lábam között.

– Hjaj, kérlek, ne! Mindenem fáj! – nyögtem a párnába, és megpróbáltam elhúzni onnan a kezét.

– Ezeket a fejfájós kifogásokat tartogasd a házaséveinkre, Csillagom! – suttogott a fülembe, utána azonnal csókolgatni is kezdte.

– Ahhoz először meg kellene kérned a kezem – dünnyögtem a másik oldalamra fordulva, majd gyorsan fel is kaptam a fejem, mert beleharapott az oldalamba.

Aztán felült, leesett a hátáról a takaró. Egyetlen rövidnadrág volt csak rajta.

– Lilien, hozzám jössz feleségül? – mosolygott a reggeli kócos frizurájával.

Istenem, mennyire jóképű ez az ember!

– Nem – mormoltam visszafúrva arcom a párnába.

– Akkor nincs kifogás! – ragadott meg, hogy felsikkantottam, aztán már tényleg nem kellett kifogás.

Mikor lejutottunk az ebédlőig, teljesen a gondolatainkba mélyedve léptünk be. Gabriel karja ölelte a vállamat, és amint a többiek megláttak minket, kitört az éljenzés és a füttyögés. Úgy megdöbbentünk, hogy legyökereztünk az ajtóban. Óriási lett a lárma, és sosem akart lehalkulni. Összemosolyogtunk, majd Gabriel, amilyen gyorsan csak tudott, félrehúzott, hogy tudjunk végre reggelizni. Hirtelen ötlettől vezérelve odahúztam Linda és Nathaniel mellé, ők is pont úgy össze voltak tapadva, mint mi az előbb a szobában. Ők legalább nem velünk lesznek elfoglalva. Mikor Gabriel megértette, miért ülünk ide a saját asztalunk helyett, elmosolyodott, és kialakult szokásunkhoz híven szemben ült le velem.

– Kaja után le kell mennem a tóhoz – tette a szájába a szendvicset. – Megígértem Timnek, hogy visszaviszem neki a palackot – mosolygott kedvesen.

– Egyébként hogy kerültél te oda hozzá?

– Ő engedett be, amikor elvittem a ruhádat – mosolygott még mindig. – Odaadta a kulcsát is, lemásoltattam – vigyorgott pimaszul.

– Nem vagy te egy kicsit túl rámenős? – húztam össze a szemem. Ez most már túlment minden határon.

– Erre tényleg csak most jössz rá? – nevetett fel halkan. – Veled másképp nem lehet.

– Oka vannak, hogy így van – morogtam.

– Tudom, Csillagom, de majd én kidumálom belőled! – vigyorgott immár öntelten.

Még evés közben kiosontunk az ebédlőből, és a kastélykerten keresztül elindultunk a tó felé, amikor megcsörrent a telefonom.

– Puszilom a Jégkirálynőt! – nevetett fel Gabriel és elengedte a kezemet, hogy fel tudjam venni.

Azonnal ki is hangosítottam.

– Szia, Isa! – szóltam bele komoly hangom.

– Azt mondtad, Gabriel, hogy nem vállaltok filmforgatást, erre az egész net és az összes pletykarovat azzal van tele, hogy majdnem megdugod Lilient mindenki szeme láttára! – dühöngött egy szusszal.

– Neked is jó reggelt! – morgott Gabriel.

– Isabel, neked mi bajod van? – halkítottam le a telefont és lemaradtam, hogy ápoljam kicsit a lelkét.

– Dobtam Taylort az előbb. – Hallottam, ahogy elsírja magát. – Nem akartam tovább húzni szegényt.

– Húzni? Két napja találkoztatok. Nem volt jó vele?

– De, de igen, minden jó volt, nagyon aranyos meg cuki, de nekem nem ez kell, tudod – fújta ki az orrát.

– Igen, tudom – siklott tekintetem Gabriel felé, aki közben leért a tóhoz és nekiállt megkeresni az üveget.

– Nekem az az érzés kell, a betonfal – zokogott. – Amit a ti videótokon láttam.

– Még nem vagy vénlány, Isabel – sajnáltam meg szegényt. – Ha hazaértem, átmegyek hozzád, filmezhetnénk egyet, vagy...

– Gabrielt is hozd! – szipogott. – Jobban meg akarom ismerni, ha már így alakult. Nagyon örülök nektek, Lilien, meseszépek vagytok. Majd nézd meg a videót, és hidd el végre!

Ezzel le is tette. Kellett pár gondolat, míg összeszedtem magam. Szegény Taylor. Remélem, ezt neki nem úgy adta elő, mint nekem. Nagyon a lelkemre venném, ha tudná, mi vagyunk az oka a szakításnak. Mire lekullogtam a tópartra, egy nő már Gabrielen volt.

– Miért pont a dagi kell neked, mikor engem is megkaphatsz? – csicseregte a nő, és nyelve már Gabriel szájában volt.

Összesen egy másodpercig tartott az egész, de nekem pont elég volt ennyit is látni. Gabriel másik nővel. Még el sem kezdték, Gabriel már el is húzódott, és viccesen, a pálinkásüveg talpával tolta el magától a csajt.

– Bocs, Erica, de bottal nem piszkálnálak meg. Nem áll fel a farkam a gebékre – húzta el a száját, és jobbra fordult, hogy elinduljon visszafelé.

Gabriel soha ilyen sértőt nem mondana senkinek. Gondolom, miattam vágott ilyen csúnyán vissza. Mikor ismertem meg őt ennyire? Nagyon szeretem ezt a férfit.

Ekkor vette csak észre, hogy öt méterre állok tőlük és mindent láttam. Nagyot sóhajtott, és mint a rosszat tett óvodás, lehajtott fejjel kullogott fel hozzám.

– Végeztél? – kérdeztem duzzogva, amikor felért.

Annyira megszégyenített ez a nő az előbb, hogy legszívesebben elástam volna magam a föld alá. Erica fülét-farkát behúzva elsietett a fák felé, én pedig leültem a fűre és térdeimet átölelve próbáltam eltakarni magam. Gabriel ismét nagyot sóhajtott, és mellém telepedett. Kihúzta a dugót a palackból és úgy, ahogy volt, átadta nekem. Rá sem néztem, úgy vettem el tőle, és három nagy kortyot le is húzva adtam neki vissza.

– Tetováltassam a homlokomra neved? – kérdezte a nyakamba csókolva, de hallottam, ahogy nevet.

– Csak hallgass – suttogtam, és elhúzódtam tőle. Nagyon igyekeztem, hogy ne bőgjem el magam.

Pedig a mostanra szokásos reggel kilenc órás sírásom éppen esedékessé vált. Ahogyan a délutáni vagy az esti is már mindennap lassan.

– Gyere, menjünk haza! – emelt volna fel, de ellöktem, és elfordulva álltam fel.

Azt sem akartam, hogy rám nézzen. Ne is vegyen észre, csak sétáljon el mellettem. Az összes gátlásom egyszerre tért vissza, és jobban szégyelltem magam a külsőm miatt, mint bármikor. Karjaimat összefűztem a melleim előtt, és sietve elindultam.

– Lilien! – hajolt a fülemhez, megijesztve vele, és a bal karomat könyökben kihúzta a másik alól.

Felé fordultam. Két centire volt a feje tőlem, onnan mosolygott.

– Hogy is mondtad az étteremben? El se kezdd, pont ez volt a célja. Ne menj bele a játékba, hogy manipulálni tudjon.

– Te ezeket felveszed és mindennap meghallgatod, hogy ilyen pontosan idézni tudod?

– Okos és jóképű – túrt bele a hajába, és kézen fogva elindult velem a kastély felé. – Egy főnyeremény vagyok, tudom.

Muszáj volt kuncognom rajta. Most már tudom, hogy csak megjátsza: sosem volt beképzelt, csak ezzel üti el a komoly témákat. Ő az egyedüli, aki így tud rám hatni.

– Nélküled is tudok egy csomó ilyen bölcsességet mondani. – Megköszörülte a torkát. – A tegnap elmúlt, a holnap még nem jött el, ma pedig még ma van – vigyorgott, és képtelenség volt megállni nevetés nélkül.

Még akkor is rossz kedvem volt, amikor a vacsival felértünk Isabelhez.

– Helló, csajszi! – borultam a nyakába.

Nem volt jó passzban. A rövid sortjában és pólójában volt, amiben aludni szokott, és nem volt kisminkelve. Arcának meglepő módon jót tett a sírás. Szemei ragyogtak és még szebb volt, mint általában. Beengedett, végignézett rajtam, majd Gabrielhez fordult.

– Ennek meg mi baja? – kérdezte tőle. – Azt hittem, most engem fogunk sajnálni – mosolygott szomorúan.

– Az egyik jogi alkalmazottam rám mászott ma a tóparton – pakolt ki Gabriel a konyhapultra, és megkereste az evőeszközöket.

– Ja, csak előtte engem ledagizott – tértem vissza a kézmosásból.

Isabel úgy nevetett fel, hogy azt hittem, itt fog elpusztulni oxigénhiányban.

– Édesem, az a nő még előtted nem látott igazi nőt – törölte le a könnyeit. – JLo és Salma Hayek vagy összegyúrva, Lilien, ki az, aki nem fordul meg utánad?

– Hé, Isabel, a csaj foglalt, mássz le róla! – vigyorgott Gabriel.

– Hát én már bepróbálkoztam nála, de lekoptatott – mosolygott Isabel és odaült enni.

– Panaszkodhatok én is? – tette az első falatot a szájába Gabriel.

– Te is menstruálsz? – nevetett fel Isabel.

– Megkértem Lilien kezét reggel, és elutasított – nézett rám szúrós szemmel.

– Most komolyan, Gabriel, ezt így, itt kell felhoznod? – nyüszítettem.

– Te sosem mondasz semmit, nem beszéllek ki a hátad mögött, szóval vagy így tudom meg, miért, vagy sehogy – részletezte nyugodtan.

– Egyre jobban bírlak, komolyan – mutogatott Isabel a villájával és bekapcsolta a zenét.

– Gabriel, reggel poénkodtunk. Nem gondolod te sem komolyan, hogy meztelenül az ágyban, félig viccelődve elhagyja a szádat a kérdés és komolyan is veszem.

– Engem nem ez a része zavar, hanem hogy egy percig nem gondolkodtál el rajta – vágott vissza sértődötten.

– Komolyan megkérnéd a kezét kábé hat hónap után? – pislogott Isabel.

– Naná, hogy megkérném! – túrt a hajába Gabriel.

– Nem gondolod, hogy számunkra a házasság intézménye el van átkozva? – fordultam felé türelmetlenül. – Te jegyben jártál majd' tíz évig és nem lett belőle semmi, úgy volt szar, ahogy volt, én meg... – halt el a hangom.

– Isabel, vedd át szót, mert ebből a nőből harapófogóval nem tudok kihúzni semmit! – mérgelődött Gabriel. – Házas voltál, oké, vagyis nagy szart oké, de és? Mi történt? – nézett mindkettőnkre.

– Gabriel, ezt nem hiszem, hogy nekem kellene... – kezdte Isabel.

– Nyugodtan mondd el neki, én nem fogom tudni! – néztem magam elé, és letöröltem a könnyeimet.

Isabel mély levegőt vett, és még mindig nem kezdett bele, hát felszívtam magam és csak úgy kijött minden, ami feszített.

– Brandon és én öt éve házasodtunk össze. Az egyetemen ismerkedtünk meg, megkérte a kezem, igent mondtam. Összesen három éve voltunk együtt, amikor összeházasodtunk. Voltak jó pillanataink, de összességében minden szar volt. Rendszeresen megcsalt, ezt nem is rejtette véka alá, és emiatt állandóan veszekedtünk. Ezért az önértékelési problémám, és a sok óckodás a kapcsolatunk elején – vettem mély levegőt és felnéztem Gabrielre, aki úgy nézett rám, hogy nem is pislogott.

– Meghalt? – kérdezte gyűlölettel.

– Egy autóbalesetben halt meg, lassan négy éve novemberben.

– Ha most nem ezt mondod, én ölöm meg! – sziszegte, és még sosem láttam ilyen dühösnek.

A szeme megtelt könnyel, és nagyot kellett nyelnie, hogy ne sírja el magát.

– Aznap hazaért a munkából és meglátta, hogy össze vagyok pakolva. Éppen elhagyni szerettem volna. Ezen is vitáztunk, majd elviharzott otthonról, és az úton egy idióta frontálisan nekiütközött az autójának – vettem egy mély levegőt, hogy be tudjam fejezni. – A kétéves fiunk is az autóban volt – tettem pontot a történetre, és most az egyszer nem sírtam el magam.

Ültünk a pultnál egymással szemben, és egyikőnk sem pislogott. Gabriel úgy vette a levegőt, hogy azt hittem, el fog ájulni.

– Értem – suttogta, és megszívta az orrát a tányérjába bámulva.

Nagyon sokáig ültünk csendben.

– Akkor nekem nem fogsz gyereket szülni – mondta halkan.

– Gabriel, én előtted azt sem tudtam, mi az, hogy szeretni egy férfit – próbáltam vigasztalni. – Azért házasodtunk össze, mert Adam megszületett. Nem tudom, mi lesz pár hónap vagy év múlva. Jelenleg úgy érzem, hogy nem, soha nem fogok tudni lelkileg ezen túljutni.

– Szerintem egyszerűbb, ha otthon megmutatod neki, csajszi – suttogta Isabel.

23.

Rendszerint mikor elérkezik a nyálkás november, bekúszik a bőröm alá és fojtogat. Pszichésen köhögni kezdek, egész napokat. Hiába a főzött tea, a hozott méz, nem csillapodik.

Aztán utolér a rettegett, a nem várt, a gyűlölt nap. Minden évben már előtte napokkal is használhatatlan vagyok, gyógyszert veszek be, hogy ne jöjjön rám semmilyen roham. Szabit nem veszek ki emiatt; otthon, egyedül csak még rosszabb ilyenkor.

Most is ezt éreztem. Sétáltam Gabriel mellett az utcán, mint egy szellem, egyre mélyebbre süllyedve fájdalmam hullámai között. Mire az ajtó elé értünk, már fulladtam a sírástól. Az előszobában lerúgtam magamról a cipőt. Remegő kézzel kerestem az éjjeliszekrényemben a pici szoba kulcsát. Évente egyszer megyek be azon az ajtón. Egyszer megengedem magamnak az összes emléket átcsapni a fejem felett és élve meghalni bennük. Újra és újra. Fordult a kulcs, és ott álltam a babaszoba előtt. A rácsos kiságy a kicsi ruhával az oldalán, a polc tele játékokkal, a kis éjjeli lámpa, ami évek óta nem volt használatban. Odasétáltam, belekapaszkodtam az ágy szélébe, és fehérre markolva a szélét belezokogtam az ágyneműbe. Addig zokogtam, amíg erőm engedte, de nem lett jobb. Mindent megragadtam, szétdobáltam, hogy a következő percben remegő kézzel kapjak utána, és nagy gonddal simítsam vissza a helyére. Órák múlva is csak zokogtam a földön a kis horgolt takarót szorítva az arcomhoz, amikor elém guggolt és felhúzott a földről.

Nem tudom, hol volt eddig vagy mit csinált, de most úgy kapaszkodtam belé, mintha ő lenne az egyetlen valós dolog, ami az élet és halál között még visszahúz a színek közé. Leült a földre, és térdeit felhúzva teljesen körém fonódva szorosan ölelt és csitított. Simogatta a hajamat és folyamatosan puszilt, amíg végre képes voltam abbahagyni a sírást. Nyakába fúrtam az arcom, és csak ölelt és ölelt, ki tudja, meddig vagy mióta. Teljesen hozzásimulva sikerült végre megnyugodnom. Még akkor is csendben,

196

éberen ültünk a szoba közepén, amikor hajnalodott. Nem kérdezett semmit. Nem is volt rá szükség. A fotók a falon mindent elmeséltek helyettem. Néha csak úgy még szorosabban ölelt, és suttogta, hogy minden rendben lesz. Olyan régen nem hallottam a hangját. Órák óta már. Mintha az öröklét telt volna el azóta. Különösen megnyugtató volt most. Mint egy régi barát, tele jó emlékekkel. Hirtelen annyira fáradtnak éreztem magam, hogy úgy gondolom, kimaradtak másodpercek. Valószínűleg percek is, mert a következő, amire emlékszem, hogy Gabriel a zuhany alatt tart és megfürdet. Aztán, ahogy ülök az ágy szélén pólóban és bugyiban. A karjaiba vett és velem együtt bemászott az ágyba, hogy ott is ölelni tudjon. Nagyon hosszú ideje nem voltam ilyen békében. Nem tudom, mikor aludtam ilyen álomtalan álomban utoljára.

A következő reggel a nap első sugarával keltem, és kicsit sem éreztem jobban magam. A pici szoba ajtaja nyitva állt, és arcomon újra legördültek a könnycseppek.

– Hatéves lenne most? – hallottam a fátyolos hangot magam mögött, miközben keze a hátamat simogatta.

– Most kezdte volna a sulit – mondtam azonnal, elárulva, hogy sokszor eszembe jut.

– Írj neki levelet! – ült mellém az ágy szélére.

– Tessék? – töröltem le a könnyeimet.

– Írd meg neki, hogy most törné ki az első fogát a nagy bringájával, amit a hatodik szülinapjára kapott. Azt, hogy eleged van a táskában talált rohadt szendvicsekből – nevette el magát, és nekem is mosolyognom kellett. – Írd meg neki, hogy ne piszkálja azt a kislányt az első b-ből, mert nem szép dolog minden szünetben copfokat huzigálni.

Már úgy zokogtam arcom a kezeimbe temetve, hogy levegőt is alig kaptam.

– Végül pedig azt, hogy mindennél jobban büszke vagy rá, de most már el kell, hogy engedd a kezét, és járnod kell a saját utad. Sosem felejted el, és mindig az anyukája maradsz, de menned kell.

– Nem megy – suttogtam az utolsó levegőmmel. – Haragudna rám, ha magára hagynám.

– Azért haragudna rád, mert évek óta gyötröd magad miatta, Lilien, és nem engeded meg magadnak a boldogságot. Öltözz fel, kimegyünk a temetőbe!

– Képtelen vagyok rá, Gabriel. Nem tudok oda kimenni, nem megy.

– De igen, menni fog, mert mennie kell, érted? – állított talpra. – Egész nap sírhatsz, sírj ki mindent magadból, és még azután is újra és újra, mert ennek most van itt az ideje. Aztán holnap egy új nap kezdődik, és minden könnyebb lesz, rendben?

– Ott maradsz velem? – nyúltam a karja után remegő kézzel.

– Hát persze, Csillagom – ölelt magához szorosan. – Jól öszszetaknyozhatod megint a kabátomat.

Halkan felnevettünk. Ez a pasi minden helyzetből tud viccet csinálni.

Mikor már a füvön sétáltunk, elhagyott minden erőm. Szerettem volna megállni, elfutni vagy bármi mást, de Gabriel kezei csak húztak magukkal abba az irányba, amerre először mutattam.

– Mesélj róla! – mondta halkan.

Sétáltunk a nagy tölgyek alatt. Aztán egyszer csak odaértünk, és a sírásnak sosem lett vége. Sok idő elteltével mégiscsak meséltem, jót és rosszat is. Még nevettünk is. Aztán megint sírtam. Utána már csak ültünk és fáztunk, de én még nem tudtam indulni, csak néztem a sírkövet csendben.

– Nekem nem fog menni – suttogtam a kő sarkának.

– Mi nem fog menni? – állt meg a keze a hátamon.

Eddig észre sem vettem, hogy végig melegített.

– Képtelen leszek újra gyereket fogni a kezemben – töröltem le az egyetlen megmaradt, árva könnycseppemet.

– Ezt nem tudhatod – vette el végleg a kezét rólam.

– De igen, tudom. Látni sem akarok másik babát, szeretni pedig végképp nem lennék képes.

– Kérlek, Csillagom, ne most hozz ilyen döntéseket, nem vagy olyan állapotban. Holnap elviszelek valahová – mondta halkan. – Már régen meg kellett volna, hogy mutassam neked.

Másnap a kocsiban nem tudtam, mit is mondhatnék. Lehajtottunk az út mellett egy kavicsos útra az erdőben. Felnéztem rá, de nem mondott semmit. Mikor megálltunk egy omladozó deszkaház előtt, nem szállt ki, csak vett egy mély levegőt.

– Itt éltem le életem felét. Amikor apukám dolgozott, én voltam itthon anyával. Amikor meghalt, én voltam itthon anyával. Nekem kellett vezetnem a háztartást, ápolnom őt, és míg a többiek bulizni meg csajozni mentek, nekem itthon kellett maradnom, szóval jobb híján tanultam.

Kiszállt, kézen fogott és a házba vezetett. Most már tudom, honnan indult; tudom, mennyi erő kellett neki ahhoz, hogy ide merjen hozni. Egyenesen a hálóba mentünk, el egy kedves mosolyú idegen nő mellett.

– Ma majd én – mondta neki Gabriel, és a földbe gyökerezett a lábam, amikor beléptünk a küszöbön.

A nagy franciaágyban egy csontsovány, ötvenes évei végében járó nő feküdt. Nyitott szemmel, de öntudatlanul, és mikor Gabriel felé lépett, csak pislogott egyet.

– Szia, anya! – suttogta Gabriel, és adott a nő arcára egy puszit.

Életemben sosem koncentráltam még ennyire, hogy ne sírjam el magam. Aztán az ismeretlen hölgy hozott meleg vizet egy lavórban és elment. Gabriel felvette a kendőt és lassan, a rongyot kinyomkodva először az arcát törölte körbe, majd szép lassan levetkőztetve megmosdatta mindenhol.

– Próbáltam magammal vinni máshová, hogy mindig velem legyen, de csak itthon érzi magát nyugodtnak – magyarázta közben. – Az éveim megtanítottak arra, hogy türelmes legyek – mondta halkan és felültette a nőt, hogy a lepedőt ki tudja alatta cserélni. – Vártam, amikor mindenki ivott és bulizott; vártam, amikor mindenki becsajozott; akkor is, mikor elkezdtem dolgozni.

Odaléptem mellé és kivettem a kezéből az ágynemű szélét, és míg ő fogta az anyukáját, lehúztam a párnahuzatot is.

– De az élet kibaszottul rövid, Lilien – folytatta a gondolatot. – Egyetlen villanás és azon kapod magad, hogy csak vártál, közben nincs lehetőséged megélni valami igazit. Túl kevés időnk van ahhoz, hogy azon aggódjunk, hogy nézünk ki, vagy ki mit mondott ránk, mit gondol rólunk.

Segítettem neki felhúzni az ágyneműt, majd megfésültem a nő haját, míg Gabriel kivitte a szennyest. Megsimogattam a nő arcát, és kicsit beszéltem hozzá. Mire felálltam, Gabriel már az ajtófélfának támaszkodva várt és mosolygott.

– Menj ki, kérlek, mindjárt jövök! – jött mellém, adott egy puszit, majd magamra hagyott.

Elköszöntem az ápolótól, és kimentem a veranda lépcsőjére. Annyira sírnom kellett, hogy a gombóc a torkomban fájt, és beszélni nem tudtam volna. Az autóban nagyon csendes volt, közben észrevettem, hogy arra a helyre tartunk, ahol pár hónapja a nyakláncomat adta. A háztól csak egy perc volt az út oda. Ettől csak még jobban összeszorult a lelkem. Leparkoltunk és lesétáltunk a vízhez.

– Ha egész életedben attól rettegve élsz, hogy elveszíthetsz valamit, amit szeretsz, akkor sosem élsz igazán – lépett elém, és megfogta a kezemet. – Most vagyok egészséges, most vagyok fiatal, szerelmes vagyok és boldog. Sosem voltam ilyen boldog, Lilien. Ha úgy gondolod, hogy méltó vagyok a szívedben csak egy kicsi helyre is, akkor kérlek, legyél a feleségem!

Álltam az öböl partán és semmi másra nem tudtam figyelni, csak rá, hogyan süti a nap, miként kap a hajába a szél. Felettünk elhúzott két sirály, mögöttünk elment egy autó, de semmit sem érzékeltem. Néztem, ahogy letérdel elém és szerelmes néz.

– Nekem nem kell gyűrű, tudom, hogy az levehető, egy rossz ómen – mosolyodott el végre. – Nekem egy ígéret kell, egy fogadalom, egy életre szóló eskü.

Lerogytam elé és elengedtem magam. Az egy órája visszatartott zokogásomat újra csak ő fogadta.

– Életemben soha senkit nem szerettem még ennyire, mint téged. Senkit nem tiszteltem, imádtam ennyire, soha. Azzá teszel, aki a legmerészebb álmaiban szerettem volna lenni. Ha te egy falka gyereket szeretnél – mindenem remegett, a lelkem zokogott, ahogy kimondtam a szavakat –, akkor mindent megteszek azért, hogy megadjam neked őket, Gabriel – nevettem fel megkönnyebbülve és öleltem a nyakát. – Nekem olyan gyűrűt hozz, amit nem lehet levenni! – Feljebb húztam magam és a szemébe néztem. – Szeretnék a feleséged lenni!

Nem mondott semmit, nem tudott megszólalni, csak könnyes szemmel nyelt egy nagyot és magához húzott. Öleltük egymást, ki tudja meddig. Ahogy ő mondta: megéltük a pillanatot, amiért érdemes, amire vissza tudunk emlékezni. Keze az arcomra siklott, adott egy puszit, ahogy szorosan hozzábújva térdeltem. Aztán az ajkaimra egyet, majd a szám sarkára, az arcomra, végül a fülemhez bújt, úgy suttogott. Körülöttünk megállt az idő, kinyílt a világ és minden a miénk lett.

– Szeretlek!

A szerző

A szerző 1989-ben született Zentán. A mesék
világából a fantasy és a sci-fi ragadták ki, csak jóval
később kezdték érdekelni a valóságba ágyazott
rejtélyek, amelyek közül a legnagyobb számára a
mai napig is az általa laza iróniával kezelt roman-
tikus kapcsolatok. Szakmáját tekintve a termé-
szettudományok, azon belül a földtudományok
állnak közel hozzá, de nem idegen tőle a mérnöki
szemléletmód sem. Reál beállítottságú emberként
külön kihívásnak éli meg azt, hogy írásban kifejező-
en alkosson, mégis minden percét élvezi. Terápiás
jelleggel ragadott tollat, de az időszakos jellegből
hamar hobbi lett, abból pedig elhivatottság és
szenvedély, amely mára kitölti minden üres percét.
Mit jelent számára az írás? Megadni az esélyt arra,
hogy az út végén feloldásként mindenki rábukkan-
jon a boldogságra.